正义与微笑

正義と微笑

Dazai Osamu
太宰治
——著

高詹灿
——译

浙江文艺出版社

还未被幻灭吞噬的少年意气

——《正义与微笑》导读

太宰治（1909-1948），本名津岛修治，出身于青森县的一个地主家庭。父源右卫门为当地乡绅名流，后当选众议院议员；太宰在其十一名子女中排行第十，自幼由姨母及家中女佣抚养照料。

少年时期的太宰成绩优异，自中学时代起接触文学并尝试创作。进入东京帝国大学后，生活日渐糜烂，思想颇有起伏，甚至数次尝试自杀，但最终于26岁时（1935）发表处女作且入围第一届芥川奖终选，成功步入文坛。

II

太宰的作家生涯早期并不顺遂，连续三次与芥川奖失之交臂，私生活亦充满波折，直至30岁时，经恩师井伏鳟二做媒，与一大家闺秀成婚，方才进入稳定期，创作出一系列优秀的作品。

战争期间亦笔耕不辍，战后与坂口安吾、织田作之助等人并称"无赖派"，随着代表作《斜阳》的出版，一跃成为文坛新宠。1948年，在《人间失格》创作完成后，与情妇投水自杀，其原因至今扑朔成谜，终年39岁。

本书收录太宰作品两部。日记体长篇小说《正义与微笑》创作于1942年，通过中学生主人公的口吻，描绘出一个洋溢着青春气息的故事。书信体中篇小说《潘多拉之盒》创作于1945年，以战后一家疗养所为舞台，表现主人公"云雀"的成长及其身边的众生世态。

之所以将以上两部作品结成一册，很大程度上是出于一个共同点：两作一扫太宰在大众认知中的颓废忧郁风格，呈现出一种不失希望的积极面貌。同时，两部作品都存在现实中的素材来源——与其他许多作品一样，依然是旁人的日记。两作虽体裁有别，而在创作手法上实有一定的相通之处。

《正义与微笑》主人公芹川进的形象，取材于太宰治大弟子堤重久之弟堤康久。太宰与重久闲谈时，得知其弟康久读中学时常写日记，便将七册日记借来，以此为基础创作出《正义与微笑》。

现实生活中，康久从立教大学中退，参加名为"前进座"的剧团；有一个读帝大、有志从事文学创作的兄长；兄长得到一位亦师亦友的前辈作家提点，那作家的姓氏以"津"字打头。与小说中芹川进的经历十分接近。至于小说中芹川兄弟为之心醉的《圣经》，则完全属于太宰的偷天换日；实际上堤氏兄弟当时沉迷的是马克思主义，原日记中丝毫没有基督教色彩。太宰年轻时曾投身左翼活动，后在家人的软硬兼施下宣告脱离，自此对左翼思想的态度始终比较暧昧。况且，当时日本的局势也不利于大谈马克思主义的小说出版，太宰其时正对基督教兴趣颇浓，改换内容实属情理之中。

从某种角度上讲，《正义与微笑》非常适合与太宰的另一篇小说《女生徒》一并阅读。两者都取材于中学生的日记，主人公具备典型的青春期性格。作者将少男少女的心理刻画得细致入微，令人击节。那些少年愁绪，在饱经沧桑的成年人看来不足一哂，却又在不知不觉间勾起一段青涩的回忆。《潘多拉之盒》取材于一位热心读者的病榻日记。此人名叫木村庄助，与小说主人公"云雀"同样，年纪轻轻便饱受结核病折磨。本篇最早创作于 1943 年，当时的标题叫作《云雀之声》，因审批迟迟无法通过而推延至次年出版，谁知又遇兵燹，印刷成品全部毁于战火。《潘多拉之盒》是太宰根据《云雀之声》残留下的校样重新创作而成，完成于 1945 年。

　　小说采用"云雀"写给一位诗人朋友即第二人称"你"的书信形式，叙述结核病疗养院"健康道场"的生活。疗养院中人物形形色色，文中一概以千奇百怪的绰号相称，表现出一抹诙谐的色彩，但行文深处却隐藏着战后日本何去何从这样一个严肃的命题。

　　我们说《正义与微笑》《潘多拉之盒》是太宰作品中少见的一轮朝阳，但若将两者细细比较来看，那么后者所表现出的思想更为积极一些。《正义与微笑》中，主人公对身边的一切，包括朋友、家人、考试、学校、剧团等抱有一种幻灭感，尽管他勇于行动，在实践意义上迈入自己所期盼的人生轨道（这正是本篇积极向上之处），但包括他本人在内谁都不清楚，那种幻灭感究竟是单纯出于青春的叛逆，还是更为深层的东西；如果幻灭感随着长大成熟依然挥之不去甚至愈演愈烈，那么结局就很有可能会走向自我毁灭。而《潘多拉之盒》的主人公则要恬淡得多，尽管没有摆脱太宰笔下主人公一贯的敏感特质，至少能够说出"我生长的方向，洒满阳光"这样的话来。"潘多拉之盒"这个标题，也是来自文中的一段话：

> 正因为打开了万万不能打开的盒子，所以病苦、悲哀、嫉妒、贪欲、猜疑、阴险、饥饿、憎恨等一切会带来不祥的虫子全部爬出盒外……但在盒子的角落里留有一颗像芥菜籽般微小、绽放光芒的石头，石头上隐约留有"希望"二字。

不过，现实与小说之间总是存在微妙的背离，有时就像一对相似而不相容的父子。芹川进的原型人物堤康久战后成为东宝的正式演员，在许多影视作品中出演配角，甚至在大名鼎鼎的《七武士》中跑过龙套，后来与女演员结婚，安享晚年。"云雀"的原型木村庄助年仅 22 岁便服用安眠药（正是太宰两次尝试未遂的那一种）自杀，病榻日记实际是寄给太宰的遗书；太宰连载《潘多拉之盒》时，也未能按原计划写完，而是草草将其结束。对此，日本学者奥野健男指出：

太宰心中设想过崭新的现实世界、真正的人类革命，然而战后日本的前进方向却与那设想背道而驰。《潘多拉之盒》搁笔后，太宰再未写过充满希望、积极阳光的小说，而是怀着绝望的心情，试图反抗战后的现实世界，并朝着毁灭的道路一往无前。

当然，太宰的反抗没有成功，也不可能成功；但那或许只是作为津岛修治的选择。作为太宰治，他终究把向着阳光生长的文字留在世间，一如那留在魔盒深处的希望。

（何中夏）

目录

正义与微笑　/　001

潘多拉之盒　/　187

附录：太宰治年谱　/　342

正义与微笑

纵然双腿软无力　山路难登多险道

只须一曲欢乐调　山麓高歌纵声啸

终会遇得闻乐者　激起雄心万丈高

　　　　　　——赞美诗第一百五十九

四月十六日，星期五。

　　风势强盛。东京的春天焚风强劲，令人很不舒服。尘埃甚至被吹进房内，书桌上满是触感粗糙的沙尘，脸颊也沾满尘埃，感觉真难受。等写完这篇，就去泡个热水澡吧。感觉尘埃甚至好像侵入了脊背，真受不了。

　　我从今天开始写日记，因为最近觉得自己的每一天都变得很重要。不知道是卢梭还是哪个人曾经说过，人格是在十六岁到二十岁这段时间形成的,或许真是这么回事。我也已经十六岁了。一到十六岁,我这个人就突然"啪哒"一声变了个人。其他人应该是察觉不出,因为这算是一种形而上的变化。事实上,一到了十六岁,高山、大海、鲜花、街上的人、蓝天,在我眼中变得完全不同了。就连那些坏事,我也已略有所悉。这世上其实存在着许多困难的问题,关于这件事,我也隐约有这样的预感。因此,最近我每天都很不开心,变得暴躁易怒。人,似乎吃了智慧之果后,就会失去笑容。以前我很调皮,刻意做些憨傻的糗事来逗家人发噱是我的看家本领,但最近我觉得这种装傻的搞笑实在愚不可及。搞笑是卑微的男孩才会做的事。刻意扮小丑讨人疼爱,这份落寞令人难以承受,着实空虚。人就得活得正经一点才行。男人不能老想着要讨人疼爱;男人就该努力博得别人的"尊敬"。最近我的神情似乎变得出奇地凝重。由于表情太过凝重,昨晚哥哥终于对我提出忠告。

"进,你也变得太稳重了吧,感觉突然老了许多呢。"晚餐后,哥哥笑着说。我深思片刻后应道:"因为有太多艰深的人生问题。我今后要努力和它们奋战。例如像学校的考试制度之类的……"话才说到一半,哥哥便忍不住扑哧一笑。

"我知道了。不过,你大可不必每天都这么紧绷,老板着一张脸吧?你最近好像瘦了呢。待会儿我念《马太福音》

的第六章给你听吧。"

他真是个好哥哥。四年前进入东京帝国大学英文系就读,但至今仍未毕业。虽然一度留级,但哥哥不以为意。我也认为他不是因为头脑不好才留级,所以这算不上什么耻辱。哥哥是因为有正义感才留级的。一定是这样。哥哥应该是觉得学校很无趣吧。他每晚都熬夜写小说。

昨晚哥哥念《马太福音》第六章十六节以后的篇章给我听。那是很重要的思想。我为自己此时的心智不够成熟而羞愧脸红。为了避免忘记,我先用大字将那段教义抄写在这里吧。

> 你们禁食的时候,不可像那假冒伪善之人,脸上带着愁容。因为他们把脸弄得难看,故意教人看出他们在禁食。我老实告诉你们,他们已得到了赏赐。你禁食的时候,要梳头洗脸。别教人看出你在禁食,只在暗中教你父看见。你父在暗中察看,必然会报答你。

好奇妙的思想。相较之下,我的想法实在简单到不值一提。我是个行事鲁莽又爱多管闲事的家伙。真该深切反省。

"以微笑行使正义!"

我想到了一个好的座右铭,要把它写在纸上,贴在墙上吗?啊,不行。这样就成了把"故意教人看出"贴在墙上了。我也许是个极度伪善者,得格外小心才行。而且也有人说,人格是在十六岁到二十岁这段时间形成的。现在真的是很重要的时期。

所以就从今天开始写日记吧。一是为了帮助我将混乱的思想统一,二是为了充当我日常生活反省用的数据,三是为了留下怀念的青春记录,期待十年、二十年后,我一面捻着长长的胡须,一面偷偷翻阅,面露微笑的那幅画面。

不过,要是太过严肃,变得过于"稳重",那也不好。

以微笑行使正义!很豪迈的一句话。

这就是我日记开头第一页的文字。

我原本打算接下来写点今天学校发生的事,但尘埃肆虐,连嘴巴也都灌进了粗糙的沙粒。真难受。先来泡个热水澡吧。找个时间再来慢慢写——当我写到这里时,突然觉得"搞什么,根本没人理你嘛",心里为之一沉。毕竟这是没人会看的日记,就算自己装模作样地写下去,也只是徒留落寞罢了。智慧之果教会我明白愤怒以及孤独。

今天从学校返家的路上,我和木村一起去喝红豆汤,不,这留着明天再写吧。木村也是个孤独的男人。

四月十七日。星期六。

风势已转弱，但早上天空灰蒙蒙的，中午时还飘起了小雨，之后便逐渐放晴，晚上还看到月亮露脸。今晚我先回顾昨天写的日记，觉得有点难为情。写得真差，我都脸红了呢。完全没写到十六岁青年的苦恼。不仅文章行文生硬，就连当事人的思想都显得幼稚，真教人没办法。此刻我突然想到一件事，为什么我从四月十六日这种不上不下的日子开始写日记呢？我自己也不清楚，说来还真不可思议。我从以前就想写日记，也许是因为前天哥哥跟我说了那番发人深省的话，我一时兴奋，因而抱定决心——"好，就从明天开始写"。十六岁的十六日这天，《马太福音》第六章第十六节。不过，这全都只是偶然的巧合罢了。因为这无聊的巧合而沾沾自喜，未免也太丢人了。试着做些更深入的思考吧。有了！我也明白了一些事。秘密应该不在于十六日这天，而是在于它是星期五。因为我这个人只要一遇上星期五，就会莫名地胡思乱想。我从以前就有这样的习惯。这是一个令人很不自在的日子，这天对基督来说，也是个不幸的日子。因此在外国，似乎也被视为不吉利的日子，很不讨喜。我并非学外国人迷信，但我就是无法平心静气地度过。没错，我喜欢这天。我大概有偏爱不幸的倾向。一定是这样，没错。尽管此事看似无关紧要，却是我的重大发现。憧憬这种不幸的个性，或许日后将会形成我人格很主要的一部分。想到这里，我略感不安，感觉肯定没好事发生，脑中想到的尽是些无聊事。不过这是事实，所以也无可奈何。发现真理未必会带给人快乐。智慧之果通常无比苦涩。

好了，今天得提到木村的事了，不过我心里很排斥。简单来说，昨天我对木村实在是佩服得五体投地。木村是学校里出了名的不良少年。他多次留级，今年应该都十九岁了。我之前从来没跟木村好好聊过，但昨天放学回家时，木村拉我跟他一起去红豆汤店，我们喝着红豆汤，第一次对彼此的人生看法展开交流。

没想到木村竟是个勤奋好学的人。他正在看尼采。我还没听哥哥提过尼采的事，所以一无所知，羞得满脸通红。我跟他提到《圣经》以及德富芦花①，但还是远不及他。木村的思想都能很务实地在生活中实行，所以很不简单。根据木村的说法，尼采的思想与希特勒相通。木村用各种哲学的理论为我解说他们的思想为何相通，但我听得一头雾水。木村其实很用功。我认为这个朋友很了不起，想和他深交。听说他明年要报考陆军士官学校。果然，这应当和尼采的思想有关。不过，听人说陆军士官学校很难考，也许他会落榜。

---

① 德富芦花（1868—1927），日本小说家。著有小说《不如归》、散文集《自然与人生》等。

"我劝你别去考。"我悄声对他说,木村狠狠瞪了我一眼。真可怕。我也要好好用功,不想输给木村。当时我下定决心,打算从头开始背一千个英语单词,认真学习代数和几何。虽然对木村高深的思想感到敬佩,但不知为何,我就是不想阅读尼采的著作。

今天是星期六。我在学校上修身课①时,心不在焉地望着窗户。原本绽放盛开,占满整个窗外的樱花,现已大多凋零,只剩暗红色的花萼还顽强地挂在枝头。我想了许多事。前天我说过"有太多艰深的人生问题",还一时脱口说出"例如像学校的考试制度之类的……"这样的话来,让哥哥看穿我的心思,但我最近之所以感到忧郁,也许根本没什么原因,就只是因为明年要报考一高②。唉,考试可真烦人。一个人的价值,单凭这区区一两个小时的考试就快速决定人的价值,实在可怕。这是亵渎神灵的行径,监考官应该都会下地狱吧。由于哥哥看得起我,所以总是对我说"没问题的,你中学四年级去考,准能考上",但我完全没自信。不过,我也已经厌倦了中学生活,所以明年就算考一高落榜,我也打算很干脆地找一家明朗开放的大学预科。接下来,我得树

---

① 修身课,日本旧制学校课程之一。属于道德教育科目,旨在培养当时的学生效忠天皇,教育学生勤勉、顺从。二战结束后,该课程被废除。
② 一高,东京第一高等学校的简称,为当时东京帝国大学预科。

立坚定不移的人生目标，朝此迈进，不过这又会面临其他复杂的问题。我完全不知道该怎么树立目标才好。我就只会哭丧着脸，不知所措。"要当大人物！"从小学校起，老师们就常这样教导我们，但再也没有比这更敷衍随便的话了。我根本不懂他们在说些什么。简直就是在耍人，完全不负责任。我已经不再是孩子了。关于生活的痛苦，也开始有些领悟。就算是中学老师，他们不为人知的生活内幕似乎也出奇地悲惨。夏目漱石的《少爷》不就描写得清清楚楚吗？有人仰赖高利贷维生，有人得成天面对家中妻子的辱骂。甚至有的老师活脱儿就是一个悲惨的人生输家，就连学识似乎也没什么过人之处。如此无趣的人，却总是毫无根据地絮叨不休，老说些无关痛痒的开导训示，所以我才会对学校深感厌恶。至少他们应该秉持更具体、更切身的方针来教导我们，这样的话，不知道对我们会有多大的帮助。就算是毫不掩饰地说出老师自己的失败经验，我们听了也会深有所感，但他们却只会唠唠叨叨地一再提及权利和义务的定义，或是大我小我的区别，全是一些再清楚不过的事。今天的修身课尤为无聊。虽然主题是大英雄与小人物，但金子老师却只是一味地褒奖拿破仑和苏格拉底，痛骂市井小民的悲惨。他这样根本无济于事。不是人人都能成为拿破仑或米开朗基罗，而且小人物为了生活奋斗，应该也有其值得尊敬之处，而金子老师所说的话，却完全没有这样的概念。这种人才该叫作俗物呢，思想太迂腐了。他都已年过五十，所以这也是没办法的事。唉，连老师都开始受学生同情时，那就完了。这些人过去真的没教过我什么正经东西。而我明年却非得从理科和文科当中做个选择！事态紧急，而且情况很严重。我到现在仍很迷惘，不知该如何是好。在学校里，我心不在焉地听着金子老师毫无内容可言的讲话，心里无比怀念去年离开我们的黑田老师。这份怀念令人心焦。那位老师确实有真才实学。首先，他是个聪明人。做事干练利落，男子气概十足，可说是这所中学全体学生尊敬的对象。某次在上英语课时，他缓缓翻译出《李尔王》里的篇章，接着突然口出惊人之语。他的语气倏变，所谓咬牙切齿的语调，指的大概就像这样吧。总之，那是很冷淡的语调。由于是毫无预兆地冒出这番话来，所以我们大家为之一愣。

"我要就此和你们道别了。时间真是短暂。其实老师与学生之间的关系，可真难定出个情分。老师只要一离职，便与学生成了陌路人。你们没错，错在老师。说实在的，老师们全是一些混蛋，一些分不出是男是女的家伙。对你们说这些话，我很抱歉，不过，我实在憋不住。教职员室里的气氛，整个就是不学无术！自私自利，一点都不爱学生。这两年来，我一直在教职员室奋斗，但还是行不通。在我被炒鱿鱼之前，我自己先辞职不干。今天这是我的最后一堂课。日后与各位或许已无缘相见,但今后让我们一起努力吧。学习是很美好的事。似乎有人认为学习代数或几何,等学校毕业后,便完全派不上用场,那可就错了。不论是植物学、动物学、物理学,还是化学,都该尽可能多花时间研读。唯有这些看似无法直接在日常生活中派上用场的学习,才会令你们的人格更加完备。没必要夸耀自己的知识。好好用功,就算日后忘了也无妨。记不记得并不重要,重要的是培养。所谓的培养,不是背诵许多公式或单词,而是要拥有宽阔的心灵,也就是要懂得什么是爱。学生时代不用功的人,出社会后一定也是个冷酷的利己主义者。学问这种事,就算学会后马上忘记,那也无妨;就算全部忘个精光,在你用功训练的底端,仍会留下一把沙金。这才真正可贵。得好好用功才行。不能老急着要硬将自己的学问直接运用在生活中。要成为真正从容受过培育的人!我想说的话就这些。我已无法再和你们一起在这个教室里学习了。不过,我一辈子都会记得你们的名字,不会忘记。你们偶尔也要想起我。虽是很平凡无奇的道别,不过这是男人与男人的道别。就让我们各自潇洒地走吧。最后,祝各位身体健康。"老师脸色略显苍白,不带一丝笑意,向我们深深一鞠躬。

我很想扑向前抱住老师大哭一场。

"敬礼！"班长矢村略带哭腔地发号施令。班上六十人全都神情肃穆地起立，由衷地鞠躬敬礼。

"这次的考试大家不用担心。"老师如此说道，这才莞尔一笑。

"老师，再见！"留级生志田悄声说了这句话后，全部六十名学生这才齐声喊道："老师，再见！"

我很想放声大哭。

黑田老师现在不知过得怎样，也许出征上前线去了，因为他现在应该才三十岁左右。

写着黑田老师的事，果真因此忘了时间，都快深夜十二点了。哥哥在隔壁房间偷偷写小说。似乎是一部长篇小说，听说已写了二百多张。哥哥他总是昼夜颠倒，每天下午四点左右起床，然后晚上必定熬夜。他这样对身体不好吧？像我早困得眼皮都快合上了。我打算接下来念一点德富芦花的《回忆录》后再睡。明天是星期天，可以睡个懒觉。这是在星期天唯一的乐趣。

四月十八日。星期天。

天气时晴时阴。今天我上午十一点起床。没什么特别的事。这也是理所当然。如果因为今天是星期天，就以为会有什么好事发生，那可就错了。人生向来平凡。明天又会是星期一。从明天起，又得到学校上一个礼拜的课。我这种个性似乎相当吃亏，无法只看眼前的星期天，纵情享受这样的假日。因为躲在星期天背后的星期一，露出不怀好意的表情，令我畏怯。星期一是黑色，星期二是血色，星期三是白色，星期四是茶色，星期五是亮光色，星期六是灰色，星期天则是危险的红色，理应令人感到落寞。

从今天中午开始，埋首苦读英语单词和代数。真是闷热的日子，我穿着一件毛巾材质的睡衣，不顾一切地用功学习。晚餐后喝的那杯茶，真是甘甜好喝，哥哥也说好喝。我想，酒会不会也是这个味道？

今晚写什么好呢？因为没什么好写的，就来写写家人吧。我的家目前一共有七个人，分别是母亲、姐姐、哥哥和我，还有寄食书生木岛、女仆梅弥，以及上个月来到家中的护士杉野小姐，一共七人。父亲在我八岁那年去世。他生前似乎小有名气，毕业于美国某大学，是位基督教徒，似乎是当时的新式知识分子。与其说他是位政治人物，不如说他是实业家更加合适。他晚年投身政界，为政友会效力，但也仅为期四五年而已，之前他一直是身处市井的实业家。但听说投入政界后，才短短五六年，便耗费了大部分财产。我谈到财产的事，实在很可笑，不过母亲当时似乎吃了不少苦头。而我们住的房子，也在父亲死后不久，从位于牛达区的大宅院迁往现在这处位于麹町的屋子。母亲就这样生病了，现在仍卧病在床。不过，我一点都不怨恨父亲。父亲管我叫"小子"。我关于父亲的记忆不多，就只清楚记得他每天早上都用牛奶洗脸，似乎颇懂附庸风雅。从装饰在客厅的照片也看得出来，他长得五官端正，气韵不凡。大家都说姐姐长得最像父亲。我姐姐的遭遇令人同情。她今年二十六岁，将在本月二十八日出嫁。长期以来，她都忙于照顾卧病的母亲，以及看顾我们这几个弟弟，以致耽误了婚事。自从父亲死后，母亲便长卧病榻。她罹患结核性脊髓炎，已卧病将近十年之久。母亲明明是个病人，但一张嘴却是能言善道，而且又任性，尽管雇用了护士，但她很快就把对方赶跑了。只有姐姐才有办法照料她。但今年过年时，哥哥很不客气地说了母亲一顿，这才让母亲同意姐姐嫁人。哥哥生气的时候着实可怕。由于姐姐的婚期已近，上个月护士杉野小姐来到家中，开始在姐姐的教导下照顾起母亲的起居。母亲虽然嘴里叨念，但似乎也已看开，改为接受杉野小姐的照顾。好像连母亲也拗不过哥哥。母亲！就算姐姐出嫁了，你也不要气馁，请为哥哥和我打起精神来。姐姐也已经二十六岁，实在很可怜。啊，糟糕。我竟然讲出这么老成的话。不过，结婚是人生大事，尤其是对妇女来说，结婚或许可说是唯一的大事。那就别害羞，试着认真思考这个问题吧。

姐姐是值得尊敬的牺牲者。她的青春因为家事和照顾母亲而被葬送，这么说一点也不为过。但是，对姐姐来说，长时间的刻苦耐劳，绝非毫无意义。姐姐肯定很懂事理，远非我们所能比。刻苦耐劳会磨炼一个人的理性。最近姐姐的双眸特别清澄漂亮。尽管婚期已近，但她并不会矫揉造作地欢欣雀跃，或是得意忘形，真的很了不起。她将抱持平静的心情走入婚姻生活。

她的对象铃冈先生，是一位年近四十的董事，听说还是柔道四段。他的缺点就是鼻子又圆又红，但似乎是个亲切的好人。我对他说不上喜欢，但也不讨厌。反正他是外人。不过哥哥说过，有这么一位姐夫在，感觉踏实不少。或许真是如此。但我并不想受姐夫关照，我只祈求姐姐能过得幸福。姐姐离开后，家中不知道会变得多么冷清。也许就像火熄了一样。但我们会忍耐，只要姐姐能过得幸福就好。姐姐应该会是个贤内助。身为她的至亲，这点我可以很清楚地拍胸脯保证。说到谁会是最好的新娘，我大力推荐她。我们确实给姐姐添了太多麻烦，这些年要是没有姐姐在，不知道我们现在会是怎样，也许我现在成了不良少年。姐姐看出弟弟们的个性，以温情照料我们。姐姐、哥哥，还有我，我们三人之间存有高度的精神情谊。三人是神圣的同盟。而姐姐在理性方面比我们杰出，所以她总是很自然地引领着我们。我深信姐姐在婚姻生活上，一定能孕育出一种平静的幸福。即使遭遇黑暗的灾难袭击，姐姐也拥有宝贵的力量，绝不会让夫妇间的幸福受到任何损伤。姐姐！恭喜你。你今后会幸福的。我这么说，或许有干涉过多之嫌，不过姐姐，你应该还不懂夫妻之间的情爱吧。（话虽如此，我自己也完全不懂，甚至连想象都想象不出，或许这事出奇地无趣也说不定。）不过，如果这世上真有夫妻的情爱，那么，姐姐应该会以最好的方式加以实现吧。姐姐！请不要毁了我这美好的"幻想"。

再见了，加油！要一切平平安安！如果这是永别，那你一定要永远平安地过日子。

以上的内容，是抱持着跟姐姐说悄悄话的心情而写下的，不过姐姐或许永远都不会发现我暗中向她道别的这番话。因为这是我个人的私密日记。不过，姐姐要是看了，应该会笑我吧。

我没勇气当着姐姐的面这样开口道别，说来还真是窝囊、可悲。

明天是星期一。黑色的日子。我要睡了。神啊，请不要遗忘我。

四月十九日。星期一。

晴，有时多云。今天真是个不开心的日子。我想退出足球社团。就算不退社，我也已经对运动很反感了。以后和他们往来，随便敷衍一下就行了。因为他们实在都太过随便，所以这也是没办法的事。今天我揍了队长梶一拳。梶是个卑劣的家伙。

今天放学后，社员全都在球场上集合，开始这学年的第一次练习。与去年的球队相比，今年的球队不论是在气势还是在技术上，都大不如前。这么一来，这学期能否和其他球队比赛都还是个问题。不过，大家只是聚在一起，团队配合毫无默契。问题出在梶的身上，他没有当队长的资格。他今年理应毕业，但他留级了，所以仗着年长而担任队长。想要统率整个球队，需要的不是过人的踢球技巧，而是人品。梶的人品低劣。在练习时，总是满口黄腔，不正经的嬉闹。不光梶这样，每个成员都这般嬉闹，无比散漫。我甚至想一个一个揪住他们的衣襟，把他们的头按进水里。练习结束后，大伙依照惯例，到附近的桃汤澡堂洗澡。在更衣处，梶突然口出下流之语，而且是针对我的身体而来。那些话我实在不想写。我就这样光着身子站在梶面前。

"你是运动员吗？"我问。

有人在一旁劝阻"别这样"。

梶将脱到一半的衬衫重新穿上。

"喂，你想打架是吗？"他朝我努出下巴，咧嘴而笑，露出一口白牙。

于是我朝他的脸挥了一拳。

"如果你是个运动员，就该觉得羞耻！"我狠狠骂他一句。

梶朝地板用力一蹬，大喊一声"可恶"，便放声大哭。

这可真教人意外。没想到他这么窝囊。我快步走向冲澡处冲洗身体。

赤裸着身子和人打架，不是什么值得夸赞的事。我已经厌倦运动了。有句谚语说：健全的精神寄宿在健全的肉体上。不过，听说其实在希腊原文中，这句话的含义中带有一种"如果健全的精神能寄宿在健全的肉体上就好了"的愿望和叹息。哥哥以前曾对我这样说过。健全的精神如果能栖宿在健全的肉体上，那是多美好的事啊，可是现实往往不会尽如人意，这似乎才是这句话真正的含义。梶拥有一副健全的体格，实在很可惜。如果健全的精神能栖宿在他健全的体格上就好了，这句话正适合套用在他身上。

夜里，我听了海伦·凯勒女士的广播。真想让梶也听听。海伦·凯勒又聋又盲，拥有如此令人绝望的不健全肉体，但她凭借努力，让自己能开口说话，听得懂秘书所说的话，写作出书，最后甚至取得博士头衔。我们对这位女士投以无限的尊敬之情，应该是真的发自肺腑吧。当我听广播时，不时从中传来如潮般的掌声，观众的感动直接撼动了我的心灵，我眼中噙满泪水。凯勒女士的作品我也略有涉猎，以宗教性诗文居多。或许是信仰使凯勒女士重生。我深切感受到信仰力量的强大。所谓的宗教，是相信奇迹的一种力量。理性主义者无法明白宗教。宗教，是相信非理性的一种力量。正因为非理性，所以是"信仰"的特殊力量……啊，不行，越说越糊涂了。找个时间再问哥哥一遍吧。

明天是星期二。真讨厌。有句话说，男人只要走出门外，到处都有敌人埋伏，说得一点都没错。大意不得。要前往学校，就像要闯进上百名敌人当中一样。不想认输，为了获胜，就要全力以赴，我真受不了。莫非这是胜利者的悲哀？怎么可能。梶，明天我们面带微笑，握手言和吧。就像你在澡堂里说的，我身体的肤色过于白皙了。我很讨厌这件事。不过，我可没在奇怪的地方抹白粉啊，你少瞧不起人。今晚看完《圣经》后再睡吧。

你们放心，是我，别怕！①

四月二十日，星期二。

虽说是晴天，但称不上万里晴空，只能算是晴，有时多

---

① 出自《圣经·马太福音》

云。今天我很快和梶和解。我可不想一直处在这种不安的心情之中，所以我前往梶的班级，很干脆地向他道歉。梶好像很高兴。

吾友以笑掩饰落寞，

我也以笑回以落寞。

不过，我还是和以前一样鄙视梶。这是没办法的事。梶以若有所思且对我充满信赖的低沉嗓音说道：

"我之前就想找你商量，这次加入足球社的一年级新生共有十五人，但没一个像样的。没用的家伙就算招纳再多，社团的素质还是一样只会下滑，无法提升，连我都提不起劲了。你也帮我想想办法吧。"

我听后觉得实在很滑稽。梶这是在替自己辩解，想把自己的无能怪罪到新生头上。这家伙越来越卑劣了。

"人多又有什么关系呢。你就拿出干劲，好好让他们练习，不行的家伙会累倒，能成材的自然会留下。"我话音刚落，他大声地应道："这怎么行！"然后露出空虚的傻笑。我不懂这样为什么不行。不管怎样，我对足球社已不再有以前的热情。你想怎样就怎样吧。大概会造就出一支羸弱的蒻蒻球队吧。

放学返家的路上,我顺道绕了一趟目黑电影院,看了《英烈传》①这部电影。无聊至极,真是一部烂电影。浪费了我三十日元,外加浪费时间。不良少年木村一直很热心鼓吹说这是一部杰作,非看不可,所以我满怀期待地前往欣赏,结果这是哪门子电影?要是加上口琴伴奏,肯定很搭调,完全是一部飘散着廉价发油气味的电影。到底是哪里让木村对此电影赞誉有加呢?真搞不懂。那家伙该不会还没长大吧?应该是看到马匹奔驰,就很开心兴奋吧。他说的尼采,感觉越来越不可靠了。也许他指的是尼采牌口香糖也说不定。

今晚,姐姐因为铃冈先生打来的电话,而前往银座。这即是所谓的婚前交往。两人一本正经地走在银座街头,可能会在资生堂②点冰激凌和苏打水来吃。也许在看过《英烈传》后会大为赞叹也说不定。婚期明明就快到了,他们可真优哉。劝他们还是别这样比较好。妈妈前不久才刚闹过脾气。听说她嫌擦洗身子用的铝盆里头装的热水太烫,就把铝盆打翻了。护士杉野小姐为此落泪,梅弥来回奔忙,真当是鸡飞狗跳。哥哥装不知道,继续看他的书;我担心不已。要是姐姐在的话,就能顺利摆平此事。杉野小姐在楼梯下啜泣良久,寄读

---

① 《英烈传》,英文片名为 *The Charge of the Light Brigade*,1936 年美国战争片。
② 1902 年,日本东京银座的资生堂药局开始制造和贩卖冰激凌、苏打水。

书生木岛以哲学家似的稳重口吻在一旁柔声劝慰，模样滑稽。听说木岛哥是妈妈的一名远亲。五六年前，他从乡下的高等小学毕业后，便住进我家。一度为了接受征兵检查而返回乡下，但没过多久又回到我家。他因为高度近视，所以体检属于丙种合格①。虽然脸上长满了粉刺，但相貌不差。他的理想似乎是成为一名政治人物，但他一点都不用功，所以大概是没希望的。听说他在外头都会称呼我父亲为"伯父"。他是个没坏心眼，个性爽朗的人。不过，也就这么点能耐。也许他打算一辈子都待在我家。

姐姐刚刚回家。十点零八分。

我接下来还有三十题左右的代数题要做。好累，真想哭。有个叫罗伯特的人说过："有一名碍事者，时时在我身边纠缠，其名为'正直。'"而芹川进也说过："有一名碍事者，时时在我身边纠缠，其名为'考试。'"

我真想到没有考试的学校就读。

四月二十一日。星期三。

阴。夜间有雨。无边的阴郁。连写日记都觉得烦。今天

---

① 二战前日本旧兵制度规定，凡满二十周岁男子均有义务接受入伍体检，标准分为甲种、乙种、丙种。丙种合格者为体格、健康状况极差者，被编入国民兵役。

数学课时，"狸猫"穿着肮脏的橡胶长靴走进教室说道："班上四年级要应考的有几个人？举个手。"我为之一惊，不由自主地举起手，结果只有我一人。连班长矢村都小心提防着，没举手。我低着头，显得很扭捏。他真是卑鄙的家伙。"狸猫"说了一句"哦，芹川要考是吧"，嘴角轻扬。我觉得很难为情，瞬间感到世界变得一片漆黑。

"你要考哪所学校？""狸猫"的语气含有极度的轻蔑。

"还没决定。"我应道。我毕竟还是没勇气说我要考一高，真是可悲。

"狸猫"抬手遮掩自己的胡须，暗自窃笑。真惹人厌。

"不过各位同学……""狸猫"转为严肃的神情，环视班上的学生说道，"如果是四年级要应考，那就不该抱持考好玩儿的心态，只想着考考看，而是得抱定非考不可的决心，前往应考才行。如果是以摇摆不定的心态应考，结果名落孙山，则落榜将成为习惯，等到升上五年级后前去应考，一样考不上，这种情形很常见。希望你们审慎思考后再决定。"他这种说话方式，完全忽视了我的存在。

真想宰了"狸猫"。这所学校有这么没礼貌的老师，干脆来场火灾烧个精光算了。无论如何，从四年级开始，我都要到其他学校去读。谁要在这里待到五年级啊。我的身体会彻底腐坏。与外语学习相比，我的数学成绩不太理想，但正因为这样,我每天晚上都很认真用功。啊,真想考上一高,让"狸猫"对我刮目相看,但我或许办不到。我感觉自己对用功读书都厌倦了。

放学回家的路上,顺道绕了一趟武藏野馆,看了电影《罪与罚》。片中的配乐绝佳,我闭上眼,光是听音乐,眼角便渗出泪来。真想堕落一番。

回家后,我完全没看书。我作了一首长诗。诗的大意是:

> 我此刻爬行在黑暗的地底,但我尚未绝望。从不知名的某处射入一道朦胧的光芒。但那道光是什么,我不知道。我虽然以手掌承接那道亮光,但我无法理解那道光的含意,就只是感到心焦。不可思议的光芒!

就是这样的一首诗。我想哪天也给哥哥看一下。真羡慕哥哥,因为他有才能。根据哥哥的说法,才能这种东西,会在人们对某件事拥有异常的兴趣,全神投入其中时出现。我也觉得是这么回事,不过像我这样每天憎恨、生气、流泪,过度投入其中,就只是搞得一团乱,想必不会成为才能出现的契机。也许这反而是个证明,表示我是个没能力的人。唉,有没有人可以清楚明确地为我做个判定呢?我到底是愚笨、聪慧,还是个骗子呢?是天使、恶魔,还是个俗人?能当殉教者、学者，还是大艺术家呢？自杀是吗？我真的有寻死的念头。我从来不曾像今晚这样，深切感受到自己的父亲已撒手人寰这件事。虽然这件事向来都被我抛至脑后，说来还真不可思议。我总觉得"父亲"是很巨大，而且温暖的存在。基督徒在悲痛欲绝时，会大声呼喊"Abba① Father"，我隐约能明白他们的心情。

> 比母爱更热切
> 比大地更深邃
> 耸立于人们的思绪之上
> 比天空更宽阔
>
> ——赞美诗第五十二

四月二十二日。星期四。
阴。没什么特别事，所以不写了。今天上学迟到。

四月二十三日。星期五。
雨。晚上木村带着吉他到家里来玩，我要他弹给我听。真是糟透了。我听了半晌都没说话，木村见状，说了一句

---

① Abba Father 源出阿兰语，意为"父亲"。

"真没礼貌",就此离去。在下雨的日子专程抱着吉他前来的家伙,真是十足的傻瓜。我累了,所以很早便上了床。九点半就寝。

四月二十四日。星期六。

晴。从今天早上起,我翘了一整天课没去上学。这么好的天气还去上学,未免太可惜了。我跑到上野公园,在公园的长椅上吃便当,下午一直待在图书馆。我借出了《正冈子规①全集》的第一卷到第四卷,随手翻阅。天黑后返家。

四月二十七日。星期二。

雨。焦躁难耐,难以入眠。深夜一点时分,微微传来工人夜间施工的声响,他们在雨中默默无言地工作,只有铲子和沙石的声响有规律地传来。没听见半点吆喝声。明天就是姐姐的婚礼日。今晚也是姐姐最后一次在家中过夜。不知道她是怎样的心情。别人的事都和我无关。结束。

四月二十八日。星期三。

---

① 正冈子规(1867—1902),日本俳句诗人,对日本俳句进行了近代化的革新。

晴朗无云。一早我朝姐姐跪坐，恭敬地行了礼后，迅速出门上学。我行完礼后，姐姐喊了一声"小进"，就此哭了起来。妈妈似乎也在房间里叫喊"进、进"，我听了之后，鞋带也没系，赶紧夺门而出。

五月一日。星期六。

晴，有时多云。日记写得很随便，也没什么原因，就只是不想写。现在是因为突然想写，所以才动笔。今天哥哥买了一把吉他给我。吃完晚餐后，我和哥哥到银座散步，途中我往乐器行的橱窗内窥望，不经意地说了一句：

"木村也有一把和那个一样的吉他哦。"

哥哥闻言后问："你想要吗？"

"真的可以吗？"我又爱又怕，转头观察哥哥的神情，结果哥哥不发一语走进店内，就此买下。

哥哥的寂寞胜过我十倍。

五月二日。星期天。

雨过天晴。虽然是星期天，但我却难得八点就起了床。起床后马上拿布擦拭吉他。我堂哥小庆要到家里玩。自从他到商科大学就读后，这还是第一次到家里来做客。那身新做的西服，崭新而耀眼。

"身份不同了呢。"我出言恭维后,他嘿嘿笑了几声。真不检点。就算是进了商科大学,但有可能因为这样就身份不同吗?他穿着一件红色条纹的衬衫,显得装模作样。难道他还没读过"身体不胜于衣裳吗?"①

"德语很难呢。"他说。嘿嘿,真是这样吗?当了大学生后,果然变得不一样了。我渐感烦躁,一味地弹着吉他。他邀我一起去银座,但我拒绝了。

我现在完全没用功念书,终日无所事事。Doing nothing is doing ill。无所事事必干坏事。也许我这是在嫉妒小庆。我真是低俗。要好好思考一下。

五月四日。星期二。

晴。今天在学校大厅举办足球社的新进社员欢迎会,我只去露了一下脸就回来了。最近我的生活连悲剧都没有。

五月七日。星期五。

阴。夜里有雨。温热的雨。我深夜撑着伞,悄悄外出吃寿司。和一名喝得烂醉的女佣,以及一名没醉的女佣,一同大嚼寿司。喝醉的女佣对我说了失礼的话,但我没生气,就

---

① 出自《圣经·马太福音》第六章第二十五节。意为身体胜于衣裳。

只是苦笑。

五月十二日。星期三。

晴。今天数学课时,"狸猫"出了一道应用题。给我们二十分钟解题。

"有人会吗?"

没人举手。我觉得自己似乎会解,但我不想像三个礼拜前的星期三那样再次丢脸,所以假装不会。

"什么嘛,没人会吗?""狸猫"嘲笑众人,"芹川,你解解看。"

为什么指名我来解?我吃了一惊,站起身走向黑板解题。只要两边都平方的话,就可以轻松解开。答案是 0。我写下"答案为 0"。但我心想,要是我算错了,又会像上次一样遭到羞辱,因此我改写成"答案应该是 0"。"狸猫"看了,哈哈大笑。

"芹川,我真是服了你。"他摇着头说,就算我已回到了自己座位,他仍是盯着我的脸上下打量,毫不顾忌地说道,"在教职员室里,大家也都说你很可爱呢。"这句话惹来全班哄堂大笑。

感觉真不舒服。比上星期三更令人生气。我感到难为情,不敢和班上的人目光交会。"狸猫"这个人的粗神经,以及教职员室里的气氛，是那么的失礼和粗俗，令人难以忍受。我从学校返家的路上，已决定要退学。我想离家出走，当一名电影演员，独立生活。哥哥之前说过"进，你似乎有当演员的天分呢"。我清楚地想起他说过的话。

但晚餐时却是以下这样的情形，没什么特别的事发生。

"我讨厌学校。实在待不下去了。我想自谋生路。"

"学校原本就是个讨人厌的地方。不过，即使再讨厌，还是天天去上学，这点就是学生生活的可贵之处，不是吗？虽然这话听起来矛盾，但学校的存在，就是用来让人憎恨的。我也很讨厌学校，却从没想过念到中学就不念了。"

"说的也是。"

我的想法还真是经不起考验。唉，人生真单调！

五月十七日。星期一。

晴。我又开始踢球了。今天与二中比赛。我前半场得两分，后半场得一分。最后比分三比三。比赛完回家的路上，我和学长在目黑畅饮啤酒。

益发觉得自己像是个蠢材。

五月三十日。星期天。

晴。明明是星期天，心情却很沉闷。春天逐渐远去。早上木村打电话来，问我要不要一起去横滨。我拒绝了他的邀约。下午我前往神田①，将考试参考书全部买齐。在暑假前，我要做完《代数研究（上、下）》，然后趁暑假期间做平面几何的总复习。晚上我整理了书架。

心情暗淡、阴郁。我要向山举目；我的帮助从何而来？②

六月三日。星期四。

晴。其实从今天起，要展开为期六天的四年级生校外教学之旅，大家在旅馆里一起睡大通铺，排着长长的队伍参观名胜，我讨厌这样，所以决定不参加。

我打算这六天全部拿来看小说。今天我已开始看夏目漱石的《明暗》。好黑暗的一部小说。它的黑暗，只有在东京土生土长的人才明白。那简直就是深陷其中无法脱身的地狱。班上那些人现在应该是在夜间列车上呼呼大睡吧。真是天真无邪。

勇者，在独行时最为强大。——（是席勒说的吧？）

六月十三日。星期天。

---

① 神田，位于东京都千代田区，因有多所大学和书店的"学生街"而闻名。
② 出自《圣经·诗篇》。

阴。足球社的学长大泽和松村大摇大摆地前来找我。要接待他们实在是蠢事一桩,令人难受。"足球社的暑假集训好像会取消,这可是件大事呢",他们如此说道,神情激动。我原本就不打算参加今年暑假的集训,所以这对我来说反而是好消息,但是对大泽、松村这两位学长而言,却因此少了一种乐趣,所以他们感到愤愤不平。听说是队长梶在会计方面出了纰漏,因而无法跟校方取得集训费用。松村气冲冲地说,非得撤除梶的队长职务不可。总之,他们全是笨蛋。我只想早点回家。

晚上,我帮妈妈揉脚,好久没这么做了。

"你们凡事要多忍耐……"

"是。"

"兄弟间要和睦相处……"

"是。"

妈妈每次说没几句话,就会提到"忍耐",以及"兄弟间要和睦相处"。

七月十四日。星期三。

晴。从七月十日起第一学期的期末考开始了。明天再考一天便结束了。考完之后一个礼拜便会公布成绩,接下来就是暑假。真开心。果然还是很开心。很自然地发出"啊

——"的一声叫喊。成绩好坏不重要。这学期我在思想上陷入迷惘，所以成绩或许也会一落千丈。不过，唯独国语、汉文、英语、数学这四科，我自认应该考得不错，不过还没看到成绩公布，我也不敢说得太笃定。啊，已经要放暑假了，一想到这点，就忍不住嘴角上扬。明天明明还要考试，但我已忍不住想写日记了。最近常偷懒没写日记，因为生活中少了一份干劲。可能是因为我自己太空洞，没有内容可写吧。不，应该是因为我深感绝望的缘故吧。我变得很狡猾。我不想随便让人知道我的心思。我现在抱持什么想法，我不太想让人知道。我只能说一句"我未来的目标，已在不知不觉中确立"。此外，我无话可说。明天还要考试。用功，用功。

一月四日。星期三。

晴。元旦、二日、三日、四日，我天天都在玩乐。不分昼夜，尽是玩乐。虽然在玩乐，但我并非忘却一切，尽情玩乐，虽然心里想"唉，玩腻了，真没意思"，但还是不自觉地被拉着一起玩，可是玩了之后，备感落寞。那是极度的落寞。我深切地想要用功。感觉这一个月来，我完全没进步。内心无比焦急。今年我想要保持稳定，认真用功。去年我每天都像坐着一辆嘎吱作响且快要散架的汽车，一颗心始终静不下来，但今年我感觉似乎会冒出欢乐的希望。仿佛就在前方不远处，只要伸手往前探，便能握住某个温暖的美好事物。

十七岁。一个有点可恨的年纪。感觉自己终于变得认真严肃了。同时又觉得自己突然变成一个平凡人。也许我真的已经变成大人了。

入学考就在今年三月，所以我非紧张不可。我还是打算报考一高，而且非文科不念！去年"狸猫"三番两次给我难堪后，我便已对理科彻底死心。哥哥也赞成我的决心，他笑着说道"因为我们芹川家的人没有科学家的血脉"。不过，虽然我选择文科，但是否有哥哥那样的文科才能，这是个问号。首先，我没自信能考上一高的英文科。哥哥总是一派轻松，说我没问题的，但哥哥似乎是因为自己轻松考上，所以认为别人也能轻松上榜。他不认同人与人之间存有能力差距，满心以为每个人都拥有和他一样的能力，所以才会有时候若无其事地吩咐我做一些很难办到的事，在无意识间说出残酷的事。也许他就是个富家少爷。我总觉得一高超出我的能力范围，我大概会落榜吧。要是落榜，我打算进私立的 R 大学①就读。我可不想留在中学里念五年级。与其再多让"狸猫"等人嘲笑一年，我宁可去死。R 大学是一所基督教学校，能深入研究《圣经》，应该会很有意思。觉得那会是一所充

---

① R 大学，指私立的立教大学，是一所教会大学，位于东京都丰岛区池袋。

满光明的学校。

正月一日、二日两天,我们玩动作猜字谜的游戏,一开始觉得很有趣,但第二天就觉得索然无味,于是在镰仓的小圭提议下,他、我哥、新宿的小豆和我,我们四人展开《父归》①的朗读。我果然特别拿手。哥哥扮演的"父亲"太过严肃,不太合适。一月三日,我们四人决定上高尾山来一场冬日远足。寒风刺骨,冷得令人吃不消。我累得筋疲力尽,在回程的电车上,倚着哥哥的肩膀就这么睡着了。小圭、小豆两人昨天也在我家留宿。

今天他们两人回去后,换了木村和佐伯到家里玩。我原本已下定决心,不再和这些无聊的中学生一起玩,但最后还是妥协了。我们玩扑克牌 Two-Ten-Jack②。木村玩牌的手法很卑鄙,令人傻眼。木村去年岁末时,从家中带了二百日元在身上,到横滨、热海四处游玩,把身上的钱全花光后,这才来到我家,于是我马上打电话到木村家通知此事。听说木村家的人已报警寻人,他的家人现在已完全把我当大恩人看待了。木村的家庭似乎也不太正常,不过木村自己也是个笨

---

① 《父归》,日本戏剧。菊池宽编剧。1920年首演,讲述一家人对离乡二十年落魄返家的父亲又爱又恨的情感故事。
② 日本的一种扑克牌玩法,由三至六人参加,以牌号2、10、J为最高得分。

蛋。他果然只是个一般的不良少年。亏他还喜爱尼采，尼采知道也会哭泣吧。佐伯同样也是笨蛋。最近我越来越讨厌他了。他是大资本家的少爷，身高将近一米八，身形清瘦。由于他身子骨弱，所以只念到中学。起初他多和我谈及外国文学的事，所以我也像先前听木村谈到尼采而兴奋一样，对他大为钦佩，认为佐伯是我唯一的好友，进而也主动到他家玩，但我觉得他实在柔弱不堪。他在家时，穿着像是五六岁孩童穿的大件碎花和服，而且竟然把吃饭还说成"吃饭饭"，令人毛骨悚然。而与他交往越久，越觉得话不投机，甚至分不清他究竟是男是女。他老爱伸舌舐唇，一副仿佛会流下口水般的神情。之前他还一本正经地跟我说因为自己身体不好，所以无法上大学，希望能在家中静静地和我交流，一起钻研文学。但我可不想，我对他说："你还是再考虑考虑吧。"

我陪伴木村和佐伯游玩，直至日暮。我们一起吃麻糍。他们两人回去后，接着换"一小口"女士前来。真令人沮丧。这位女士是我爸爸的妹妹，所以算是我们的姑姑。她芳龄已有四十五六，算是颇有年纪，至今未婚。她是位插花师，还担任妇女会的干事。哥哥说"一小口"女士是我们芹川一家的耻辱。她不是什么坏人，不过就是有点虚伪。"一小口"这称呼，是哥哥去年发明的。姐姐举办婚宴时，这位姑姑和我哥哥并肩而坐，其他绅士向姑姑敬酒。她扭着身躯说道：

"嗯……我不会喝酒呢。"

"不过才一杯嘛。"

"呵呵呵,那么,我就喝一小口吧!"

真恶心!哥哥说他因为觉得丢脸,很想愤然离席,就此回家。诚所谓小可见大,她这个人装模作样,俗不可耐。而今晚她看到我之后又说道:

"哎呀!小进,你鼻子底下都长出黑毛了呢!要振作一点哦。"

真是愚蠢、下流、粗鲁、丢人。当真是我们一家的耻辱。我才不要和她同座呢。我暗中与哥哥点了点头,一同外出。银座满是熙熙攘攘的人潮,大家都和我们一样,因为待在家里郁闷,所以才到银座溜达吗?想到这里,顿时觉得可怕。哥哥在资生堂喝着咖啡,低语:"看来,芹川家的人身上流着淫荡的血。"我听了大吃一惊。在返家的公交车上,我们讨论起"诚实"这件事。哥哥最近似乎也相当萎靡不振。由于姐姐已不在家中,所以家事他也得处理,而他写小说似乎也遭遇到了瓶颈。

回家后已是十一点。"一小口"女士已经离去。

从明天起,我要抱持豪迈的精神和全新的希望前进,因为我已经十七岁了。我向上帝立誓:明天我要六点起床,我一定要好好用功。

一月五日。星期四。

阴。强风。今天什么也没做。刮大风的日子实在糟糕。起床时已是下午一点。我觉得自己变得比去年还要懒散。起床后，正不知道做什么好时，家住下谷的姐姐打电话给我。她说"欢迎到我家来玩"，但我一时不知该如何才好。基于我那优柔寡断的个性，我回了她一句"嗯"。其实我很讨厌铃冈家，感觉很俗气。姐姐也变了。婚后不久，她便回家里做客，但她改变很大，变得粗糙干瘪，十足的黄脸婆样子。原本丰润的样貌已不复见，着实惊人。她出嫁至今，才十天不到的光景，手背已变得脏兮兮。另外，她变得很精明，甚至很重视怎样对自己有利。尽管姐姐极力想要掩饰，但我还是看得一清二楚。现在她已完全变成铃冈的人了，似乎连长相都和铃冈越来越像。说到长相，每次我想到俊雄，就会连话都说不好。俊雄是铃冈的亲弟弟，去年他从乡下的中学毕业后，便和姐姐他们同住，到庆应义塾大学的文科就读。我这样说对俊雄有点过意不去，但还是不得不说，我从未见过像俊雄这样的丑男，真的丑到了极点。我也不是什么俊男，而且我也不想谈别人的美丑，不过俊雄的长相真的很糟，所以才会使得我连话都说不好。这并非鼻子挺还是扁，嘴巴大还是小的问题，而是这五官长得七零八落，没半点幽默可言。每次我和他见面，总会忍不住陷入沉思。这长相可真是万中选一啊。这种说法连我自己听了都觉得不舒服,实在不该说,但这是事实,所以这也是没办法的事。那样的长相,我真是出生后第一次见识到。男人的长相不是问题,只要有高洁的精神就行,肯定能开始充实的社会生活,我对此坚信不疑。但是像俊雄这样的年轻人,而且在庆应义塾大学这种来头不小的学府就读,却配上这样的尊容,想必日子不太好过。而事实上,与他见面后,连我都开始讨厌起人生了。他真的长得很惨。他往后漫长的人生,想必会因为这先天的问题,而常遭人指指点点,被人背地里说坏话,受人排挤。想到这点,我开始对现代的社会结构产生怀疑,愤世嫉俗起来。世人冷酷的心,令人厌恶。我深感义愤填膺。俊雄日后如果能找到不错的工作,过上衣食无忧的生活,那实在是求之不得的事,值得祝福。但在婚姻方面又会是如何呢?尽管有他看上眼的女人,但如果因为他的尊容而无法结婚,他心里会有多悲惨啊,想必会大声地痛苦呻吟吧。唉,想到俊雄的事就心情郁闷。虽然我打从心底同情,但还是不喜欢他。他真的长得很惨,无法用言语形容。我尽可能不看到他。也许我也和世人一样冷酷,自以为了不起。我越想越变得语无伦次。从去年开始,我只去过下谷他家两次。我想见姐姐,但姐夫铃冈却又摆出十足的姐夫架子,老是叫我"小子",真受不了他。或许有人会说他这样是豪迈,但叫人"小子"未免也太过分了吧。我都十七岁了，被人叫"小子"，还要应声，我才不要呢。原本打算来个怒目以对，再赏他一张臭脸，但毕竟他是柔道四段，还是有点可怕的，我自然显得有点卑微了。与俊雄见面后，我变得连话都说不好，而对上铃冈，则是战战兢兢，所以我一到下谷他家，完全变成窝囊废。今天姐姐同样问我要不要去她家玩，我不自主地应了声"嗯"，但接着却又踌躇良久。我实在不想去。最后我跑去找哥哥商量。

"姐姐叫我去她家玩，但我不想去。风这么大的日子，不适合出门。"

"可是你不是回说你要去吗？"哥哥存心捉弄我，因为他已看出我的优柔寡断，"那你就非去不可。"

"啊，好痛！"我突然肚子痛。

哥哥笑出声来。

"既然这么排斥，一开始就清楚地拒绝不是很好吗？他们在等你呢。就是因为你想当个面面俱到的好孩子，才会惹出这样的麻烦。"

最后惹来一顿训。我讨厌训话，就算是哥哥的训话，也一样讨厌。我从未因为别人对我训话而真心悔改。训话根本就是自我陶醉，是一种任性的装模作样。真正了不起的人，就只会面带微笑看着我犯错。不过，这样的微笑其实很深邃清澈，尽管什么也没说，却直透人心坎。当我惊觉时，便会恍然大悟，这样才能真心悔改。我很讨厌训话，就算是哥哥的训话也一样。我就此板起脸来。

"那我清楚明确地拒绝总行了吧？"我如此说道，微带怒气地打电话到姐姐位于下谷的家中，结果更为糟糕，竟然是铃冈接的电话。

"是小子吗？新年快乐。"

"谢谢，新年快乐。"他毕竟是柔道四段啊。

"你姐已经在等你了，快来吧。"竟然还把我姐姐搬了出来。

"呃……我肚子痛。"连我自己都觉得很窝囊。"请代我向俊雄问候一声。"甚至还扯了一句没必要的客套话。

我没脸见哥哥，就这样关在房里直到黄昏，拿起克尔凯郭尔①写的《基督教的训练》乱看了一通。不过，我虽然望着书上的印刷文字，但脑中却天马行空地胡思乱想。

今天真是个愚蠢的日子。我感觉下谷他家很难缠，姐姐嫁到那户人家，是真的因为幸福而露出笑容吗？想到这里，我都被搞糊涂了。晚餐时，我问哥哥：

"夫妻之间都在聊些什么呢？"

---

① 索伦·克尔凯郭尔（1813—1855），丹麦宗教哲学心理学家、诗人，现代存在主义哲学创始人。代表作品有《非此即彼》《人生道路的阶段》等。

结果哥哥以很无趣的口吻应道:"谁知道,应该是什么也没聊吧。"

"或许吧。"

哥哥果然聪明。他很清楚姐姐有多无趣。

晚上我觉得喉咙痛,所以提早就寝。八点时,我躺在床上写日记。妈妈最近精神不错,只要平安度过这个冬天,或许身体就会逐渐好转。毕竟她的病相当棘手。先不谈这个,不知道有什么办法可以弄到五日元。我得还佐伯这笔钱才行,还清这笔钱后,就和他绝交。感觉一旦欠钱,人就会变得很窝囊,一蹶不振。要卖旧书来凑这笔钱吗,还是请哥哥帮忙呢?

《圣经·申命记》里提到"不要向你的兄弟收取利息",看来还是请哥哥帮忙比较安全。我这个人似乎有点小气。

风,依旧强劲。

一月六日。星期五。

晴。寒气逼人。我每天只会下定决心,却什么也不做,我深以为耻。我弹吉他越弹越好,但这一点都不值得夸耀。唉,真希望过的是没有悔恨的日子。我受够过年了。喉咙的疼痛已经没了,但接下来改换为头痛。什么都不想写。

一月七日。星期六。

阴。一个礼拜什么也没做。从早上起,我独自一人几乎吃掉一整箱橘子,似乎连手掌都变黄了。

真丢脸!芹川进。你的日记最近写得太萎靡了,完全没半点知识分子的样。你得好好振作才行。忘了你远大的志向吗?你已经十七岁了,该成为独当一面的知识分子了。可你这是什么萎靡样?你小学时,哥哥都带你去教堂学习《圣经》,你难道忘了吗?耶稣许下的悲壮誓愿,你应该深切明白才对。你忘了自己曾向哥哥承诺,要成为像耶稣那样的人吗?"耶路撒冷啊,耶路撒冷!你杀害先知们,又用石头砸死被差遣到你这里的人!我多次想聚集你的儿女,像母鸡把自己的小鸡聚集在翅膀下,可是你们不愿意。"① 以前每次读到这里,就会忍不住放声大哭的夜晚,你忘了吗?每天都有过人的觉悟,但这最后一整个礼拜过去,却天天像傻子般玩乐。

今年三月也有一场入学考。虽然考试不是人生的最终目的,但就像哥哥所说,与它奋战,正是学生生活的可贵之处。就连耶稣基督当年也很用功。他研究了当时的圣典,无一遗漏。自古以来的天才,用功的程度都胜过常人十倍。

---

① 出自《圣经·马太福音》。

芹川进，你可真是个大傻瓜啊！日记这种东西就别再写了！一个只会撒娇的傻瓜，拖拖拉拉写下的日记，连猪都不屑一顾。你的生活就只是为了写日记吗？这种自命清高、拖拖拉拉的日记，还是别写的好。这种空洞的生活，不管再怎么反省、整顿，还是一样空洞。像这样絮叨不休地写个没完，实在滑稽。你的日记已经没有任何意义了。

"吾人为小错而忏悔，是为了让世人相信自己没犯其他大错。"——弗朗索瓦·德·拉罗什富科①。

活该！

从后天起，第三学期就要开始了。

绷紧神经，勇往直前！

四月一日。星期六。

微阴。强风。这是攸关命运的一天，我终生难忘的日子。我前往看一高发榜。我落榜了，感觉肚里的肠胃凭空消失，体内变得空荡荡。我没有遗憾的感觉，就只是想哭。进，你真可怜。不过，我觉得落榜也是理所当然。

我不想回家。脑袋好沉重，耳朵嗡嗡作响，喉咙无比干

---

① 弗朗索瓦·德·拉罗什富科（1613—1680），法国古典作家，作表作品《箴言集》。

渴。我前往银座，站在四丁目的街角，任凭强风吹拂，等候红绿灯，这时候第一次流下眼泪。这也难怪，想到这是我有生以来第一次落榜，便按捺不住。我不知道自己是怎么走来的。转头一看，有两个人在看我。我坐上地铁，来到浅草的雷门。浅草人山人海。我已不再哭了。我觉得自己就像拉斯科尔尼科夫①。我走进一家牛奶店，桌上满是白白的一层灰。感觉连我的舌头也因为灰尘而变得粗糙，呼吸困难。落榜生的模样实在难看。我双腿慵懒无力，几欲虚脱，眼前清楚地浮现幻影。

罗马的废墟沐浴在昏黄的夕阳下，景色悲戚。身穿白衣的女子低着头，消失在石门内。

我额头直冒冷汗。我也参加了 R 大学的预科考试，但该不会也……不，不管怎样都无所谓了。就算考上了，也只是有个学籍罢了，我根本不想念到毕业。从明天起，我要自力谋生。去年暑假前，我就已觉悟。我已经不想再当有闲阶级了，依附在这种有闲阶级底下寄食的我，是多么可悲啊。"骆驼穿过针孔，比富人进天国还容易。"② 这不正是个好机会吗？从明天起，我就不再受家人关照了。啊，暴雨狂风！

---

① 拉斯科尔尼科夫，陀思妥耶夫斯基小说《罪与罚》的主人公。
② 出自《圣经·马太福音》。

灵魂啊!从明天起,我就要出外闯荡了。眼前再度浮现幻影。

那是鲜明的翠绿。清泉汩汩涌现,流经绿草之上。传来哗啦哗啦的水声,鸟儿振翅高飞。

幻影消失。我的座位旁坐着一名身穿洋装,其貌不扬的女孩,一脸茫然,面前摆着一个空咖啡杯。她取出小化妆盒,朝鼻头敷粉。她当时的表情活像个白痴,但她有一双纤细的腿,丝质的袜子显得出奇地薄。来了一名男子,像是将发蜡一路涂到脸上的男子。女子咧嘴一笑,站起身。我别过脸去。耶稣基督连这种女人也爱得下去吗?离家出走后,我也能若无其事地和这种女人谈天说笑吗?看到了令人厌恶的画面,我口干舌燥,再喝杯牛奶吧。我未来的新娘,是那个噘着嘴的女人,我未来的挚友,是那位全身散发发蜡恶臭的绅士。这预言会应验。外头络绎不绝的行人,他们应该都有家可归吧。

"哎呀,你回来啦。今天可真早呢。"

"嗯,因为工作进行得很顺利。"

"真是太好了。你要先泡个澡吗?"

平凡、宁静,可供休憩的归巢。但我无家可归。一个落榜的小子。多丢人啊!我不知道自己过去有多么瞧不起落榜生。我一直以为自己和他们是不同的人种,真没想到,如今我额头上也清楚地被烙上"落榜生"的字眼。我是落榜的新人，请多指教。

各位在四月一日晚上，可曾看见一名中学生，在浅草霓虹灯般的森林里像野狗一样徘徊游荡？看见了吗？如果看到的话，为什么当时没朝我叫一声"喂"呢？我肯定会抬头仰望你，向你恳求地说一句"请当我的朋友"。然后和你一起徘徊在强风中，一再相互立誓，要解救贫困之人。在这辽阔的世界能得到意想不到的同伴，对你我而言，那是多么美好的事啊。可是没人和我搭话。我因此颓丧地返回位于麴町的家中。

要写接下来的事，实在很令人难过。我向上帝立誓，我这辈子再也不会做那种坏事了。我挥拳揍了哥哥。晚上十点左右，我悄悄返回家中，在漆黑的玄关解开鞋带时，电灯突然亮起，哥哥走了出来。

"结果怎样？没考上吗？"他的声音显得一派轻松。我没说话。我脱好鞋，站上入门台阶处，硬挤出一抹冷笑，应道："这还用说吗？"声音卡在喉咙里。

"哦！"哥哥瞪大眼睛，"真的？"

"都是你不好！"我猛然挥拳揍向哥哥脸颊。唉，这只手废掉算了！我当时的愤怒根本毫无理由。我明明羞愧得要死，你们却照样一派高雅地过日子，一脸若无其事的神情，去死吧！我因为这种粗暴的情绪爆发，而动手殴打了哥哥。哥哥像孩子般哭丧着脸。

"对不起，对不起，对不起。"我抱住哥哥的脖子，放声大哭。

寄食书生木岛扶我进房，一面帮我脱去衣服，一面说道：

"你这样太逞强了。你才十七岁，太逞强了。要是你父亲在世的话……"他小声地说道，似乎误会了什么。

"我们不是打架。笨蛋。才不是打架呢。"我一再抽抽噎噎地说道。木岛是不会懂的。他替我盖上棉被，我就此入睡。

现在我趴在床铺上，写下这篇"最后"的日记。够了。我要离开这个家。从明天起，我要自力谋生。这本日记就当作是纪念，留在家中吧。哥哥看了之后，或许会流泪。他是位好哥哥。哥哥从我八岁那时候起，就代替父亲疼爱我，多方开导我。要是没有哥哥，我现在或许已沦为四处作恶的不良少年。因为有个这么积极向上的哥哥，父亲在九泉之下想必也能心安吧。母亲最近病情好转，让人觉得她或许很快就能痊愈。令人高兴。就算我不在了，也请不要沮丧，要相信我一定会成功，请勿挂念。我绝不会自甘堕落。我一定会战胜这个世界。总有一天，会让母亲为我高兴。再见了。我的书桌、窗帘、吉他、基督圣像。再见了，你们。不要哭泣，我即将踏上人生旅程，笑着为我献上祝福吧。

再见了。

四月四日。星期二。

晴。我此刻人在九十九里滨①的别墅，过着幸福的日子。昨天哥哥带我来到这里。我们搭昨天下午一点二十三分的火车从两国②出发，我就像生平第一次出外旅行般，满心雀跃，不断朝窗外的风景东张西望。离开两国后不久，发现铁路两旁全是一座座的工厂，当中有无数的破旧小屋，像蚜虫般群聚，接着视野豁然开朗，看到少许的绿地，并不时出现几栋像是上班族住的屋子，顶着小小的红瓦屋顶。这些人住在宛如垃圾般的郊外，我对他们的生活展开了思考。啊，一般民众的生活，真是让人感到既怀念，又可悲啊。我深深觉得自己吃的苦还不够多。我们在千叶等了十五分钟，接着改搭乘开往胜浦的列车，向晚时抵达片贝。但已没有巴士。最后一班巴士已在三十分钟前驶离。我们两人只好与一日元出租车③交涉，但听说司机生病，所以没谈成。

"用脚走吧。"哥哥似乎觉得冷，缩着脖子说道。

"也行。行李我来拿吧。"

---

① 九十九里滨，位于日本千叶县总半岛东岸，刑部岬与太东崎之间，为全长六十六千米的海岸。
② 两国，位于东京都东部，隅田川两岸，从墨田区西南端至中央区东北端的地区。
③ 一日元出租车，日本大正末期到昭和初期的一种出租车，在市内特定区域以一日元均价载客。

"好啊。"哥哥露出笑容。

我们两人先走向海岸。顺着岸边走,没想到距离出奇地近。在夕阳晚照下,望去尽是一片黄色的海沙,美不胜收,不过海风重重打向我们的脸颊,冷彻肌骨。这四五年来,我们都没来过这处九十九里滨别墅。一是因为离东京太远,二是因为地点也比较荒凉,所以就连暑假我们也都是前往母亲位于沼津的娘家避暑。不过,阔别这么多年再度来到这里,感觉九十九里滨的大海还是像以前一样辽阔蔚蓝,不断有大浪卷起,复又碎成浪花。小时候几乎每年都会来这里。这栋别墅名为松风园,是九十九里滨的知名景点。许多到这里避暑的游客,都会来看这座别墅的庭园。不论来者是谁,父亲似乎都会殷勤地接待,所以大家总能尽兴而归。父亲真的很喜欢让人高兴。现在是由一位名叫川越一太郎的老巡警与他的妻子阿金一同住在这栋别墅里,负责管理,不过连我家人也很少到这里来,就只有"一小口"女士偶尔会带她的弟子或朋友们前来留宿,此栋别墅几乎都快成了一座荒屋。连庭园也任凭荒芜,现在松风园已经凋敝不堪。到九十九里滨避暑的游客,恐怕也都已忘了松风园的存在。似乎已没有哪个嗜好与众不同的人会专程前来造访这座庭园。我脑中闪过各种念头,紧跟在哥哥身后,走过沙地,踩得沙子沙沙作响,在沙地上留下两道长长的黑影。芹川家就只有哥哥和我两人。

我深切觉得，我们要和睦相处，共同携手走人生的道路。

抵达别墅时，天色已昏暗。由于事先打过电报告知，所以阿金婆婆早已准备妥当，等候我们前来。我们马上入浴洗澡，接着享受了一顿可口的晚餐，在房间里仰身躺下后，这才长长叹了口气。

四月一日和二日那宛如置身地狱般的狂乱，现在回想起来就像一场梦。二日一早，天还没亮我就起身，将生活用品塞进行李箱中，偷偷溜出家门。一日那天早上才领到四月份的零用钱二十日元，当时还剩一半多，我全带在身上。尽管如此还是不太放心，于是我不忘将哥哥借我的秒表和我自己的手表带在身上。有这两样东西，或许能卖个上百日元。外头一片浓雾。来到四谷见附后，东方才渐露鱼肚白。我搭上省线列车，前往横滨。为什么是买坐到横滨的车票，我一时也说不上来。总之，我觉得到那地方去，就会有好运等着我。结果却什么也没有。我在横滨公园的长椅上一直坐到中午，望着港口的汽船，海鸥飞翔天际。我从公园的店铺买面包来吃，接着拎起行李箱，朝樱木町车站走去，买了一张到大船下车的车票。如果没办法糊口，我就当一名电影演员。我去年遭受数学老师"狸猫"的侮辱，本想就此休学，但当时我也下定决心，干脆当一名电影演员来自力谋生。不知为何，我有一股莫名其妙的自信，觉得我只要成为演员，就会功成名就。这不是对自己容貌的过度自信,而是对自己的教养和技艺的过度自信。我并不憧憬当一名电影演员,甚至认为这是个痛苦、可悲的职业。但除了这个职业外,我实在想不出自己还能做什么。我没自信可以配送牛奶。我在大船站下车。不管遭遇什么事,一定都要坚持下去,我打算找位导演毛遂自荐。自从知道自己落榜后,我便暗自做出这样的决定,最后下定决心付诸实行。我就像什么也瞧不见似的,意气昂扬地来到摄影棚的正门前,但最后就只是神色凝重地留下一抹苦笑。今天是星期天!怎么会有我这么粗心的人。也许这一切都是神的旨意。正因为是星期天,我的命运再度为之翻转。

我拎着行李箱,再度回到东京。东京的夕阳好美。我在有乐町站台的长椅坐下,望着闪烁的大楼灯光,直到眼中噙满泪水,再也看不见为止。这时,有位绅士轻拍我肩膀。我真不该哭。我被带往派出所,但颇受礼遇,似乎是父亲的名字发挥了作用。哥哥和木岛前来接我。我们三人坐上汽车,半晌过后,木岛突然开口道:

"话说回来,日本的警察真是世界第一呢。"

哥哥却一句话也没说。

我们在家门前下车时,哥哥以飞快的口吻自言自语道:

"我什么都没跟妈妈说。"

那天晚上我也累了,就像死了一样,睡得很沉。隔天,哥哥便带我来到九十九里滨。换言之，那是昨天发生的事。我们沿着岸边行走，直到太阳下山才来到这座别墅。泡过澡，享用了可口的晚饭，在房间里躺下后，我长长地叹了口气。晚上和哥哥睡同一间房，好久没这样了。

"对不起，叫你去考一高。是哥哥不对。"

我该怎么回答才好呢？要我神色轻松地说一句"不，是我不好"，若无其事地化解现场的尴尬气氛，我实在没这个能耐。我没办法挑明着说出违心之言。就只是怀着难过的心情，一味在内心深处向上帝及哥哥道歉，请求原谅。我在被窝里扭动着身躯，因为我不管摆什么姿势都不自在。

"我看过你的日记。看了之后，连我都想和你一起离家出走了。"哥哥低声轻笑，"不过，这样的话就太滑稽。这也难怪。要是连我也眼神大变，慌慌张张地离家出走，那未免也太荒谬了。木岛到时候应该也会很吃惊，然后他也看了你的日记，跟着离家出走。而妈妈和梅弥也全都离家出走，到时候大家又另外租一间房子同住。"

我也忍不住笑了。哥哥为了不让我感到尴尬，刻意开了这个玩笑。他向来如此。他其实比我还要怯懦。

"R大学什么时候发榜？"

"六日。"

"R大学应该能考上，如果你考上的话，你想一直念下去吗？"

"要一直念下去也行……"

"你最好讲清楚。你不想念，对吧？"

"不想。"

我们两人都笑了。

"我们就轻松地聊聊吧。其实哥哥我上个月也向大学办了退学手续。因为一直白交学费也没什么意思。接下来的这十年，我打算好好写一本出色的小说。我之前写的都不行。我太自以为是了，根本就不行。在生活方面也过得很萎靡，老当自己是大师，熬夜写作。从今年开始，我打算从头来过。进，从今年开始，你也和我一起用功好吗？"

"用功？再次报考一高吗？"

"你在说什么啊。我才不会这样勉强你呢。只是为考试而用功，这样算不上用功。你不是也在日记里提到吗？说你已在不知不觉间确立了未来的目标，难道那是骗人的吗？"

"我没骗人，不过我真的不知道。虽然感觉已经确立了，但具体目标还是不太清楚。"

"是电影演员。"

"怎么可能呢。"我顿时慌了起来。

"就是它了。你想当电影演员，这又不是什么坏事。如果是日本首屈一指的电影演员，那不是很了不起吗？妈妈也会很开心的。"

"哥，你在生气吗？"

"才没有呢。不过我担心你，非常担心。进，你已经十七岁了。不管日后要走哪条路，都还是得自己努力精进才行。这点你明白吗？"

"哥，我和你不一样，我脑袋笨，又没其他强项，所以才会想到要当演员……"

"是我不好。我很不负责地将你拉进艺术的氛围里，是我不对。我太疏忽了。该罚。"

"哥，"我微微板起脸孔，"艺术就那么不好吗？"

"因为要是失败了，后果非常惨。不过，既然你打算全力投入，往那个方向努力，哥哥也不会反对你。非但不反对，还打算和你互相帮助，一起用功。好啦，接下来要开始十年的学习。你办得到吗？"

"我行。"

"这样啊。"哥哥叹了口气，"既然这样，那你先上 R 大学就读。能不能毕业另当别论，总之，先上 R 大学就对了。先体会一下大学生活也是好的。就这么说好啰。别想着现在就要投入电影界，先以五六年，不，七八年的时间，找个一流的好剧团，扎扎实实地练好基本功。至于要加入哪个剧团，之后我们两人再来好好研究。说到这里，你有没有意见？我也困了,那我们先睡吧。家里还有点钱,省点用的话,十年的生活不成问题。用不着担心。"

我想将自己未来幸福的一半,不,五分之四,全部献给哥哥。因为我的幸福光是这样就已经太多了。

今天早上我七点起床。不知有多少年没感受过如此清爽的早晨了。我和哥哥两人赤脚冲向沙滩,赛跑、玩相扑、跳高、三级跳,从下午开始玩高尔夫球。虽说是高尔夫,但根本算不上正式的。我们将墨水瓶缠上厚厚一块布,以此当球。然后手握球棒,以打高尔夫的姿势击出,打进旱田对面约一百米远的松树下方的坑洞中。而途中的旱田,是困难重重的难关。真有意思。我们玩得哈哈大笑。铿的一声,墨水瓶做成的球就此击出,感觉真是痛快。阿金婆婆端来麻糍和橘子。我们十分感谢,张口大嚼,同时继续玩高尔夫。我只打了六次,便打进洞里,创下今天的纪录。有四名住海滨的孩子,不知从什么时候起,也跟在我们身后。

"我学会了。"

"我也学会了。只要打进那个洞里就行了。"他们在一旁窃窃私语,一副很想加入和我们一起玩的模样。

哥哥说:"你们试试。"递出球棒后,孩子们不胜欣喜,连声说道"我学会了",一味地猛挥棒。真可爱。这些孩子每天不知道都在玩些什么游戏,想到这里就想哭。啊,真希望大家都能一样幸福。看这些孩子们玩乐的样子,才真是所谓的"贪玩"。我们玩累了,直接躺在沙滩上。天上的晚霞,从云缝间露出的红光,宛如燃烧的鲜红缎带。抬头仰望,发现别墅四周的松林也沐浴在红光下,闪耀着鲜红的光辉。这片大海上——铫子半岛,微微透着紫色,水平线犹如镜面的边框,泛着绿光。小小的海鸥紧贴着海面飞行,海面潮起潮落,永不止歇。啊,人生原来也有这样的时刻。啊,今天可以不必顾虑任何人,尽情享受这美好的幸福感!人在幸福的时刻,就算变成傻瓜也无妨。想必上帝也会原谅吧。这天是我们两人的安息日。哥哥用铅笔在贝壳上写诗。

"你写什么?"我如此说道,向前窥望。

"写下秘密的祈祷。"他如此说道,微微一笑,将贝壳抛向大海。

回屋后,我们洗澡,吃完晚饭后,便上床睡觉。哥哥率先钻进被窝里,睡得鼾声大作。我从没见过哥哥睡得这么沉。我小睡片刻后起床,写下这篇日记。这三天所发生的事,我自认已全都真实无伪地记下。我一辈子都不会忘记这三天发生的事!

四月五日。星期三。

大风。一早刮起强劲的大风,绝非都市人所能想象。真严重。这强劲的西风，几乎可用飓风来形容，吹得地面隆隆作响。而且屋子西侧的松树被砍去了两三棵，所以更是难以抵挡。瞧这风势，几乎快要把这屋子给拆了。总之，真的很严重，甚至到了令人大呼痛快的程度。完全无法迈出屋外半步。下午时，西风似乎改成了东北风。今天上午，我将川越先生家的小狗们带进房里，和它们嬉戏。一共有五只。听说几天前刚出生。可爱无比。它们可能是害怕强风，全身瑟瑟发抖。与它们脸贴脸时，一阵奶味扑鼻而来。这比任何香水的气味都来得高贵。我将五只狗全抱进怀里，觉得奇痒无比，我忍不住哇哇大叫。

哥哥从下午起，便面向书桌而坐，专注地在稿纸上不知写些什么。我躺在一旁，拿起《黎明前》①来翻阅。里头的文章艰涩难懂。

入夜后，风势略为平息，但还是频频撼动防雨门。外头明明是明月高悬的平静夜晚。风啊，你要怎么狂乱地吹都行，但请不要把明月和星辰吹走。哥哥晚上仍执笔不辍。我也在床上继续看了一会儿《黎明前》。

明天就是 R 大学发榜的日子了。木岛应该会打电报告诉

---

① 《黎明前》，日本作家岛崎藤村的小说，通过一个男子的一生，描写了明治维新时期的社会情况。

我结果。我有点在意。

四月六日。星期四。

时晴时云。早上略微有雨。海边的雨景宛如默片，尽管飘雨，却宁静无声，声音全被吸进了沙子之中。风已完全止歇。我起床后，朝下雨的庭院凝望了半晌，接着自言自语道："好了，睡吧！"又钻进被窝。哥哥一脸宛如普希金①般的神情，睡得正香甜。哥哥不时会自嘲脸黑，但我喜欢像哥哥这样皮肤微黑、会呈现阴影的脸庞。我的脸则是又平又白，而且两颊红润，没半点阴郁的气息。听说只要用水蛭贴住脸颊吸血，就能去除脸颊的红润，但这很恶心，我提不起勇气这么做。就连鼻子也是，哥哥的鼻子感觉棱角分明，鼻梁有明显的高低落差，颇具独特性，但我的鼻子就只是又圆又大。我曾经得意忘形地聊到朋友的容貌，哥哥突然在一旁说道"你可是个美男子呢"，顿时令人感到扫兴，当时我很不高兴。我并不认为世上只有我是美男子，其他人都是丑男。绝无此事。倘若我真是绝世美男，反而应该会对别人的容貌漠不关心才对。对于别人丑陋的容貌，应该会抱持宽容的态度

---

① 亚历山大·谢尔盖耶维奇·普希金（1799—1837），俄罗斯诗人、戏剧家、小说家，代表作有《叶甫根尼·奥涅金》《黑桃皇后》。

才对。然而，像我这样对自己的长相很不满意的人，连对别人的容貌也会在意，甚至觉得"他想必内心很郁闷吧"，而心里产生共鸣。根本无法漠不关心。我的长相和哥哥相比，根本连他百分之一的俊美都不到。我的长相不带半点精神层面的特质，就像西红柿一样。哥哥向来都以自己肤色黑自嘲，但要是他日后靠文笔打响名号，博得小说界第一美男子的称号，肯定会不知如何自处。他真的有点像普希金呢。我的脸则是出现在《百人一首》①的图画纸牌中。我昏沉沉地睡着，做了各式各样的梦。好像人在上野车站内，四周被列车包围，我浸泡在澡盆里，不住地东张西望。突然，贝多芬的《第七交响乐》如雷灌顶般从头顶响起。我急忙站起身，光着身子举起双手指挥起来。时而激昂，时而悠然，时而轻柔地扭动身躯。交响乐倏然消失。列车上的乘客们纷纷从车窗里冷静地望着我。我顿感羞愧。因为自己全身赤裸，扭动身躯指挥，且还站在澡盆里。那是难以形容，无比羞愧的模样。连我自己都忍不住笑了出来，就此清醒了。好短的一场梦，但已好久没听到那一直想听的贝多芬《第七交响乐》，我暗自庆幸。接着又再次昏沉沉地睡去，这次改为梦到考试。正面有个舞

---

① 《百人一首》，日本镰仓时代藤原定家从一百位和歌歌人作品中各挑一首，汇编成集的作品集。也被称为《小仓百人一首》。此后，集合一百位和歌歌人作品的一般私撰集，也称《百人一首》。

台，当我得知那是一处气派的考场时，才发现这是帝国大学的入学考试。然而，前来担任监考官的竟是"狸猫"，所以我备感诧异。考生们也全是我认识的四年级生。考的虽是英语科，但考卷上画的却是老虎的图画。我实在答不出。"狸猫"来到我身旁对我说"我来教你吧"。我回答"不要，你到旁边去"。"狸猫"说"不，我来教你吧"，面露奸笑。我百般不愿。我说"写下一出悲剧就行了吧"，"狸猫"应道"不，是羽衣哦"。我心想，他这话可真莫名其妙，这时，铃声响起。我把白卷交到"狸猫"手上，然后走向走廊。大家在走廊上叽叽喳喳地喧闹不休。

"明天的考试是什么?"

"是远足考试。真累人。"

"听说要特别留意携带的点心。"

"我又不是相扑社的。"说这话的人好像是木村。

"听说是价值二十五日元的鞋子。"

"喝完酒后，我们去赏枫叶吧。"这也好像是木村说的。

"有酒就够了。"

"进，你考上了。"这是哥哥真实的声音。他站在我枕边，面带微笑。"木岛打电报来说，你优秀录取了。"我一时间感到无比羞愧。从哥哥手中接过电报细看，上头写着"优秀录取，万岁"。这下我更羞愧了。这微不足道的成功，大家这样大惊小怪，令我无来由地感到难为情，甚至觉得大家是在笑话我。

"木岛也太夸张了。说什么'万岁'，根本是在耍人嘛。"我把棉被罩在头上。现在我实在没脸见人。

"木岛他应该也是打从心底高兴。"哥哥以训诫的口吻说道，"对木岛来说，R大学也算是一所很耀眼的优秀学府。事实上，不管是哪所大学，其实全都一样。"

我知道，哥。我从棉被里露出脸来，不自主地莞尔一笑。我的笑脸，已不是中学生的笑脸。一名蒙着棉被的中学生，从棉被里露出脸来，马上变成了一名货真价实的大学生，这当真是"没任何手法和机关"的魔术。啊，我写得太兴奋了，真难为情。R大学算什么嘛。

今天感觉我不管走到哪儿，都没有脚踏实地的感觉。就像走在云端上一样，飘飘然。哥哥也说"我今天也是这种感觉呢"。晚上我们两人前往片贝镇，大吃一惊。这里完全变了个样。昔日片贝镇的模样已不复可见。这该不会是我早上那场梦的延续吧？整个市镇变得落寞冷清，看不出昔日的样貌。到处都一片漆黑，而且阒静无声，感觉不到半点人气。五年前的夏天，这里满是避暑的游客，堪称是片贝的银座，但现在连一盏灯也没有，黑漆漆一片。狗的远吠声听起来格外骇人。不光是季节的缘故，片贝镇确实荒废了。

"感觉就像被狐狸施法给骗了一样。"我如此说道。

"不，也许是真的被骗了也说不定。"哥哥也一本正经地应道。

我们走进昔日常去的一家台球房。里头只点了一颗昏黄的灯泡，店内空荡荡的。里头的房间躺着一名陌生的老太太。

"要打台球吗?"她以沙哑的声音说道，"要打的话，请自己来拿这个壁橱里的球。"

我很想逃离这里，但哥哥大摇大摆地走进房内，跨过老太太的床铺，打开壁橱，取出里头的球，我看了大为吃惊。哥哥他今天也同样不太正常。我本想打一场球，但那球慢吞吞地滚在泛黑的呢绒布上，感觉就像生物一样，让人觉得有点可怕，所以还没分出胜负，我便说"不玩了，不玩了"，就此走到屋外。我们走进一家荞麦面店，吃着微温的天妇罗荞麦面，我说道：

"今晚是怎么了？感觉想法和行动完全对不上，是我的脑袋出状况了吗?"

哥哥听了，嬉皮笑脸地应道：

"因为你成了大学生，所以才觉得今天是个奇怪的日子。"

"啊，糟糕!"我感觉自己被人说中了心事。

今天会这么奇怪，或许不是因为片贝镇，而是我自己太过兴奋。尽管如此，连哥哥也和我一样，说他飘飘然，没有脚踏实地的感觉，赞同我说的话，这实在令人奇怪。难道哥哥也和我一样高兴得冲昏了头？真是个傻哥哥。区区一点小事兴奋成这样。

日后我会让你更高兴的。今天一整天感觉都像是在做梦，但如果是梦，就不要醒来。海浪声传进耳中，迟迟无法入眠。不过，我感觉到自己未来的人生道路已清楚地呈现在了眼前。我要向上帝说声谢谢。

四月七日。星期五。

晴。从东方徐徐吹来柔风。我开始想回东京了。在九十九里滨已有点待腻了。我们吃完早餐，两人一同前往沙滩玩高尔夫，但已不像一开始么有趣，就是提不起劲。高尔夫打到一半，有个住别墅隔壁的十八岁中学生，名叫生田繁夫，他走来对我说了一声"您好"，我也回以一句"您好"，接着他马上将一本笔记本伸向我面前道："请帮我解一下这题代数问题。"我小时候常和他一起玩，不过这么久没见面了，才刚打完招呼，开口就是这么一句，实在太没礼貌了，我甚至怀疑他是不是对我们怀有敌意。他的皮肤变得十分黝黑，就像变了个人似的，已完全成了一名海滨青年。

"我好像不会解呢。"那笔记本上的问题，我也没细看，便如此说道。

"可是，你不是上大学了吗?"他如此逼问。一副挑衅的口吻，我听了很不是滋味。

"这事你是从哪里听来的?"哥哥语气平静地问。

"听说昨天来了电报，不是吗?"繁夫很投入地说，"我是从川越奶奶那里听说的。"

"哦，这样啊。"哥哥点了点头，面带微笑地说，"很不容易才考上的。进好像都没为了考试而好好念书，所以连你也解不出的难题，他应该也解不出吧。"繁夫听了，满脸喜色。

"是吗?我只是想，如果是四年级就能考上大学的高才生，应该可以轻松解开这种问题才对，所以才跑来请教，真的很失礼。这个因式分解题非常难。我打算明年报考高等师范学院。我不是什么高才生，所以五年级才去报考。哈哈哈哈。"他发出空虚又肤浅的笑声后，就此离去。真是个蠢蛋!也许是环境将他扭曲成现在这个模样，但这世界就是因为有这样的笨蛋，才变得如此无意义又灰暗吗?没必要这么认真地挑我毛病吧?就算考上了 R 大学，我也没半点骄傲之心，更是完全没想到要轻视别人。哥哥目送繁夫那意气昂扬离去的背影，叹了口气说道:

"就是会有这种人的。"

我们备感沮丧,同时觉得我们在这里优哉地玩乐,就像在做什么坏事似的。

"这就是所谓的'狐狸有洞,天空的飞鸟有窝'①,是吧。"我如此说,哥哥闻言后笑着应道:"但日子将到,新郎要离开他们。"②

这样的对话要是让繁夫他们听了,想必会觉得我们装模作样,令人生气吧。真是这样的话,我们该怎么办才好呢?其实我们一点都不骄傲,我明明一直都很低调。唉,真想回东京。乡下让人不自在。我们也没兴致继续玩高尔夫了,相互开着可悲的玩笑,就此返回住处。

中午时我又犯了个错。这是很严重的过错,而且从头到尾都是我一个人的错,真难受。

吃完午饭后,我拉着哥哥来到庭园,帮他拍照,这时我听到石冢爷爷的两个孙子在树篱外窃窃私语。

"我三岁时,他也帮我拍过照。"男孩一脸得意地说。

"三岁时?"这是他妹妹的声音。

"没错。那时候我戴着帽子。可是我不记得了。"

哥哥听了也忍俊不禁。

---

① 出自《圣经·马太福音》,全句是"狐狸有洞,天空的飞鸟有窝,人子却没有枕头的地方"。
② 出自《圣经·马太福音》。

"进来玩吧。"哥哥大声唤道,"我给你们拍照。"

树篱外悄静无声。石冢爷爷以前曾是这栋别墅的看守,现在仍住在这一带。他有两个孙子,年纪大的男孩约十岁,年纪小的女孩约七岁。两人马上红着脸快步走进庭园,就此停步,两人都羞红着脸,红得有如火烧,站在原地不敢往前。那忸怩的模样看起来颇有气质,令人印象不错。

"到这边来吧。"哥哥向他们招手,接着我说了一句很不得体的话。

"我拿点心给你们吃哦。"

女孩突然抬起头,猛然一个转身,快步逃离。男孩似乎没像女孩那么敏感,先是踌躇了一会儿,但接着也跟在女孩身后跑走了。

"你冷不防说要给他们点心吃,就算是孩子,也会觉得受到了侮辱。他们也是有自尊的,不是因为想拿点心才来这里。"哥哥一脸遗憾地说,"你可真傻。就是因为这样,才会连繁夫也对你反感。"

我完全无法辩驳。想必我心里还是觉得骄傲自满吧。我这个人真是一无是处,行事又草率。

看来,我很不适合住乡下。老是出事犯错。心情真郁闷。我很想到石冢爷爷家向那对小兄妹道歉,但最后还是不敢去。觉得这么做太小题大做,我觉得很羞愧,始终没有勇气前去。

我想明天就回东京。和哥哥商量后,哥哥说他正好也打算回去,便赞成了我的提议。

傍晚时,我洗好澡,望向镜子,发现自己鼻头晒得发红,就像漫画人物一样。一会儿双眼皮,一会儿三眼皮,一会儿单眼皮,每次眨眼都会变化。也许是眼窝凹陷的缘故。运动过度反而瘦了,感觉得不偿失。我真想早点回东京。我果然是个城市人。

四月八日。星期六。

九十九里滨晴天,东京则有雨。我们抵达家门时,已是晚上七点半。姐姐回到家中。感觉不太对劲。"我是刚刚才回到家里。"姐姐若无其事地说道,但后来木岛不小心说漏了嘴,原来她前天晚上就回到家了。姐姐为什么要刻意扯谎呢?也许发生了什么事。总之,我累了,我们洗过澡后,便上床就寝了。

四月九日。星期天。

阴。我下午一点起床。在自己家果然睡得很香,或许是棉被的关系。哥哥好像比我早起,还和姐姐起了争执。姐姐和哥哥两人都态度冷淡。肯定发生了什么事。早晚会真相大白。姐姐和我说没几句话,傍晚就回下谷去了。

晚上哥哥带我前往神田买大学的帽子和鞋子，我直接戴着帽子返家。在回途的巴士上，我向他问道：

"姐姐她怎么了？"

哥哥暗啐一声："她说了蠢话。真是蠢。"说完后他便不再言语。就像嘴里嚼着黄连似的，板着一张脸，看起来怒气冲冲的。

肯定发生了什么事，但我什么也不知道，所以无从插嘴，就暂时先旁观一阵子吧。

明天做洋装的裁缝应该会来替我量尺寸。哥哥说他会一并帮我买件雨衣。我渐渐成了一位名实相符的大学生。年华逝去如流水啊。今晚我深切体认到，能考上R大学，真的很庆幸。等过一段日子，我打算要正式攻读戏剧。哥哥说，他会先介绍演技一流的老师给我。也许是斋藤先生。斋藤市藏的作品，在日本已算是经典，我连批评的资格也没有。不过其作品内容有点普通，新意稍嫌不足。只是其格局恢宏，如果当老师的话，或许他是最适合的人选。

哥哥说艺术之路艰辛难走。不过，用功就对了。只要事先好好用功，就不会感到不安。我想尝试的这条路，今天能顺利地走下去，全是哥哥的功劳。这辈子我们要互相扶持，好好努力，一起迈向成功。因为妈妈也常说"兄弟要和睦相处"。妈妈一定也会为我们高兴。

哥哥从刚才起，就待在妈妈的房间里不知在谈些什么，待了好久。我益发觉得，一定是出了什么事。真让人心急。

四月十日。星期一。

晴。学校寄来正式的录取通知书。开学典礼定在这个月二十日。希望衣服能在那之前做好。今天洋装店的裁缝前来量尺寸。我定做的不是流行的款式，而是保守的样式。要是穿着流行款式的制服在路上走，会感觉这个人笨头笨脑的，这可万万不行。穿着样式质朴的制服在路上走，看起来才像高才生。哥哥也都穿着平淡无奇的普通学生制服，看起来就像是个与众不同的高才生。

傍晚时，小良到家里来玩。她是小庆的妹妹，是商科大学的学生。现在还是一名女学生，不过举止傲慢。

"听说你进了R大啊？劝你最好别去念。"一开口就是冒犯人的话。

"因为你念的商科大学不错，对吧。"我如此说后，她回了一句"它一样很没意思"。于是我问她"那么，念什么才好呢"，她回我"当中学生最好，因为很可爱"。跟她根本就是话不投机半句多。

她请梅弥帮她缝补裙子，缝好后便回去了。又是和衣服有关，女学生的制服为何都是这个样子，既土气，又肮脏。

她们就不能稍微打扮得干净清爽一点吗？穿成这个样子走在路上，也不会有人为之惊艳吧。个个都像臭水沟里的老鼠。如果服装是这副模样，就连内心也会变得和水沟里的老鼠一样，四处钻营。话说回来，她们根本就没有半点尊敬男人的心，令人惊讶。

今天哥哥下午便出门了，现在都已晚上十点了，他还没回家。我也逐渐明白整件事的大致轮廓了。

四月二十四日。星期一。

晴。我对大学的幻想破灭了。从开学典礼当天开始，便感到厌烦。和中学根本没什么两样。我所期待的宗教清圣气氛，完全感受不到。班上有约莫七十名学生，全都是二十岁左右的青年，但在智商方面，就如同是流着口水的小鬼，只会聒噪喧闹，甚至令人怀疑他们是白痴。我原本就读的中学，除了我之外，只考进来了一个姓赤泽的同学，不过赤泽是五年级才来报考，所以和我并不熟。我们见面时仅点头致意。所以我在班上完全处于孤立状态。五十个白痴、十个书呆子、五个机会主义者、五个暴力人士——我在开学典礼时便对班上同学做了这样的分类。我想，这个分类应该很准确才对。我的观察绝对万无一失。这当中我看不出半个天才型的人物，失望极了。照这样看来，我就是这班上最顶尖的人物了。真让人提不起劲。本以为会有很多可以一同聊天、一同相互勉励的优秀对手，但这根本就像从中学一年级从头念起。当中还有学生带口琴到教室里来，真受不了。二十日、二十一日、二十二日，连续上了三天课后，我真的受够了。我想休学，早点加入某个剧团，展开严格的正规训练。我觉得上学根本就是浪费时间。今天一整天，我待在家里看完《缀方①教室》，想了许多事，难以入眠。《缀方教室》的作者和我同年。我认为自己也不能再这样蹉跎下去了。尽管是个贫穷、没受过什么教育的少女，也能做出这么多成绩。也许对艺术家而言，得天独厚的环境反而是一种不幸呢。我也想早点脱离现在的环境，当一名身无分文的剧团研究生，忘却一切，全心投入戏剧中。早上四点多时，我好不容易才迷迷糊糊地入睡，七点时被闹钟惊醒，起床后感到头晕目眩。尽管如此，为履行痛苦的义务，我还是迈着沉重的步伐前往学校。

学园里一片安静，我为之纳闷，前往办公室查看，发现这里也空无一人。我这才猛然惊觉，今天因为靖国神社举办春季大祭，学校放假。这就是孤独不群的下场。早知道今天会放假，昨晚应该会心情更快乐才对。我可真蠢。

---

① 缀方，为作文之意。二十世纪三十年代，日本盛行生活作文运动，当时在东京一名小学老师大木显一郎的指导、编辑下，收录本田小学学生丰田正子的二十六篇作文，取名《缀方教室》，并出版。

不过，今天天气好。回去的路上顺道去了一趟高田马场的吉田书店，优哉地挑买旧书。我不时会感到晕眩。最后我只挑了几本 *Theatreux*① 杂志、科克兰的《演员艺术论》、塔伊洛夫的《被解放的戏剧》，请店员帮我包好。还是感到头晕。于是我直接回家，上床睡觉。似乎有点发烧。我躺着看今天买回来的那几本书的目录。书店里与戏剧相关的书不多，我为此大伤脑筋。如果是外文书的话，哥哥似乎有几本和戏剧相关的书，但我现在还读不懂。今后得彻底学通外语才行。没学好外语，似乎会有诸多不便。

睡了一觉，醒来后已是下午三点。我请梅弥帮我做饭团，自己一个人吃了起来。但吃了一个便觉得恶心作呕，甚至全身发冷，于是我又钻进被窝里。杉野小姐很担心地替我量了体温。三十七度八。她问我要不要请香川医生来。我说没有必要。香川医生是妈妈的主治医师。这个人很会说好听的话讨人欢心，我不喜欢他。我向杉野小姐要了阿司匹林来吃。就这样昏昏沉沉，出了一身汗，感觉舒畅了许多。我想应该没事了。听说哥哥一早便为了先前那件事前往下谷，还没回来。事情似乎没那么轻松就能解决。哥哥不在身边，总觉得有点不安。我请杉野小姐再帮我量了一次体温，三十六度九。

---

① *Theatreux*，一九三四年创刊的日本戏剧杂志。

我打起精神，趴在床上写日记。我对大学的幻想破灭了。无论如何我也要写下这句感想。手臂疲软无力。现在是晚上八点。头脑变清醒了，无法入睡。

四月二十五日。星期二。

晴。强风。今天没去上学。哥哥也说我最好请假一天。我的烧已退，时而起身，时而躺下休息。

那起所谓的事件，是姐姐说她想和铃冈离婚。似乎没什么最直接的原因，姐姐只是说她厌倦了。要说厌倦就是最主要的原因，倒也未尝不可，不过具体来说，这似乎不是主因。所以哥哥才会那么生气。他说姐姐太任性，骂了她一顿。还说要向铃冈道歉。铃冈完全没有要和姐姐离婚的意思。他似乎很中意姐姐。但姐姐却无来由地讨厌铃冈。虽然我也不喜欢铃冈，但我认为姐姐这次是有点任性，也难怪哥哥会生气。姐姐目前人在目黑的"一小口"女士家中。哥哥那天似乎很明确地表示，不希望姐姐回到我们位于麹町的家中。结果，姐姐马上打包行李，前往"一小口"女士家中，就此住下。但我觉得，这次的事件是那位"一小口"姑姑在背后暗中操弄。铃冈似乎也很困惑。哥哥面带苦笑地说，现在铃冈打扫房间，俊雄负责煮饭，那模样实在凄惨，让人同情，但因为那画面实在很怪异，令人忍不住想笑。这也难怪。柔道四段的高手将衣服下摆塞进腰带里，手持掸子清理拉门，俊雄则是落寞地皱起他那罕见的丑脸，忙着烤鱼，虽然对他们有点抱歉，不过光想象那画面就逗人发噱。真让人同情。姐姐非回去不可。虽然她说没什么原因，但或许当中存在着某个具体的重大原因。既然这样，就该大家一起坐下来寻找原因，该改的就改，圆满地解决这个问题。没人来找我商量这件事，我心里很焦急。就连事情的真相也完全没跟我提。对于这件事，我想暂时当个旁观者，暗中探查真相。我心想，这"一小口"女士着实可疑。如果将她训斥一番，或许她就会供出事情的真相。我找了一天到"一小口"女士家，若无其事地展开调查。她自己一个人住，所以肯定是她教唆姐姐，想让姐姐也和她一样变成孤家寡人。铃冈似乎也不是什么坏人，而且姐姐也是个内心坚定的人，肯定背后有个邪恶的第三者。总之，事情的真相得暗中探查清楚才行。妈妈铁定是站在姐姐这边的。她好像还是希望永远将姐姐留在身边。这起事件似乎还没让其他亲戚们知道，不过就目前来看，站在姐姐那边的，有妈妈和"一小口"女士。而站在铃冈那边的，就只有哥哥一人。哥哥形同孤军奋战。他最近心情很糟，有两三次在外喝得醉醺醺，三更半夜才回来。他比姐姐小一岁，所以姐姐不会完全听从他说的话。不过，哥哥现在是家中的户主，他有权利对姐姐发号施令。而这正是棘手的地方。在这次的事件上，哥哥似乎态度强硬，而姐姐也不肯让步。只要有"一小口"女士在一旁出主意，就不会有好结果。总之，我也得暗中稍稍探查一番才行。这到底是怎么一回事呢？

今天被哥哥训了一顿。晚餐后，我若无其事地以轻松的口吻说道："姐姐就是在去年的这时候出嫁的。已经过了一年呢。"打算从哥哥口中套出和这起事件有关的消息，但被他看穿了："不管是一年还是一个月，一旦嫁出去的人，就没回来的道理。进，你好像对此挺感兴趣的。你这样不是一位志向远大的艺术家该有的风范哦。"

我无言以对。不过，我并不是基于卑劣的好奇心，而来打探这个问题。我只是期望一家人能和睦。而且我不忍心见哥哥如此痛苦，想从旁协助。但要是我说出这番话来，他可能会朝我怒喝一声"少在那里说大话"，所以我就此噤声不语。哥哥最近变得很可怕。

晚上我躺在床上随手翻阅 *Theatreux*。

四月二十六日。星期三。

晴。傍晚下起小雨。到了学校后听说昨天同样也因为靖国神社大祭而放假，我心里暗骂"搞什么"。换句话说，昨天和前天连放了两天假。早知道的话，我就能更放心地在家睡懒觉了。看来，在这种时候，孤立派真的很吃亏。不过我暂时还是继续如此吧。哥哥在大学里似乎也是个孤立派，几乎都没有朋友。就只有岛村和小早川偶尔会到家里来玩。抱持高远理想的人，似乎非得经历一段被孤立的时光不可。虽然会寂寞，会有诸多不便，但绝不能向世间的低俗低头。

今天的汉文课有点意思。由于和中学的教科书没多大不同，所以我本以为又会上演同样的情况，对此感到厌烦，结果没想到上课内容大不相同。光是"有朋自远方来，不亦乐乎"这句话的解释，就花了整整一个小时，当真佩服。中学时，对于这句话的含义，老师就只是解释说，有好朋友从远方来访，非常高兴。当时教汉文的"蛤蟆仙"就是这样教的。接着，"蛤蟆仙"咧嘴笑道："当觉得百无聊赖时，朋友出现在庭院里，拎着一升装的好酒以及一只肥鸭当伴手礼，喊一声'嗨！'这不是很开心吗？或许这就是人生当中最快乐的时刻。"自己说得乐在其中。不过，这根本就大错特错。根据今天矢部一太老师在课堂上所述，这句话指的绝不是像好酒一升、肥鸭一只这种现实生活中的低俗欢愉，这完全是一种形而上学的语句。也就是说，尽管我的思想无法马上受世人接纳，但意外听到远方人士支持的声音，不也是很高兴吗？这是当自己得到一股直透心坎的暖意时，对心中喜悦的一种歌颂。这句话唱出了理想主义者最高的愿望。而说这句话的人，绝不会百无聊赖地躺在榻榻米上，而是朝着自己的理想勇敢迈进。而"不亦乐乎"的"亦",有许多深奥的含义,矢部老师花了很长的时间说明,但我忘了内容。总之,中学时"蛤蟆仙"所说的好酒一升、肥鸭一只,很遗憾,似乎只是凡夫俗子的解释。不过坦白地说,我觉得好酒一升、肥鸭一只,感觉也不坏。这样也很快乐。"蛤蟆仙"的解释也很难就此舍弃。我的思想也能得到远方人士的理解,然后他们拎着好酒一升、肥鸭一只,在美好的向晚时分前来探望,这是我的理想。不过,这样或许太贪得无厌了。总之,我听矢部一太老师那霸气的讲解,同时怀念起中学时的那位"蛤蟆仙",这也是事实。他今年肯定也在中学的课堂上大谈他那好酒一升、肥鸭一只的见解。"蛤蟆仙"的授课就像是在讲童话故事。

午休时间,我独自一人留在教室里看小山内熏的《戏剧入门》,一名满脸胡碴的本科生缓缓走进教室内,大声喊道:"芹川在吗?"接着噘着嘴道,"搞什么,里头都没人嘛",并向我问道:"喂,小弟弟,你知道芹川在哪儿吗?"十足的冒失鬼模样。

"我就是芹川。"我皱起眉头应道。

"原来就是你啊。真是失敬、失敬。"他搔了搔头,露出天真无邪的笑脸,"我是足球社的人,可以来一下吗?"

他带我前往操场。在樱花树下,有五六名本科生或站或蹲，但全都一本正经地在等候我。

"他就是芹川进。"那名冒失鬼笑着说道，把我推到众人面前。

"是吗？"一名额头宽广，看起来像年过四旬，感觉无比沉稳的学生，态度从容地点了点头，脸上不带半点笑意地向我问道，"你已经不踢足球了吗？"我感受到一股压迫感。第一次见面说话完全不笑的人，我最不会应付。

"没错，我已经不踢了。"我摆出讨好的笑容。

"要不要再考虑一下？"对方还是不带半点笑意，紧盯着我的眼睛问道。

"这样太可惜了吧。"另一名本科生也在一旁插话，"亏你中学时代那么有名。"

"我……"我想把话说清楚，"我倒是想加入杂志社。"

"文学是吧！"有人低声说道，但那明显是嘲笑的口吻。

"真的不行吗？"那名宽额头的学生叹了口气，"我们很希望你能加入呢。"

我也很难受。我原本也很想加入足球社，但大学足球社的练习比中学强度更大，这样我恐怕无法用功学习戏剧，所以我狠下心应道：

"不行。"

"你可回答得真明确。"有人再度语带嘲笑地说道。

"不，"宽额头的学生就像在训斥那名嘲笑者似的，转头说道，"就算硬拉他加入也没意义。再怎么说，还是要全力投入自己喜欢的事，这样才好。芹川现在好像身体不太行了。"

"我身体没问题。"我越说越起劲，为自己辩解起来，"只是现在有点感冒。"

"这样啊，"那名个性沉稳的学生这才微露笑容，"你这家伙挺有趣的。有空就到足球社来玩玩吧。"

"谢谢。"

终于摆脱了他们，不过，那名宽额头的学生，人品令我佩服。也许他就是队长。我记得去年 R 大足球社队长好像姓太田，而这名宽额头的学生或许就是那个有名的太田队长。就算他不是太田，但一个足以在大学的运动社团里担任队长的男人，其人格方面必定有其过人之处。

一直到昨天为止，我仍对大学充满绝望，但今天的汉文课，以及那名队长的态度，都让我对大学的看法有点改观。

今天发生了一件大事，而因为我表现活跃，现在疲惫不堪，无法详细描述。真是痛快。明天再好好说吧。

四月二十七日。星期四。

雨。下了一整天雨。一早便雷声大作。由于昨天的活跃表现，今天早上仍未完全消除疲劳，起床时格外痛苦。我第一次穿上新买的雨衣上学。我后来得知，昨天那名宽额头的学生，果然就是鼎鼎大名的太田队长。下课休息时间，我听到班上那群人在聊这件事，这才得知。队长太田似乎是R大的骄傲。他从本科生一年级起，就担任队长。原来如此，令人佩服。他似乎有个绰号叫摩西。这点也很令人敬佩。

还有，在今天的圣经课上发生了一件令人佩服的事，我想先将它记下，不过日后应该还是会有机会提到吧。得趁还没忘了昨天的事，赶紧写下。毕竟这可是件大事。

昨天我从学校回家的路上，突然想绕去"一小口"女士位于目黑的家看看，当时我觉得今天无论如何都得去一趟才行，虽然从下午开始天气转坏，一副风雨欲来之势，但我满脑子只想着这件事，因此前往目黑。"一小口"女士在家，姐姐也在。姐姐微微露出尴尬的神情。

"哎呀，小子变瘦了呢。姑姑，你觉得呢？"

"啊，别再叫我小子了。别以为我永远都是个小子。"我在姐姐面前盘腿而坐，如此说道。

"哎呀。"姐姐瞪大眼睛。

"会变瘦也是应该的。我才刚大病初愈。今天好不容易才能下床行走呢。"我刻意说得比较夸张，"喂，姑姑，上个茶来喝吧。我喉咙好干哪。"

"瞧你那说话口气!"姑姑皱起眉头,"活脱儿一个不良少年。"

"是有可能变不良少年。就连我哥最近也都每天晚上出外喝酒,三更半夜才回来。我们兄弟俩都变成不良少年给你看。快上茶。"

"小进。"姐姐转为正经之色问道,"你哥跟你说了什么吗?"

"什么也没说。"

"你说你生了大病,是真的吗?"

"嗯,是病了。因为太过操心而发烧。"

"你说你哥每天晚上都出外喝酒,很晚才回来,是真的吗?"

"真的。哥哥他完全变了个人。"

姐姐别过脸去,哭了起来。我也很想哭,但我强忍下来。

"姑姑,快给我茶。"

"是,是。""一小口"女士以瞧不起人的口吻应道,一边泡茶,一边念叨,"本以为你上了大学,终于可以让人稍微放心了,没想到马上学了这种不正经的样子回来。"

"不正经?我什么时候不正经啦?姑姑你自己才不正经吧?自己明明是个'一小口'女士,还说人呢。"

"你说什么?"姑姑真的发火了,"你连对我说话都这么不客气。你瞧！你姐姐都哭了。其实我全都明白。是你哥哥唆使你来的，明明就是个小鬼，还以为自己可以到这里放肆，真是丢人，你的底早让人知道了。话说回来，你说的'一小口'女士是什么意思？说话要懂得收敛。"

"'一小口'女士是姑姑你的绰号。我们家都是这样称呼你的。你不知道吗？那么，我就一小口一小口地喝你泡的茶吧。"我咕嘟咕嘟地喝着茶，斜眼偷瞄姐姐。她低着头，真是可怜。一切都是姑姑的错。我对姑姑的憎恨又加剧了。

"你们麴町全都是好孩子，真是幸福啊。小进，你是个乖孩子，你就回去吧。回家跟你哥哥说，如果有话想说，不要派小孩子来，要像个男子汉，自己过来说。搞什么嘛，只会躲在背后说人坏话，最近都没看到他到目黑这里露面。我有话想好好跟你哥说说。你说他每天晚上都出外喝酒，三更半夜才回家？真不知检点。"

"请你别说我哥的坏话。"我也真的动怒了，"姑姑你自己说话才该收敛呢。我才不是受哥哥唆使才来的。你开口闭口都是小孩子，把我瞧扁了，这让我可伤脑筋呢。我好歹也懂得分辨谁是好人，谁是坏人。我今来是和姑姑你吵架的，不关我哥的事。我哥对于这次的事，没跟任何人透露过半句，自己一个人在那里操心。我哥才不是那种卑鄙的人呢。"

"好啦，要不要吃点心？"姑姑当真老奸巨猾。"我有好吃的长崎蛋糕哦。姑姑其实全都知道,所以你也就别再恶言相向了,吃些点心,然后回去吧。你当了大学生之后,整个人都变了呢。你在家中也会用粗鲁的口吻对你妈说话吧?"

"长崎蛋糕?那我来一点。"我张口大嚼,"真好吃。姑姑,你可不能生气啊。再给我来杯茶吧。姑姑,虽然我对这次的事一无所知,但我隐约能明白我姐姐的感受。"我刻意摆出态度软化的模样。

"胡说什么呢。"姑姑嘲笑道,不过她的心情已略微转好,"你才不会明白呢。"

"这可难说哦。不过,这当中肯定有明显的原因。"

"关于这点,"姑姑趋身向前,"就算跟你这样的小孩子说也没用,不过,原因当然有,没有才见鬼呢!"姑姑的用语当真低俗,让人受不了,"没有才见鬼呢",这种说法未免也太粗鄙了。"我跟你说,他们结婚都一年了,丈夫有多少财产,收入有多少,一概不让太太知道,这是哪门子丈夫啊,你不觉得很可疑吗?"我就只是默默聆听。姑姑似乎以为我听了之后也觉得认同,说得更带劲了:"铃冈现在似乎有那么点身份地位,不过追究他的出身,不就是你们父亲底下的跟班吗?这我早知道了。当时你们还小,或许不知道,但我心里跟明镜似的。他可是受过你们家不少关照啊。"

"这又有什么关系。"她实在有点啰唆。

"不，大有关系。说起来，我们才算是正统，而他现在是怎样？最近他很久没上麹町向你们问候，更别说我了，我看他根本早忘了有我这个人的存在。因为我是个单身的老姑婆，又没什么身份地位，会被人瞧不起也是没办法的事，但再怎么说，我们也算是正统……"她说得无比激动，几乎都拍打起榻榻米来了。

"姑姑，你离题了。"我笑道。

"好啦。"姐姐也跟着笑了，"先不谈这个，小进，你和你哥都很讨厌下谷的铃冈家，对吧？对于俊雄，你们其实打从心底瞧不起他……"

"才没这回事呢。"我显得有点慌乱。

"因为你今年过年时没来，而且不光你们，亲戚们也都没人到下谷来串门。所以我也这么想。"

原来是这么回事。我不由得长长叹了口气。

"今年过年时，我原本一直很期待小进你到我家来玩呢。铃冈也很疼爱你，老是'小子、小子'的挂嘴边，很常提到你呢。"

"我当时是因为肚子痛。"我变得结结巴巴。我这才发现，那件事想必对姐姐造成不小的伤害。

"不去也是理所当然的事。"姑姑这次转为站在我这边。现场情况真是一团混乱。"话说回来，他也不会主动来拜访。

他连你们麴町那儿都没去了，我这儿更是连一封贺年卡也没寄过来。反正像我这种人……"她似乎又要抱怨了。

"真不应该。"姐姐态度冷静地说道，"不知道是否该说这是铃冈的书生脾气，不光是对麴町和目黑，就连对他自己的亲戚们，他也一概不和他们往来。只要我一提到，他便会回我一句'亲戚的事以后再说'，然后就没下文了。"

"这样很好啊。"我开始有点欣赏铃冈了，"真是的，如果连对自己的至亲也非得那么见外，大费周章地问候才行，那么男人根本就不用工作了。"

"你真的这么想？"姐姐露出开心的神情。

"没错。你大可不必担心。最近每天晚上都陪哥哥喝酒的人，你知道是谁吗？是铃冈先生啊。他们似乎很有共鸣。铃冈先生常打电话来。"

"真的？"姐姐双目圆睁，紧盯着我。眼中闪耀着欢喜的光辉。

"这还用说吗？"我得意地说道。"听说铃冈先生每天早上都把衣服下摆塞进腰带内，自己打扫房间，而俊雄则是绑着红色的束衣袖带，准备三餐。我从哥哥那里听闻这件事后，现在对下谷姐姐家完全改变了看法，不过唯独对'小子'这个称呼。请不要再这样叫了。"

"我会改的。"姐姐喜上眉梢，"因为铃冈都这样叫，所以连我也跟着叫成了习惯。"这听在我耳里,就像在晒恩爱。不过,这时候如果出言调侃,可就太差劲了。

"我也不好,哥哥他也有疏忽之处。姑姑,对不起。刚才我说了那么多没礼貌的话。"我一并讨姑姑的欢心。

"我也是想,如果这件事能圆满落幕,自然是再好不过了。"姑姑也很懂得看准时机,态度起了一百八十度的转变。"不过话说回来,小进也变聪明了,令人惊讶呢。不过,取什么'一小口'之类的绰号,以此来嘲笑老人家,唯独这点很不可取。"

"我会改的。"

我心情愉快。在姑姑家吃完晚餐后,就此打道回府。

那天晚上,我一直期盼哥哥回家。妈妈听说我到姑姑家吃晚餐,便急着想知道姐姐的近况,一直问个不停,我不想现在就告诉她,因此东拉西扯,跟她打马虎眼,说道:"你待会儿再问我哥吧,我也不清楚。"就此逃离了妈妈的房间。

等到十一点,哥哥这才醉醺醺地归来。我跟着他走进房间。

"哥,要我帮你端水来吗?"

"不用。"

"哥,我帮你解开领带吧。"

"不用。"

"哥，我帮你把长裤折好，放在棉被底下压平吧。"

"你很啰唆耶。快去睡觉。你感冒好了吗？"

"感冒的事我早忘了。我今天去了目黑一趟呢。"

"你翘课了，对吧。"

"是放学后顺便去了一趟。姐姐托我向你问候一声。"

"你跟她说，我不想听。进，我劝你也早点对她死心吧。她现在是外人了。"

"姐姐可是一直都很挂念着我们，还流泪了呢。"

"胡说些什么啊。快去睡。如果你老是关心这些没意义的事，肯定当不了日本第一的演员。我看你最近完全没念书，对吧？哥哥可是全都了如指掌哦。"

"哥，你自己不是也没念书吗？你每天都只顾喝酒。"

"少在我面前说大话。我是因为对铃冈感到抱歉……"

"所以喽，只要让铃冈开心不就好了吗？姐姐说她其实一点都不讨厌铃冈。"

"她是对你才那样说的。进，连你也被她收买了，是吧。"

"区区的长崎蛋糕，哪能收买我啊。是'一小口'……不，是姑姑不对。是姑姑在背后唆使。说什么铃冈没让她知道有多少财产，老说这些低俗的事。不过，情况并不严重。其实是我们自己不对。"

"为什么？我们哪里不对？我要先睡了。"哥哥换上睡衣，钻进被窝。我关掉房内的灯，改为打开台灯。

"哥，姐姐哭了呢。我说你每天晚上都出外喝酒，喝到三更半夜才回来，姐姐听了便暗自流泪。"

"当然会哭啊。因为她自己说了那么任性的话，害大家受苦。进，帮我拿根烟来。"哥哥趴在床上。我用打火机帮他点了根烟。

"接着姐姐还说，你们兄弟俩都很讨厌铃冈家，对吧？"

"咦？她这话可就怪了。"

"因为真的就是这样啊。虽然现在不会了，但之前你不也是完全不想去铃冈家玩吗？"

"你不也都不去吗？"

"没错，我也有不对的地方。毕竟他是柔道四段，很可怕呢。"

"还有俊雄，你很瞧不起他。"

"也不是瞧不起他，就是不想和他碰面。看了总觉得心情沉重。不过，今后我会和他好好做朋友。仔细想想，他其实长得也挺好看的。"

"傻瓜，"哥哥笑了，"铃冈和俊雄其实人都很好。吃过苦的人果然就是不一样。我从前就不觉得他们是什么坏人，如果觉得他们是坏人，就不会让姐姐嫁过去了，但我没想到他人那么好。这次我真的有这样的深切感受。姐姐还不了解铃冈的好。说什么因为我们都没去她家做客,所以要和铃冈离婚?真是不知分寸。这就叫任性。又不是十九、二十岁的年轻小姐,多狼狈啊。"哥哥完全没有让步的意思。或许这就是所谓一家之长的派头。

"姐姐其实也很明白铃冈的好。"我极力替姐姐辩解,"是因为铃冈和我们好像很合不来,所以姐姐才会胡思乱想。姐姐很重视我们两人。我们也有不对的地方。说什么嫁出去就是外人,我认为不该是这样的。"

"不然你认为我该怎么做?"哥哥变得认真起来。

"其实不用特别做什么。姐姐已经很高兴了。我跟姐姐说,你和铃冈最近每天晚上都一起喝酒,产生了共鸣,姐姐听了之后问了一句:'真的?'还露出了很开心的神情。"

"这样啊。"哥哥长叹一声,沉默了半晌才说道,"好,我明白了。我也有不对。"哥哥霍然起身:"都十二点了,没关系,进,你打电话给铃冈,说哥哥这就去找他,还有,也打一电话给朝日出租车行,请他们马上派一台车来。在这之前,我跟妈妈谈点事就来。"

送哥哥到下谷后,我这才以平静的心情着手写日记,但毕竟是累了,写到一半便沉沉睡着了。哥哥就此在铃冈家过夜。

今天我从学校回到家后,哥哥满面春风,什么也没说,直接就带我到母亲房内。

铃冈和姐姐就坐在母亲的枕边。我坐在他们身旁,笑着向他们两人行了礼。

"小进!"姐姐叫唤了一声后,流下泪来。她出嫁那天早上,也是这样叫唤我的名字,然后流下眼泪。

哥哥站在走廊上,露出帅气的笑容。我眼中噙着泪水。妈妈则是躺在床上说:

"兄弟姐妹要和睦相处……"

上帝,请守护我们一家人。我会用功念书的。

听说明天就是姐姐结婚一周年的纪念日,我想和哥哥商量,看要送什么礼才好。

四月二十八日。星期五。

晴。仔细想想,身为一名男子汉,不过是为了家里的小纷争而全力奔走罢了,却感觉像是在做什么大事业似的,还为此得意扬扬,真是丢人。家庭的和谐固然很重要,但是对一个朝理想迈进的男人来说,对外也要更强悍才行。今天我在学校深切感受到了这点。我在家中备受母亲、哥哥、姐姐的疼爱,他们还夸我聪明,我就此觉得自己很了不起,但一来到外头,马上吃足苦头。真是悲惨。每当欢天喜地后,就一定会遭受跌落谷底的失意袭扰，这似乎是我的宿命。世人为何都如此心胸狭隘，对彼此抱持如此不必要的敌意呢，真是受够了。

今天早上，我才刚在大学正门前走下公交车，便遇到先前的足球社本科生，是那天到教室找我的那名满脸胡碴的学生。我对他有好感，所以马上以笑脸相迎，活泼地向他问候一声"早安啊"。

结果他实在很过分，竟然以憎恨的眼神瞄了我一眼，之后快步走进正门。和先前那天真无邪气的冒失鬼形象判若两人。那眼神透露出难以形容的肤浅。就算我没加入足球社，态度也没必要这样一百八十度大转变吧。我们不同样都是R大的学生吗？真想朝他背后大骂一声"混账东西"。他应该已是二十四五岁的年纪了。都老大不小了，还这样怨恨我。我很瞧不起这个学生，同时感觉自己发现了丑恶的人性，备感落寞。昨天感受到的幸福感瞬间被打入万丈深渊。气量狭小的市井小民脾气。他们那丑陋、狭隘的脾气，粗鲁地伤害了我无拘无束的生活，多么令人扫兴啊。而且他们非但没反省自己散播的毒害，还浑然未觉，所以更加令我吃惊。有人说，世上最可怕的，非笨蛋莫属，指的就是像这样的。所以我才讨厌学校。学校不是个求学问的场所，而是面对无聊的交际应酬，得费心应付的地方。今天班上的同学们一派轻松地走进教室，口袋里塞的全是《少女俱乐部》《少女之友》《明星》等杂志。现今再也没有比学生更愚昧无知的人了。我心里实在排斥极了。在开始上课前，有人互丢小孩子的玩具——纸飞机，有人为一些无聊的小事大惊小怪，直呼"好厉害"，有人做出粗俗的动作，但只要老师一来，他们便马上转为偷偷摸摸，不管多么无聊的课，也都一本正经地听课。而放学后，个个就像活过来似的，得意扬扬地叫嚷着"好了，今天要去逛银座哦"。今天早上教室里又是一阵沸反盈天。我还以为是发生了什么事，原来是班上一名叫 K 的帅哥，昨晚和一名像是其恋人的女子到银座散步。结果今天他一到教室，马上就被大声宣扬。实在是肤浅到了极点。感觉这里就像一处欲望骚动的垃圾场。这个 K 也着实不简单，尽管在众人的起哄下脸颊泛红，但仍是嬉皮笑脸，似乎也很乐在其中，而在一旁起哄、大呼小叫的学生，到底在想些什么呢。真莫名其妙。龌龊！低俗！我远远地望着这场愚蠢的哄闹，一股强烈的愤怒涌上心头，感觉实在无法原谅这些家伙。我再也不想和这些家伙说话了，就算会受到排挤也无所谓。根本没必要加入这群人当中，逼自己和他们一样无聊。啊，各位浪漫的学生，青春似乎很快乐对吧。一群蠢蛋。你们活着是为了什么？你们的理想是什么？是打算尽可能在不影响周遭的情况下，尽情地玩乐，保持心情愉悦，顺利地大学毕业，定做新西装，在公司里上班，娶个可爱的新娘，期待薪水调升，一辈子平安度日？但很遗憾，你们或许无法如愿。总会有意想不到的事发生。做好心理准备了吗？真可怜，什么都不知道。无知啊。

一早就这样情绪低落，结果下午准备去上军训课时，这才发现我忘了带绑腿，我急忙到隔壁班向三个同学求助，请他们将绑腿借我一个小时，但他们全都只是冲着我笑，不置可否。我大为吃惊。他们似乎不是因为不想借，或是出于麻烦等这类的想法。似乎就只是觉得没有借的道理，一种像白痴似的利己主义。看来，他们打从出娘胎到现在，都不曾对有困难的人伸出援手。再怎么向这种人请求，也不会有结果。真过分。我再也不想请学生帮忙了。我直接翘了军训这门课，返回了家中。

无论是那个足球社的本科生、今天早上教室那场肤浅的骚动，还是隔壁班的那三个学生，实在是很离谱。今天我落了个遍体鳞伤。不过算了，我有我的道路，只要照自己的道路一往无前地探究下去就行了。

今晚，我向哥哥提出请求。

"学校的情况我已大致明白，所以我想，也差不多该正式开始戏剧的学习了。哥，请快点带我到好老师那儿吧。"

"看你今晚若有所思，一脸认真的神情，原来是为这事啊。好,明天我去津田先生那里找他谈谈。总之,先去津田先生那儿,问问看哪位老师比较好。明天我们一起去吧。"哥哥从昨天开始就显得心情不错。

明天是天长节①。感觉我的前途受到了某种祝福。津田先生是哥哥就读高等学校时的德语老师,现在他已辞去教职,以写小说为生。哥哥常会拿自己的作品请他过目。

晚上我整理房间,一直忙到很晚。连书桌抽屉里都整理得很干净。将看完的书和接下来要看的书进行分类,重新摆上书架;画框里的画,也以达·芬奇的自画像取代哀悼基督像,因为我想要摆出表现自己意志坚定的物品。我舍弃了鹅毛笔,因为我想摒除少女的嗜好。吉他被我收进壁橱里。心情变得清爽了许多。感觉今年的春天化为我这辈子最鲜明的记忆,留存在我脑海中。

四月二十九日。星期六。

晴空万里。今天是天长节。哥哥和我都起了个大早。天气晴朗,宁静祥和。听哥哥说,自古以来,天长节必定都是这样的好天气。我希望自己能很单纯地相信他的这番话。

---

① 天长节,庆祝日本天皇诞辰的节日,是日本四大节日之一。明治元年(1868)制定,二战后改称为天皇诞生日。

十一点时，我们一起走出家门，途中绕道去了一趟银座，购买庆祝姐姐结婚一周年的贺礼。哥哥买了一套玻璃杯，打算日后去下谷时，要和铃冈一起用这些玻璃杯喝葡萄酒，可说是早有计划；我则是买了一副上好的扑克牌，下次去下谷玩时，打算和姐姐、俊雄三人一起玩扑克牌，也算是自有如意算盘。这都是为了我们日后到铃冈家去时可以玩得尽兴，而按计划买下的礼物，所以显得十分精打细算。玻璃杯和扑克牌，我们都请店家直接送往下谷。

我们在奥林匹克餐厅吃午餐，接下来要到津田先生位于本乡的家中拜访。我刚升中学那年春天，哥哥曾带我到津田先生家做客。当时津田先生家中的玄关、走廊、客厅，全塞满了书，我看得目瞪口呆。

"这些您全都看过了吗？"我毫不顾忌地问，津田先生面露微笑。

"很难全部看完。不过，像这样事先摆好，总有一天会看的。"还记得当时他很爽朗地如此回答。

津田先生在家。玄关、走廊、客厅，还是一样全塞满了书，一点都没变。津田先生也和四年前一样，明明已年近五旬，却丝毫不显老态，仍是以清亮的声音谈笑。

"你长大了呢，也变得更有男子气概了。现在念 R 大是吗？高石最近可好？"他口中的高石，是 R 大的英语讲师。

"他很好,现在他正在教我们塞缪尔·巴特勒的《埃里汪奇游记》①,感觉他是个做事犹豫不决的人。"我说出心中的想法后,津田先生瞪大眼睛说道:

"你嘴巴可真毒。现在就这个样子,日后会成为什么样的人,可想而知啊。你每天都和你哥哥两人联合起来说我们坏话吧。"

"算是吧,"哥哥笑着说道,"我弟弟似乎打从一开始就不打算要在 R 大念到毕业。"

"他是受到你的不良影响。你犯不着连你弟弟也拉进来吧。"津田先生也笑着应道。

"没错,此事我该负全责。不过他说他想当演员……"

"演员?他可真有决心哪。该不会是要当剧团演员吧。"

我低着头聆听他们两人的对话。

"是电影演员。"哥哥很干脆地应道。

"电影?"津田先生以怪声惊呼道,"这可是个大问题呢。"

"我也苦思过这个问题,不过我弟弟似乎也很清楚这条

---

① 塞缪尔·巴特勒(1835—1902),英国作家,代表作为小说《众生之路》。《埃里汪奇游记》(一译《埃瑞璜》)是其第一部作品。作为一部"反乌托邦"小说,该小说辛辣地讽刺了英国维多利亚时期的社会秩序和风俗习惯。

路会走得很辛苦，这才决心成为一名电影演员。他还是个孩子，所以也没什么明确的理由，不过我心想，这或许就是命运的安排吧。如果是在轻松的状况下憧憬当一名电影演员，那根本就不值一提。不过，他似乎是在人生的关键时刻，突然想到电影演员这个职业，我认为这就像是上帝的声音。我愿意相信这小子。"

"话虽如此，但你的亲人们或许会反对，总之，问题不少呢。"

"亲人的反对，我会一肩扛下。我自己也是中途休学，立志要当一名小说家，所以亲人的反对我早已习惯了。"

"你不在乎，可是你弟弟……"

"我也不在乎。"我在一旁插话道。

"是吗，"津田先生面露苦笑，"没想到世上有你们这么令人吃惊的兄弟。"

"如何？"哥哥不予理会，径自接着往下说，"有没有哪位优秀的戏剧老师？我认为，他还是得花五六年的时间学好基础的课业。"

"没错，"津田先生突然显得很带劲，"课业还是得学习的。要好好用功才行。"

"所以请介绍一位好老师给我们吧。斋藤市藏先生如何？我弟弟好像也很尊敬他，我也认为像他这样的传统艺人很合适。"

"斋藤先生?"津田先生微微侧头。

"不适合吗?津田先生,您和斋藤市藏先生熟识吧?"

"也称不上熟识,不过,毕竟他在我们念大学时就已经当老师了。但是对现在的年轻人来说,又如何呢?我是可以介绍你们认识,不过,之后你们打算怎么办?要当斋藤先生的住家学徒吗?"

"怎么可能。应该是不时会前去拜会,听他说说演员应具备的心理素质,也想向他请教,一开始该加入哪个剧团比较适合。"

"剧团?不是要当电影演员吗?"

"我说的电影演员是一种象征,但并未局限在这样的现实层面上。总之,我弟弟想成为日本第一,不,是世界第一的演员。"哥哥流畅地说出我的想法,我自己倒是无法如此明确地表达,"所以我们想先听取斋藤先生的意见,加入一个好的剧团,花五年、十年来磨炼演技,他已做好这样的心理准备了。日后不管是参与电影演出,还是在歌舞伎剧场登台,都不是问题。"

"准备得可真周到。看来,这不是漏洞百出的春夜幻想,对吧?"

"别开玩笑了。就算我自己失败,我也希望我弟弟能功成名就。"

"不，你们两位都得要功成名就才行。总之，要好好用功。"津田先生大声说道，"你们目前似乎没有经济上的压力，所以可以很有耐心地好好学习。不要白费你们得天独厚的环境哦。不过，你要当演员，真的很令人吃惊呢。总之，我先写封给斋藤先生的介绍信。你带着去见他。因为他这个人很顽固，你们有可能会吃闭门羹。"

"到时候就再请您写一封介绍信。"哥哥若无其事地说道。

"芹川，你什么时候也变得这么厚脸皮啊。这样的厚脸皮，要是也能出现在你的作品中就好了。"

哥哥顿时变得沮丧。

"我打算花十年的时间重写。"

"是一辈子。这是一辈子的学习。最近可曾好好写作品？"

"嗯，感觉困难重重。"

"看来是没写。"津田先生长叹一声，"你太执着于日常生活的尊严了，这样不行哦。"

尽管两人互开玩笑，但一提到作品，就连周遭人也感受得到那股严肃的气氛。他们真的是一对好师徒。请他写完介绍信，准备告辞时，津田先生还来到玄关为我们送行。

"人不管到了四十岁，还是五十岁，痛苦还是一样的，不会有增减。"他像是在自言自语的这番话，深深地印在了我的心中。

我想，作家达到津田先生这样的层次，果然就会变得不一样。

哥哥走在本乡①的街道上，说道：

"本乡感觉可真忧郁。对我这种帝国大学中途休学的人来说，大学建筑正是恐惧的象征。感觉自己变得很卑微，难以忍受，甚至觉得自己像是个罪犯。要去上野逛逛吗？我不想再继续待在本乡了。"说到这里，他露出落寞的笑容。也许是津田先生说了他几句，令他更加感到落寞。

我们到上野吃了牛肉火锅。哥哥喝了啤酒，我也陪他喝了几杯。

"不过，真是太好了。"哥哥慢慢开始有了精神，"我今天也是铆足了劲呢。津田先生终于肯替我们写介绍信了，算是相当成功。别看津田先生那样，他其实个性也很别扭，要是他不愿接受的话，可就没辙了，怎样也无法挽救的。我丝毫都大意不得。今天真是走运。一切进行得很顺利，真不可

---

① 本乡，位于东京都文京区东部地区，东京大学的前身——东京帝国大学位于此地。

思议。可能是因为你的态度好吧？津田先生虽然老爱开玩笑，但其实他都以犀利的目光在观察人，就像背后另外长了一双眼睛似的。进，你这样姑且算是合格了。"

我咧嘴而笑。

"现在就放心还太早呢。"哥哥似乎喝醉了，说话音调出奇地高，"接下来还有斋藤先生这一关。他的个性好像很顽固。津田先生刚才不是也微微侧头迟疑吗？我们就拿出诚意与他接洽吧。介绍信你带在身上，对吧？让我看一下。"

"可以看吗？"

"可以。介绍信这种东西，就是为了持有者也可以观看，才刻意不封缄。喏，没错吧？我们最好也先看过一遍。就打开来看看吧。哎呀，这也真是的，写得太简略了。光这样写行得通吗？"

我也拿过来看。确实写得太过简略。通篇文章的大致内容为"在此介绍吾友芹川进，望能蒙老师您亲自指导"。具体事项只字未提。

"这样行吗？"我渐感不安，仿佛前途顿时一片黑暗。

"没问题的。"哥哥自己似乎也没多大把握，"不过，这里写着'吾友芹川进'，这句'吾友'或许能打动对方。"他净是说些敷衍的话安慰我。

"吃饭吧。"我备感沮丧。

"好。"哥哥也露出扫兴的神情。

接下来，我们的对话显得很沉闷。

离开那家店时，已是日暮时分。哥哥提议到附近的铃冈家坐坐，但我打算明天就去拜访斋藤先生，为了避免斋藤向我发问时，我会一时不知所措，我今天想早点回家，先阅读几本与戏剧相关的书籍，所以最后哥哥独自前往铃冈家，我和他在广小路分道而行，就此返回麹町的家中。

现在已是晚上十点，哥哥还没回来。或许是在下谷和铃冈共饮吧。哥哥最近完全变成了一名酒鬼，很少动笔写小说。不过我还是相信哥哥。他日后一定会写出出色的作品。总之，他绝非泛泛之辈。

从刚才起，我便将斋藤先生的自传作品《戏剧之路五十年》摊在桌上，但连一页都读不进去。各种想象在我脑海中交错，我心中雀跃不已。有一种令人感到不舒服的紧张感。今后我即将与现实生活展开搏斗。一名男子汉勇猛奋斗的英姿，早已占满了我脑海。明天的会面，不知道会不会顺利。这次我要独自前往，没任何人从旁协助。带着那么简陋的介绍信，无法期待它能发挥多大的效果。到头来，我得独自一人展示我的诚意，说出我心中的希望。唉，真担心。上帝啊，请您守护我，别让我吃闭门羹。斋藤先生会是怎样的一位老先生呢？搞不好是位慈祥的老爷爷，笑眯眯地对我说"欢迎你来啊"，不不不，不可能有这种事。不能想得这么天真，他好歹也是日本首屈一指的剧作家。他一定是双目炯炯生辉，想必有过人的臂力。不过，总不会对我动粗吧。如果真的要动手打我，我当然不会同意。我会猛烈展开反击。到时候他会说一句"小鬼，好样的，好气魄"，就此同意收我为徒。我看过这样的电影。是宫本武藏那部电影吗？唉，满脑子胡思乱想，没完没了了。总之，看明天那场会面的表现，或许我终身的恩师就这么定了。当真是个重要的日子。我今晚该怎么做才好？虽然想看书，却连一页，甚至是一行都记不进脑中。还是上床睡觉吧，这似乎是最好的做法。要是一脸睡眼惺忪地前去，搞坏他对我的第一印象，那可就得不偿失了。但我实在睡不着。外头又开始夜间施工了。仔细想想，晚上十点到早上六点这段时间，每天都在施工，长达八个小时的粗重活，工人还不断发出嗨咻嗨咻的吆喝声。他们到底是在干什么呢？是从窨井里拉出瓦斯管之类的东西吗？听哥哥说，那吆喝声是工人用来赶跑自己的困意的。想到这里，便觉得那吆喝声听起来怪可怜的。不知道他们的工资有多少？

突然很想看《圣经》。在这种无聊又烦躁的时候，最适合看《圣经》。其他书枯燥乏味，脑袋完全无法接纳，这时候唯有《圣经》中的语句能在心中产生共鸣。这本书真的很不简单。

此刻我取出《圣经》，翻开书页，以下的语句映入眼中。

"复活在我，生命也在我。信我的人虽然死了，也必复活，凡活着信我的人，必永远不死。你信这话么？"①

我都忘了。我的信仰是如此淡薄。一切全交由上帝，今晚就先安歇吧。我最近连祈祷都怠惰了。

愿你的旨意行在地上，如同行在天上。②

四月三十日。星期天。

晴。早上十点，哥哥送我到门口，我就此出发。原本想和他握手，但觉得太夸张了，就此作罢。先前到一高和R大应考时，都没这么紧张。到R大应考时，甚至是当天早上才猛然发现要考试，而匆匆出门。

我的人生就此启程。今天早上真的有这种感觉。途中我在电车里多次热泪盈眶。而中午时，我一脸茫然地返回家中，只觉得筋疲力尽。

斋藤先生位于芝区的宅邸，地点清幽，是一栋纵深颇长的平房。尽管一再按玄关的门铃，还是没任何动静。我战战兢兢，担心会有猛犬蹿出，但目前就连会跑出小狗来的动静

---
① 出自《圣经·约翰福音》。
② 出自《圣经·马太福音》。

也听不见。正当我不知如何是好时,从庭园的竹篱门传出一声应答。

"啊!吓了我一跳。"出现一名系着鲜红腰带的少女。看起来不像女佣,应该也不会是这户人家的千金小姐。她的气质不够高尚。

"请问老师在家吗?"

"这个嘛……"她回答得很模糊,就只是脸上挂着微笑。虽然略嫌轻浮,但给人的印象还不至于太糟。或许是老师亲戚的女儿吧。

"我身上有介绍信。"

"是吗?"女孩很直率地接过介绍信,"请稍候片刻。"

我心想,目前姑且还算顺利,面露微笑。但接下来可就碰壁了。半晌过后,女孩再度从庭园走来。

"您此次来有何贵干?"

这句话可考倒我了。这不是三言两语就能说得清楚的。我总不能照着介绍信上的文字说"我是来接受老师指导的"。这样的话可就变得跟剑客一样了。我拿不定主意,最后就此发起脾气。

"老师到底在不在家呢?"

"在。"女孩笑盈盈地应道。她这根本就是在耍我,把我瞧扁了。

"老师看过介绍信了吗?"

"还没。"她若无其事地应道。

"什么?"我有一股想要辱骂这一家人的冲动。

"他正在工作。"她以十足的孩子气口吻说。我一时还以为她舌头比常人短呢。她偏着头说:"您要不要改天再来?"

好个委婉的闭门羹。我岂会上你的当?

"老师什么时候有空呢?"

"这个嘛,等两三天后,或许会有空吧。"这句话说得含糊不清。

"既然这样,"我抬头挺胸应道,"五月三日的这时候,我再来拜访。到时候请多指教。"我朝少女瞪了一眼。

"是。"她很不可靠地回了一句,脸上仍挂着笑意。我突然兴起一个念头,这少女该不会是个疯子吧。

简言之,这次无功而返。我一脸茫然地回到家中,觉得疲惫不堪,连向哥哥报告这件事都嫌麻烦。哥哥向我询问了每一个细节。

"问题在于那名女子是什么身份。她多大年纪?长得漂亮吗?"

"这我怎么知道。我只觉得她可能是个疯子。"

"这怎么可能。我看她一定是女佣,一名身兼秘书的女佣。应该是女校毕业。所以或许已年过十九,不,已经二十多岁了。"

"哥,下次换你去吧。"

"视情况而定,或许我非得亲自去一趟不可。不过,目前还没这个必要。瞧你一脸沮丧样,其实你今天没把事情搞砸。对你来说,这样算是做得很好了。你清楚地跟对方说,你五月三日会再来一趟,光是这样就已经很成功了。那女生似乎对你有好感呢。"

我忍俊不禁。

"不,我是说真的。"哥哥一本正经,"这种情况和一般的赏人吃闭门羹不一样。你很有希望呢。如果对方是在工作中,一定会谢绝会客,但对方却特别为了你,而想办法把介绍信交到主人手上,但最后可能是被夫人或其他人拦阻,没能成功。"哥哥的解释着实天真:"一定是这样。所以下次你别瞪着那个女人瞧,要对人家和善一点,还要好好行礼问候。"

"糟了!我今天没摘下帽子。"

"就说嘛。连帽子也没摘,就只是瞪着人家看,一般来说,普通人都会直接报警。好在那名女子明理,你才逃过一劫。下个月三号,你可要好好注重礼仪啊。"

但我却深感绝望。艺术之路也和普通的上班族一样,会尝遍一般的艰辛,此事我老早便已做好心理准备,所以不会为了这点小事而怀忧丧志，不过今天从斋藤先生的宅邸返回的路上，我深切明白自己有多么渺小，多么默默无闻，因而讨厌起自己。斋藤先生和我实在是天差地别。我一直都没发现，我们之间竟然存在着像云泥般的距离。之前还以为，我要是向他唤一声"嗨"，他可能也会回我一声"嗨"。这是何等天真啊。今天，我觉得那个人和我们就像是不同的人种。有句话说"有些事就算再努力也达不成"，这世上就是有再怎么努力也达不到的事，想到这里我便觉得厌烦，"成为日本第一"的理想顿时飞到了九霄云外。为了让自己变伟大而做的努力，越来越显得愚蠢。我实在没能耐像斋藤先生这样，建造出如此富丽堂皇的城堡。

晚上哥哥拉着我去红磨坊新宿座①看戏。无趣极了，一点都不好笑。

五月三日。星期三。

晴。我向学校请假，拖着沉重的步伐前往位于芝区的斋藤先生宅邸。用沉重的步伐来形容一点都不夸张。我的心情真的很郁闷。

---

① 红磨坊新宿座，东京新宿的一座大众剧场，多上演轻喜剧。1931年建成，1951年停业。

不过,今天的情况并不算太糟。不,其实也没多好,但或许还算不错。

斋藤先生的宅邸大门前停着一辆汽车。我正准备按下玄关的门铃时,玄关内突然一阵喧闹,玄关门突然由内开启,冒出一名瘦小的老先生,快步从我面前走过。是斋藤先生。我正准备随后跟上时,看见前几天的那名女子拿着皮包和手杖,匆匆忙忙地走出玄关唤道:

"哎呀!老师正准备出门呢。你来得正好,你自己跟老师说吧。"

我摘下帽子,微微向那名女子行了礼,接着马上朝斋藤先生追去。

"老师!"我叫唤道。斋藤先生没转头,径自快步走上停在门前的汽车。我跑向车窗边。

"这是津田先生的介绍信……"我话说到一半,他转头瞪了我一眼,低声道:"上车。"

我心中暗自叫好,打开车门,一屁股坐向斋藤先生身旁。啊,或许坐司机身旁才符合礼仪,但这时再刻意换座位,也太难为情了。我索性维持原本的姿势,静坐不动。

"太好了。"女子从车窗将皮包和手杖递给斋藤先生,一脸开心地笑着,来回打量着我和斋藤先生说道,"上次他可是气冲冲地回去的呢。"

斋藤先生不悦地挤出眉间的皱纹,不发一语。果然很可怕。我不禁心想,刚才应该坐前座才对。

"开车吧。"

汽车往前行驶。

"请问要去哪儿?"我问。斋藤先生没搭理我。过了五分钟后,他才以低沉的语调说"去神田",声音无比沙哑。他就像一名老牌演员,容貌端正。接着又是一阵沉默,令人浑身不自在。压力一分一秒持续增加,我如坐针毡。

"你……"他以几乎听不见的低沉嗓音说道,"不该就那样生气离去。"

"是。"我不自主地低下头。觉得刚才真应该坐前座的。

"你和津田是什么关系?"

"是,我哥哥写的小说,都会请他审阅。"我如此说道,但也不知斋藤先生有没有在听我说,他一直沉默不语,没半点反应。半晌过后——

"津田写的信,还是一样写得不清不楚。"

果然不出所料,就那样寥寥几句,根本不知道要表达什么。

"我想当演员。"我直接说出结论。

"演员。"他不显一丝惊讶。说完这句话后,又是一阵沉默。这令我备感焦急。

"我想加入好的剧团，认真学习。请告诉我，什么样的剧团比较好。"

"剧团。"他低语一声后，又是一阵沉默。我实在受够他了。"好的剧团……"他又低语一声，接着突然怒吼道，"根本就没这种东西。"

我大为吃惊。很想向他说声失礼了，就此下车。此刻我连话都说不好了。这就是所谓的傲慢吗？这真令人不知所措啊。

"没有好的剧团吗？"

"没有。"他显得神色自若。

"这次好像会在鸥座上演老师您的《武家物语》呢。"我试着转移话题。

他没回答，低头忙着修理皮包的扣环松脱处。

"那里……"在意想不到的时刻，他突然冒出这句话来，"正在招募学员。"

"是吗？您认为我应该加入那里吗？"我很感兴趣地询问，感觉终于聊到正题了。

他没回答。

"还是不行吗？"

没回答。他一直在处理手中的皮包。

"任何人都可以自行前往应募吗？"我刻意像是在自言自

语似的说道。

他没任何反应。

"会有考试吗?"这次我向他靠近,加重语气问道。

看来,他终于修理完皮包了。他望向窗外。

"不知道。"他说。

我已经不想再多问了。汽车在骏河台的 M 大学①前停下。仔细一看,M 大学的正门立着一个大型宣传牌,上面写着"斋藤市藏老师特别演讲"。

我正准备下车时,斋藤先生向我问道:

"你要在哪里下车?"

我心想,他这句话的意思,难道是我可以借这辆车一路坐回家吗?

"麹町。"我战战兢兢地说道。

"麹町。"斋藤先生思考片刻后说了一句"太远了"。我想他的意思是"不行",于是我马上下车。

照这样子来看,如果能再近一点的话,他可能就会载我一程,总之,真是位懂得精打细算的老先生啊。

"在下告辞了。"我大声唤道,很客气地行了礼,但斋藤

---

① M 大学,私立的明治大学,主校区位于东京都骏河台地区。1881 年创立。

先生头也没回,快步走进门内。这个人真不简单。

我坐上市营电车,直返家门。哥哥早已等候多时,仔细询问今天的会面经过。

"真是一位见面远胜于传闻的奇人啊。"哥哥也面露苦笑。

"他一定不太正常。"我说。

"不,不是这样。他很正常。以世界级文豪自诩的人,就得像这样,有点怪癖才行。"哥哥果然是天真了点,"不过你也都挺了下来,不容易啊。没想到你也有脸皮厚的一面。这算是初生牛犊不怕虎,不过非常成功。可说是歪打正着,也许他对你抱持好感也说不定。"

"说什么傻话。他完全不跟我说话。感觉怪阴森的。"

"不,他确实对你有好感。肯让你一起坐车,就非比寻常了。我想,应该是那名女子巧妙替你居中牵线吧。而津田先生的介绍信,或许背地里也发挥了很大的影响力。好不容易请他帮我们写介绍信,不能说他坏话。现在细想,我觉得那是很棒的介绍信。算是踏出了成功的第一步。接下来,我们打电话到鸥座,询问招募学员的事吧。"哥哥自己在旁边一头热。

"可是,他又没说鸥座好。"

"也没说不好吧?"

"就只是说他不知道。"

"这样就够了。我明白斋藤先生的心情。他是吃过苦的人,他的意思是要你从基础开始,稳稳地走好每一步。"

"是这样吗。"

我们费了好大一番工夫才找出鸥座事务所的电话号码。哥哥打电话给他一位在银座售票处工作的朋友,请他代为调查,最后好不容易才查出来。

"好了,接下来你全部得自己处理。"哥哥如此说道,将话筒递给我。我紧张万分。

我打电话给鸥座事务所后,一名女子接听,也许是知名的女演员也说不定,说起话来语气自然,不带半点讨好,以口齿清晰的话语详细告诉我细节。要带自己亲笔写的履历表、家长同意书,两者各一份,格式不拘,此外还要附上三寸的上半身近照一张,在五月八日前提交事务所。

"五月八日?那不就快了吗?"我的心扑通扑通直跳,声音变得沙哑,"那考试呢?"

"九日在新富町的研究所举行考试。"

"咦。"我发出奇怪的声音,"几点开始?"

"下午一点整,请在研究所集合。"

"科目呢?考什么科目?会是怎样的考试?"

"请恕我无可奉告。"

"咦。"我又发出一声怪叫,"谢谢您。"我挂上电话。

我大为吃惊。五月九日。那不就只剩一个礼拜不到的时间吗?我什么都还没准备呢。

"应该是很简单的小考试吧。"哥哥优哉地说道,但我总觉没这么简单。我今后非得成为日本第一的演员不可,而就在我朝戏剧的世界跨出第一步时,要是写下不合适的答案,那将会成为我一生无法消除的污点。我非得展现出最好的成绩不可,而且还要遥遥领先。这和学校的考试不同,学校考试与我未来的生活未必有直接的关联,但这次的考试却与我最重要的生存之道关系紧密。要是失败,我将无路可走。学校的考试就算失败,还能说一句"这没什么,反正我还有其他更好的路可走",多少还保有些许从容和自尊,但这次的考试容不得我说一句"没什么"。我已没别的路可走。什么都没有了。这不就是我最后的机会吗?实在不能再继续悠哉下去了。我整个人正经起来。虽然没什么自信,但我就像斋藤市藏老师的弟子一样。或许他没拿我当一回事,但我决定接下来要自己这么认为,好好看重我自己。因为我们同车过。我不能写出差劲的答案。这关系着斋藤先生的脸面。可恶啊。有一天我一定要让斋藤先生刮目相看。要是斋藤先生能说一句"《武家物语》里重兵卫的角色,非芹川莫属",那会是多么令人高兴的事啊。不,现在不是沉溺于甜美幻想的时候,我得以遥遥领先的优秀成绩通过考试才行。

今晚我将之前买来的参考书全部叠在书桌上。

普多夫金《电影演员论》、科克兰《演员艺术论》、泰洛夫《解放的戏剧》、岸田国士《近代剧论》、斋藤市藏《戏剧之路五十年》、巴卢哈特《契诃夫的拟剧论》、小山内熏《戏剧入门》、小宫丰隆《戏剧论丛》，还有《筑地小剧场史》《导演论》《电影演员术》《导演笔记》，以及哥哥借我的《花传书》《演员论语》《申乐谈义》。将近二十本的参考书，我打算在考试前大致读完一遍。接着也准备先背一些英语、法语的单词。

我得好好用功才行。今夜从现在开始，我打算把科克兰的《演员艺术论》和斋藤先生的《戏剧之路五十年》看完。

明天得去一趟照相馆。

五月八日。星期一。

雨。今天请假没去上学。我现在脑中一片混乱，真不知道这宝贵的一星期我是怎么度过的，尽管到了学校，也还是静不下心来，明明什么事也没有，却嬉皮笑脸，回到家后，一味地忙着整理房间，参考书一本都没看。我只是窝在房间里动来动去，心情变得越来越慌乱，尽管此刻写着日记，手却在发抖。换言之，此时的我紧张、胆怯，内心严肃，脑袋一片空白，一颗心七上八下，频频跑厕所，尽管心想"好，接下来要好好用功了"，精神抖擞地回到房间，却又只是忙着整理房间。我真是不可原谅，太没用了。我就是静不下心来，想说想写的事多得数不清。不过我情绪高涨，满心雀跃，坐立不安。就这样一直忙着整理房间，将这头的东西搬往那头，再把那头的东西搬往这头，同样的事一再反复，自己一个人忙得团团转。说来惭愧，就连《圣经》也发挥不了作用。从今天早上起，我三次翻开《圣经》，但没有半个字进入我脑袋里。太惭愧了。我没救了。上床睡觉吧。傍晚六点，我甚至想诵念阿弥陀佛。基督和释迦牟尼全搅和在了一起。

小睡一会儿后，我猛然弹跳而起。太阳下山后，我心情平静了些许。我望着昨天照相馆寄来的三寸照片。同样的照片一次寄来了三张，我从中挑选脸部肤色微黑，带有立体暗影的一张，连同履历表一同以快递寄往研究所。为什么我的脸会像薤白一样单调平板呢？我皱起眉头，想做出复杂的表情，但才刚挤出几道皱纹，旋即又消失。我让嘴角下垂，想在鼻子两侧挤出很深的皱纹，但还是做不出来。也许是我嘴巴太小，嘴巴没弯曲，倒是往前噘了起来。不论我怎么噘嘴，还是呈现不出一张带有立体暗影的脸，就只显现出一脸傻样。

"你这张脸不适合当演员。"在明天的考试中，要是对方明确地对我做这样的宣告，那该怎么办？我会马上变成一具

"行尸走肉",成为一个就算活着也没任何意义的废人。唉,我真有戏剧的才能吗?明天将会决定一切。我又想开始整理房间了。

哥哥走来问我:"你去理发店了吗?"我还没去。

在雨中,我匆忙地赶往理发店。我真是太糟糕了。在理发店内,我听到德沃夏克的《自新大陆》,是收音机广播。这是我喜欢的曲子,但现在却没心情欣赏。如果是狂乱地敲打着高台大鼓这样的乐器,这种音乐或许正符合我此刻焦躁的心情。不过,就算找遍全世界,大概也没这种音乐吧。

从理发店回来后,在哥哥的建议下,我练习了一下台词,内容是《樱桃园》①里的商人乐百轩的台词。

哥哥提醒我要多注意细节。要用自己的声音,很自然地说话;要多用丹田的力量,吐字要清晰;尽量少晃动身体;不要频频收下巴;嘴巴一带的肌肉要放松些,这句话戳中了我的痛处,因为我会刻意让自己嘴角下垂。

"Sa、Shi、Su、Se、So 这几个音,你好像发不好呢。"他又戳中我的痛处。我自己也隐约感觉到了。是因为舌头太长的缘故吗?

---

① 《樱桃园》,俄罗斯作家、剧作家契诃夫最后一部戏剧作品,创作于1902年至1903年。

"我信口胡说,你别见怪啊。"哥哥笑着道,"你表现得很好,跟我相比,一点问题都没有。不过,明天是要在专职演员面前表现,所以今晚我试着对你严格批评一番,督促你绷紧神经。放心,你表现得很好。"

我也许没救了,思绪一片纷乱,感觉日记所写的文章也和平常不太一样。确实我连情绪也变得不一样,不,情绪不一样,就表示精神失常。我或许还不至于到精神失常的地步,但今晚确实太不寻常了。连文章也写得乱七八糟。当真是心乱如麻。

怎么能为了这种事折腾成这样呢?明天……不,现在已经过十二点,所以算是今天,今天下午一点有一场考试。即使我想做点什么来弥补,也已经无能为力,就先将钢笔装满墨水,然后上床睡觉吧。仔细想想,明天的考试要是没考上,我就只有死路一条了。我的双手瑟瑟发抖。

五月九日。星期二。

晴。今天同样向学校请了假。因为是重要的日子,所以这也是没办法的事。昨晚我老是做梦。梦见自己在衣服外面穿着一件贴身衬衣。颠三倒四,光怪陆离,很不吉利的梦。感觉是一种不祥之兆。

不过今天出现了最近难得一见的好天气。九点起床,好好洗了个澡,十一点半出发。今天哥哥没到门口送我,他似乎认定我绝对没问题。先前去斋藤先生家拜访时,哥哥明明比我还紧张,心里满是牵挂,但今天倒是显得一派悠然。难道他认为,比起考试,斋藤先生反而才是重要的关卡?像学校的入学考之类的考试,哥哥都不当一回事,感觉他有这样的倾向。也许是因为他没尝过入学考落榜的苦头。不过,如果哥哥认为我没问题,乐观看待我的事情,我要是低分落榜,反而会更加痛苦、尴尬。他大可多为我担心一点,因为我有可能再度落榜。

出发的时间有点早。很快就看到新富町的研究所。它位于一栋公寓的三楼。我刚过正午便抵达了此处。我想探查一下情况,试着敲了敲门,但没人应声,屋内似乎空无一人。我打消这一念头,来到外面。

一个暖阳高照的春日。我前额微微出汗,很想喝点冰凉的饮品,于是我走进昭和大道的一家小餐馆,喝了一杯苏打水,顺便吃了一盘咖喱饭。我也称不上饿,就只是感到不安,不吃点东西实在难受。填饱肚子后,脑袋逐渐变得昏沉,焦躁的心情也略微平复。我走出店外,信步来到歌舞伎座①前,

---

① 歌舞伎座,专门上演歌舞伎的剧场,位于东京都中央区银座,建于1889年。

欣赏剧场的海报，然后再次折返回新富町的研究所。

这次刚好一点整。我走上公寓的阶梯。有人来了，约二十个人。不过，怎么个个都是脸上毫无生气的家伙呢。有五名学生，三个女人。女人长得真丑，看来永远都只能当贝姨①这种角色，其他人则都是身穿西装，三十岁左右，因忙于生活而一脸疲态。还有一个表情看起来跟艺术完全沾不上边，活像是商店老板的四十多岁男子。感觉真不可思议。大家都很安分地垂眼望着地面，倚在走廊的墙上，或站或蹲，不时低声交谈。感觉气氛阴沉无比。一时间让人怀疑这里是残兵败将的集散地。连我也跟着感到悲戚起来。想到这些人就是我今天的竞争对手，便感到失望透顶。感觉自己还没上场开打，就已经斗志全无。倘若我是考官，看到这种阵仗，马上便会宣布全员落选。想到之前的兴奋和紧张，一股无名之火不禁燃起，只觉得自己被耍了。

接着，从事务所内走出一名中年妇人，开口道："接下来会发号码牌。"

我记得这个声音，它来自一个礼拜前我打电话来询问时，口齿清晰地对我说"下午一点整"的那名女性。她的声音真的很美，我一时还以为是女演员，不过，女人并不是光凭声

---

① 贝姨，法国作家巴尔扎克《贝姨》中的主人公。

音能判断的。她穿着一件宽松的褐色夹克,别说像女演员了,根本就……算了,不提也罢。她并未觉得自己是美女而以此自满,如果我要是再对她的容貌说三道四,那可就是罪过了。总之,她是个四十岁左右的中年妇女。

"接下来我会点名,麻烦各位回答。"

我是三号。没来的人也不少。点了约莫四十个人的名字,只有半数的人出席。

"那么,一号请进。"

终于要开始了。一号是个女子。在中年妇人的带领下,无精打采地走进门内。没半点朝气可言。研究所内似乎分成两个房间。一间是事务所,更里面一间似乎被充当练习场。考试就在练习场举行。

听到了。是朗读剧本。太好了!念的是《樱桃园》。未免也太走运了吧。我从以前就擅长朗读《樱桃园》,而且昨晚才练习过。这下没问题了。尽管放马过来吧!我顿时勇气百倍,不过话说回来,那个女子的朗读也太差劲了吧。从头到尾一个音调,而且只会照本宣科。她多处停顿,还不时重念。这样铁定会落选。因为实在很滑稽,我心中窃笑,但其他人却不显半点笑意,神情木然,就像睡着了一般。

"二号请进。"

一号似乎已经考完。真快。难道没笔试?下一个就是我了。我不禁双脚发抖，感觉就像待在医院里，接下来准备接受大手术，正等候护士前来叫唤。我突然很想上厕所。我急忙跑了一趟厕所，刚一回来，正好点到我。

"三号请进。"

"是。"我不自主地高举右手。

事务所内既狭窄又单调，我看了之后感慨良多，鸥座宏伟的计划就是从这种地方孕育出来的吗？

一号与二号几乎都在同一时间考完。我来到那个中年妇人的桌前，接受几个简单的问话。她拘谨地坐在椅子上，朝桌上的照片以及我的脸来回打量。

"你今年几岁？"她问。感觉她对我有点轻侮，于是我反问道："履历表上没写吗？"她听了顿显慌张。

"是有，不过……"她往前弯腰，靠向我那份摊开在桌上的履历表细看。看来她有近视。

"我十七岁。"我如此说道，接着她像松了口气似的，抬起脸来。

"已征得家长同意了吧？"

这个问题听着真令人不舒服。

"那当然。"我面有愠色地应道。你又不是考官，为什么老问一些没必要的事。想必是逮着个机会，想偷偷摆出考官的架子，好好耀武扬威一番。

"那么,请进。"

她带我进入隔壁的房间。里头原本一阵哄闹,但我一走进后,立刻鸦雀无声,五个男子不约而同地抬头望着我。

他们一字排开,面朝我并排而坐。共有三张桌子。个个都是我在照片上似曾看过的面孔。坐正中央的那个肥胖男子,肯定是最近当红的剧作家兼导演——横泽太郎,其他四人好像是演员。我在入口处显得忸怩,横泽以粗俗的语气大声唤道:

"到这边来。接下来这位稍微优秀点了吧?"

其他考官们皆嘴角轻扬。整个屋里的气氛,感觉低俗又下流。

"你念哪所学校?"他也大可不必这么趾高气扬地说话吧?

"R大。"

"今年几岁?"问得我都烦了。

"十七岁。"

"已征得令尊的同意了吗?"他就像在对待罪犯一样,我突然火冒三丈。

"我没父亲。"

"是去世了吗?"有名考官看起来像是演员上杉新介,像在一旁打圆场,语气温柔地询问。

"同意书上应该都有注明。"我板起脸应道。这就是考试？简直令人咋舌。

"一身傲骨呢。"横泽嬉皮笑脸地说道，"大有可为，对吧？"

"你要报考演艺部还是文艺部？"上杉以铅笔轻敲自己下巴，如此问道。

"什么意思？"我听得一头雾水。

"要当演员？"横泽又以他的大嗓门说道，"还是要当编剧？你选哪一个？"

"当演员。"我不假思索地应道。

"那么，我问你。"看不出他是认真还是开玩笑。横泽的人品怎么会这么糟糕呢？不仅面相欠佳，就连服装也一样，穿着日式便服，一副邋遢样。日本数一数二的文化剧团"鸥座"，竟是由这样的货色当指导者，一想到这里我就沮丧万分。他肯定都只顾着喝酒，一点都不会自我精进吧。他噘出下唇，沉思片刻后，不慌不忙地发问。

"演员的使命为何？"好一个愚蠢的问题。我为之一惊，差点笑出声来。根本就是随便想出的问题。完全暴露出提问者是个无能之人。我根本无从回答这种问题。

"这个问题就像在问'人类是抱持何种使命降生在这个世上的'，如果是那种讲得煞有介事、昧着良心的回答，说得再多都不成问题,但我想坦白地说一句,我目前还不清楚这样的使命为何。"

"你这回答可真怪。"横泽是个很迟钝的人。他以轻松的口吻如此说道,从烟盒里取出一根香烟,叼进口中,向一旁的上杉问道"有火柴吗",点燃烟,接着说:"演员的使命,对外是教化民众,对内则是担当团体生活的模范。不是吗?"

我为之傻眼,甚至觉得,落选反而还比较光荣。

"这话不仅限于演员,只要是教化团体内的成员,每个人都必须留心此事,所以就像我刚才所说的,如此煞有介事的抽象话语,说得再多都不成问题。而这全是违心之言。"

"是吗。"横泽完全不以为意,看到他如此迟钝的一面,我甚至开始对他有点好感,"这样的想法倒也挺有意思的。"根本就是鬼扯一通。

"那就请你朗读吧。"上杉刻意摆出高尚的姿态说道。他的态度就像猫一样,带有一股阴柔的敌意。我觉得他比横泽更难对付。

"让他朗读什么好呢?"上杉以毕恭毕敬的口吻向横泽询问。"听说他的程度颇高,所以……"竟然用这种惹人厌的说话口吻!真卑劣!他是这世上最罪大恶极的那种人。难道这就是饰演那位"万尼亚舅舅①",号称日本第一男星的上杉新介的真面目?未免也太不堪了吧。

"《浮士德》!"横泽喊道。我内心一沉。如果是《樱桃园》,我很有自信,但对《浮士德》我一点都不拿手,我甚至连这部作品都没看完。完了,我铁定落选。

"请朗读这个部分。"上杉将剧本递给我后,以铅笔指出我该朗读的部分,"请先默念一遍,等你有把握后再开始朗读。"他的这种说话口吻让人感到其一肚子坏水。

我开始默念。好像是瓦卜吉司之夜②的场景,是梅菲斯特的台词。

> 你快抓紧岩石的年老肋骨,
> 要不,暴风会把你刮进深谷。
> 茫茫黑夜蒙上一层浓雾。
> 听呀!森林中发出爆炸的声息!
> 鸱枭扑腾腾四散惊起。
> 听呀!这长春宫殿的柱子,
> 破折得如摧枯拉朽!

---

① 万尼亚舅舅,俄罗斯作家、剧作家契诃夫《万尼亚舅舅》中的主人公。
② 瓦卜吉司,修道院院长。其祭日为5月1日。4月30日之夜,即被称作"瓦卜吉司之夜"。为《浮士德》书中魔鬼们相会交欢之夜。

> 树枝断裂而（吱吱）悲鸣！
>
> 树干咆哮（吼吼）如泄怒！
>
> 树根拔倒而暗恶！
>
> 在天崩地裂的倒塌中，
>
> 断木残枝叠无数，
>
> 更有寒风（呼呼）号空，
>
> 落叶满谷。
>
> 你可听见有声音来自高处？
>
> 似远似近，仿佛依稀？
>
> 不错呀，一片狂乱的魔声，
>
> 激荡在这整个山区！①

"我无法朗读。"我大致默念过一遍，梅菲斯特的低语令我觉得很不舒服，有不少像"吱吱""呼呼"这类让人不舒服的象声词，听起来宛如恶魔之歌，感觉既不健康，又令人反感，我实在提不起劲朗读，就算落选也无妨，"我朗读其他段落。"

我随手翻动剧本，发现一处不错的篇章，就此高声朗

---

① 引自董问樵《浮士德》译本，复旦大学出版社，1983年7月版。括号中的象声词为本书译者所加。下同。

读。那是第二部中,浮士德早晨醒来时在一个鲜花遍野的场景:

> 向上望去!——山岳的峥嵘峰顶,
> 已在宣告壮丽无比的时刻来临;
> 山峰先浴着永恒的光明,
> 然后阳光向下普照我们众生。
> 这时阿尔卑斯山坳的绿色牧场,
> 承受着新的丽天辉光,
> 而且分层逐段地下降——
> 红日升空了!——可惜耀目难当,
> 双眼刺痛,我只好转向另外一方。
> 这好比朝夕祈祷的希望,
> 一旦达到最高的理想,
> 实现之门已洞然开敞;
> 可是从那永恒光源发出过量光芒,
> 却使我们瞠目结舌,无比惊惶:
> 我们诚然要把生命的火炬点燃,
> 而包围我们的却是茫茫火海无边!
> 是爱?是恨?环绕在我们身畔,
> 亦苦,亦乐,交替着不可言传,

于是我们又只好回顾尘寰，
隐身在这蒙蒙晨雾中间。
让太阳在我背后停顿！
我转向崖隙迸出的瀑布奔腾，
凝眸处顿使我的意趣横生。
但见迂回曲折汹涌前趋，
化成数千条水流奔注不止，
泡沫喷空，洒无数珠玑，
风涛激荡，有彩虹拱起，
缤纷变幻不停，多么壮丽，
时而清晰如画，时而向空中消失，
向四周扩散清香的凉意。
这反映出人世的努力经营。
你仔细玩味，就体会更深：
人生就在于体现出虹彩缤纷。

"漂亮！"横泽率直无邪地夸赞我，"满分。两三天内会通知你结果。"

"没有笔试吗？"我大感意外，如此询问。

"你少在这里口出狂言！"坐在末座的一个小个子演员，似乎是伊势良一，他朝我吼道："你是来这里鄙视我们的吗？"

"不。"我大受惊吓，"因为笔试也……"我连话都说不好了。

"你说的笔试，"上杉脸色略微发白，如此回答道，"因为时间的关系，暂不举行。光凭朗读就能大致了解考生的程度。我可先跟你说一声，你以后要是这样对台词挑三拣四，包准你前途黯淡。当一名演员，最重要的资格不是才能，而是人品。虽然横泽先生给你满分，但我给你零分。"

"这样的话……"横泽似乎完全不以为意，嬉皮笑脸地说道，"平均是五十分。好了，你今天就到这儿吧。喂，下一位，四号！"

我微微行了礼，就此退下，不过我心里大为得意。因为上杉虽然自认是在责备我，但这样反而是一种宣告，表示他认同我的才能。"最重要的资格不是才能，而是人品。"他这番话的意思是说我现在欠缺的是人品，至于才能倒是相当完备，不是吗？我自认对自己的人品一直在努力提升要求，也常自我反省，所以要是别人夸我人品好，我反而会觉得不自在，而不会特别开心，就算遭人误会，说我坏话，我也会心想"等着瞧吧，以后你就会明白"，显得无比从容。不过我觉得才能完全是上天所赐，有其可怕的一面，不管再怎么努力也望尘莫及。而这位日本首屈一指的新剧演员无意中给了我一个担保,说我有才能。啊,这让人想要不开心都难。真是太好了。我确实有才能。虽然没有人品,但有才能。上杉无从判定我的人品,这是不值得采信的判定,他没有判定的资格。不过对于才能的判定,他的准确度比横泽还要高上几个档次呢。正所谓"术业有专攻",演员的才能,就只有演员才知道。真高兴。他说我有当演员的才能,我实在忍不住嘴角上扬啊。现在就算我落选也无所谓了。感觉就像斩下妖怪的首级立了大功似的,我意气风发地回了家。

"不行,没希望了。"我向哥哥报告此事,"铁定落选。"

"搞什么,看你挺高兴的啊,应该不至于落选吧。"

"不,没希望。剧本朗读我得了零分。"

"零分?"哥哥转为正色说,"真的假的?"

"他们说我人品不行。不过才能方面……"

"你怎么还笑得出来。"哥哥略显不悦,"得了零分,没什么好高兴的吧。"

"不过,还是有值得高兴的地方。"我将今天考试的情形详细告诉了哥哥。

"那你合格了。"哥哥听完我说的话之后,这才平静下来,并如此断言,"你肯定不会落选。这两三天内就会寄来合格通知书。不过,这剧团还真教人觉得不舒服呢。"

"是不怎么样。落选反而还比较光荣呢。就算我合格,我也不想进那个剧团。我可不要和上杉一起学习。"

"说的也是。实在令人有点幻灭。"哥哥落寞地莞尔一笑,"如何,要不要再去斋藤先生那里和他谈谈?就坦白地说你不喜欢那种剧团,坦率地说出你的感觉。要是老师说,每个剧团都是那样,你忍着点,那就算了,还是加入剧团。不过他也许会介绍你其他好的剧团。总之,你去应考的事,还是先向他报告一声比较好。你觉得怎样?"

"嗯。"我心情沉重。斋藤先生很可怕。我总觉得这次会被他臭骂一顿。不过还是非去不可。除了前去接受他的下一步指示外,别无他法。还是拿出勇气吧。我不是拥有当演员的过人才能吗?我现在已经和以前的我不一样了。拿出自信,向前迈进吧。一天的难处一天当就够了。[①] 我今天有这样的感觉。

吃完晚餐后,我把自己关在房间里,写下今天一整天的长篇日记。今天我明显长大成人了。"发展"一词朝我胸中直逼而来,同时我深切地感受到,身为一个人是无比尊贵的事。

五月十日。星期三。

---

① 出自《圣经·马太福音》。

晴。今天早上醒来后，发现一切全都变得不一样了。之前的兴奋已完全退去。今天早上就只有严肃的心情，不，或许是一种近乎焦躁的心情。之前的我肯定是疯了，冲昏了头。真搞不懂我为什么会满心雀跃，得意忘形，老做一些像是在冒险的怪事。不过，说来也真不可思议。今天早上，我从那漫长而又可悲的梦中醒来后，就只是眨着眼睛，侧着头感到纳闷。从今天早上起，我成了一个普通人。不管再怎么巧妙地加减乘除，对于我这个1.0的存在而言，仍旧像立于河中的木桩般难以撼动。真是扫兴。今天早上的我，就像静静伫立的木桩般严肃，心中没半点光彩。这是怎么回事？我到学校去，每个学生看起来都像十多岁的小孩。而我常会想到这些学生的父母。我不再像平常那样以一种鄙夷之心对待他们，也没半点憎恨之情，就只是微微产生了一丝怜悯，比对一群麻雀的怜悯还要微弱，而这绝非是一种足以撼动我内心的强烈情感。我极度地扫兴，陷入绝对的孤独。过去所尝过的孤独，算是所谓的相对孤独，太过在意对手的一切，是因反作用而不得不摆出这种姿态的孤独，但我今天的感觉不同以往。我对任何人都不感兴趣，对一切都感到厌烦。这种心情，简直可以不费吹灰之力就让人出家遁世。人生中竟会有如此不可思议的早晨。

　　这就是所谓的幻灭。我很不想用这个词，但似乎也找不到其他适合的词了。幻灭，而且是如假包换的幻灭。我对大学感到幻灭——以前我似乎曾情绪激昂地写过这样的话，但现在仔细想想，那不是幻灭，是憎恨、敌意、野心所燃起的热情。真正的幻灭，其实没那么积极，就只有茫然，以及茫然的严肃。我对戏剧感到幻灭。唉，我实在不想这么说！但我觉得这似乎就是事实。

自杀。今天早上我冷静下来，思索着自杀。真正的幻灭，是会让人为之痴傻或是自杀的一种可怕的妖魔。

我的确感到幻灭，不容否认。不过，对生存的最后一条生路感到幻灭的男人，到底该如何是好？对我来说，戏剧原本是我唯一的生存意义。

别想蒙混，好好深入思考吧。我并不认为戏剧是无意义的事。我怎么可能会觉得它无意义呢。要是我觉得它没有意义，应该会感到愤怒，且很不屑地与其决裂，帅气地改走别的路，但我今天早上的心情却完全不是那么回事。那是空虚，觉得一切都无所谓了。戏剧，想必是很了不起的东西吧。演员，啊，想必也很棒吧。但我不为所动，我的内心明显出现了裂缝，从中吹来冷风。第一次到斋藤先生家拜访，吃了一顿委婉的闭门羹返家中时，也是类似的感受。与其说是世人愚蠢，倒不如说活在这世上认真努力的我，才是愚不可及。很想独自处在黑暗中嘲笑一番自己。世上根本没有什么理想可言，每个人都活得微不足道。我益发觉得，人活着根本就只是为了糊口，着实无趣。

放学后，我信步绕往足球社的社团教室一趟。我也曾想过要加入足球社。什么也不想，就只是专心地踢球，当一个平凡的学生，懵懂度日。足球社的社团教室里空无一人，也许是去集训所了。要我前去集训所拜访，我可没那样的热情，于是我就此回家。

回家后，鸥座的快递送达。我合格了。通知书上写道："此次审查的结果，共有五名学员合格。你也是其中之一。明天傍晚六点请到研究所一趟。"我一点都不开心。我的心情平静得出奇。当初收到 R 大合格通知书时，还比这次来得高兴。我已不想为了当演员而学习。昨天上杉认同我有当演员的才能，光是这样，我就像斩下妖怪的脑袋立下大功似的，喜不自胜，但今天早上醒来时，却连那份喜悦也感觉变成了灰色，很认真地重新思考这一切，我心想：什么嘛，才能这种东西根本就不能指望，看来还是人品比较重要。这种心情的急剧转变，究竟是从何而来的呢？是赢得爱情的人所感受到的虚无吗？就像昨天在鸥座接受面试时，我无意识选读的那句《浮士德》的台词所写，"实现之门已洞然开敞，……却使我们瞠目结舌，无比惊惶"，我过去所憧憬的演员身份，眼看现在如此轻易就能取得，我反而感到厌倦，是吗？

"进，你虽然合格，但看起来却闷闷不乐呢。"哥哥也如此说道。

"我在思考。"我很认真地回答。

今晚我和哥哥展开了一场很没意义的讨论。我们讨论食物当中什么最好吃。我们相互展现出美食家般的姿态，但聊到最后结论却是菠萝罐头的汤汁，桃子罐头的汤汁也很可口，却没菠萝汁那种清爽口感。其实不是吃菠萝罐头的果肉，而是只喝它的汤汁。

"如果是菠萝汁，我可以轻松喝下一大碗。"我说。

"嗯。"哥哥也点头表示赞同，"再加上冰块，喝起来更可口。"哥哥也想着这种蠢事。

聊完食物后，渐感饥肠辘辘，所以我们两个美食家悄悄溜进厨房，做了饭团来吃，真是美味可口。

虚无与食欲似乎有某种关联。

哥哥现在在隔壁房间写小说。好像已写了五十多张稿纸。听说他预定要写两百张。是以"开始降雪时"作为开头的一部凄美小说。我只看了十张左右。哥哥说，等他写好小说，就要去参加《文学公论》提供奖金的小说征文比赛。哥哥以前明明很瞧不起提供奖金的征文比赛，现在是怎么了？

"你参加带奖金的征文比赛，不是降低自己的格调吗？这样会糟蹋了你的作品。"我说。

"不过,如果得奖,就有两千日元。如果没钱可拿,那写小说不就像在干傻事吗?"他露出低俗的表情如此说道,哥哥最近酒喝得很凶,我担心他已经堕落了。

不论望向何处,理想都在沦丧。

今晚,我觉得特别困。

五月十一日。星期四。

阴。强风。今天显得略微充实。昨天的我简直就像游魂,但今天的我是个踏实过生活的人。学校的《圣经》课很有意思。每个礼拜都有一个寺内神父的特别讲座,我一直都很期待这门课。上上个礼拜四的课也很有趣。谈的是《最后的晚餐》相关的研究,神父以图解的方式清楚地为我们解说参与晚餐的十三个人,各自在餐桌上坐哪个位置。据说这十三个人全都是以躺卧的姿势就座,这令我大为吃惊。就当时的风俗来说,餐桌旁会摆放床铺,人们都各自躺在床铺上用餐。所以达·芬奇的《最后的晚餐》与事实不符。听说俄国一位名叫盖耶的画家所画的《最后的晚餐》,画里的人全都躺着。这与基督的精神完全无关,但我觉得很有意思。看来,我对吃投入了太多的关心。今天同样在想吃的事,但这未必完全没有意义,多少还是会有收获的。今天寺内神父以《旧约·申命记》为主轴展开授课。寺内神父绝不会站在讲台上授课。他会以没人坐的学生课桌当位子坐，以和学生一起学习的姿态，很轻松地和我们交谈。感觉真不错。就像和大家一起聊什么欢乐的趣事一样。今天以《申命记》为主，谈到摩西的一番苦心，其中，关于摩西连民众的食物也都用心张罗一事，我特别感兴趣。

十四章。凡可憎的物都不可吃。可吃的牲畜就是牛、绵羊、山羊、鹿、羚羊、狍子、野山羊、麋鹿、黄羊、青羊。凡分蹄成为两瓣又倒嚼的走兽，你们都可以吃。但那些倒嚼或是分蹄之中不可吃的乃是骆驼、兔子、沙番①——因为是倒嚼不分蹄，就给你们不洁净；猪——因为是分蹄却不倒嚼，就给你们不洁净。这些兽的肉，你们不可吃，死的也不可摸。

水中可吃的乃是这些：凡有翅有鳞的都可以吃；凡无翅无鳞的都不可吃，是给你们不洁净。

凡洁净的鸟，你们都可以吃。不可吃的乃是雕、狗头雕、红头雕、鹯、小鹰、鹞鹰与其类，乌鸦与其类，鸵鸟、夜鹰、鱼鹰、鹰与其类，鸮鸟、猫头鹰、角鸱、鹈鹕、秃雕、鸬鹚、鹳、鹭鸶与其类，戴鵀与蝙蝠。凡

---

① 沙番，希伯来文 shaphan 的音译，即现今的蹄兔。

> 有翅膀爬行的物是给你们不洁净，都不可吃。凡洁净的鸟，你们都可以吃。凡自死的，你们都不可吃。①

当真交代得巨细无遗，想必很费神吧。摩西或许对这些鸟兽、骆驼、鸵鸟之类，全都自己一一试吃过。骆驼肉想必一定很难吃，摩西肯定也同样皱着眉头说"这真不是人吃的东西"。所谓的先知，可不是仅会说些冠冕堂皇的教义，而是直接协助民众的生活。不，几乎可说是民众生活里的实际助手。而在加以协助的间歇，同时向众人传教。如果从头到尾都在传教，则不管说得多好，也不会有民众跟随。阅读《新约》也会发现，基督时而治疗病人，时而让死者复活，将大量的鱼、面包分发给民众，整天几乎都为这些事疲于奔命，忙得筋疲力尽。就连他的十二名弟子，一旦没有食物可吃，就马上感到不安，而暗中议论纷纷起来。最后连善良的基督也忍不住向弟子们训斥道："小信的人，为什么议论没有饼这件事呢？你们还不明白吗？你们是不是忘记了那五个饼分给五千人，又装满了多少个篮子呢？还是忘记了那七个饼分给四千人，又装满了多少个大篮子呢？我对你们讲的不

---

① 引自《圣经·申命记》。

是饼的事,你们为什么不明白?"① 接着深切叹息。基督是多么落寞啊!但这也是没办法的事,民众有时就是这么狭隘,满脑子想的都是自己明天的生活。

我听寺内神父的讲课,脑中思绪联翩。突然间,就像电光闪过一般,我感到脑中灵光乍现。对啊,人类从一开始就没有理想。就算有,那也是符合日常生活的理想。脱离生活的理想——没错,那就是通往十字架的道路,而那也是上帝之子走的道路。我不过是区区一名凡夫俗子,只在意吃的事。我最近逐渐成为一名踏实过生活的人。成了在地上匍匐而行的鸟,天使的翅膀不知什么时候不见了,就算再怎么焦急慌乱也没用。这就是现实,无法掩饰。"不懂凡人的悲惨,只知道上帝,这会导致傲慢。"记得这是帕斯卡尔说过的话,而过去我都不懂自我个体的悲惨,只知道神所在的天星。老想着要得到那颗星,这样总有一天会尝到幻灭的痛苦。这是人类的悲哀,只考虑生计。哥哥也曾说,卖不了钱的小说根本就没意义,但这是人类率直无伪的话语,我却将它看作是哥哥的堕落,想以此加以批评,或许是我错了。

我们人不管说得再好听,也一样无济于事。生活的尾巴就垂挂在我们的身后。"要甘于承受物质的锁链与束缚。我

---

① 引自《圣经·马太福音》。

这就让你们从精神的束缚中解放。"① 就是这个。尽管身后拖着悲惨生活的长尾巴，但应该还是能得到救赎，应该能朝理想迈进。即使那些跟在基督身后，却还老是担心明天的面包在哪里的弟子们，最后也都成了圣者。我的努力，今后也将从头开始。

我甚至想否定平常人的生活。前天我通过鸥座的考试，那些艺术家坐在那儿，小心翼翼地极力想维持住自己那微不足道的地位，看到那一幕，我极度反感。尤其是上杉，号称是日本第一的新潮演员，连面对我这样默默无闻的学生，竟然也会燃起较劲的意识，还为之脸色发白，实在肤浅之至，令人厌恶。就算是现在，我也不认为上杉的态度算得上大气，不过，只是因为这样就想全面否定一般人的生活，是我自己太小题大做了。我打算今天去一趟鸥座研究所，再次和那些艺术家仔细谈谈。光是能从二十名报考者里被选中，或许我就该心存感激了。

不过，放学后一走出校门，马上遭遇强风拂面，我就此改变了心意。真讨厌。我不喜欢鸥座。一群外行人。那里非但嗅不出崇高理想的气味，连生活的影子也很淡薄。感受不出活在戏剧中的顽强意志。感觉那里就像是聚集了一群特殊

---

① 引自《圣经·马太福音》。

玩家，以戏剧充当虚荣的体面，或是沉浸在这种气氛中自我陶醉。我无法从中得到满足。从今天起，我不再是个一派天真、只会憧憬的人。这种说法虽然有点古怪，不过，我想以职业者的身份活下去！

我决定到斋藤先生家拜访。今天无论如何，我都得要他好好听我说出心中的决心。当我做出这个决定时，感觉我的身体仿佛受到了上帝恩宠的包覆，无比温暖。别对人们的悲惨以及自身的丑陋感到绝望，"凡你手所当做的事，要尽力去做"①。

非努力不可。我不是想逃离十字架，而是不去遮掩自己丑陋的尾巴，拖着它，踉踉跄跄，一步步走上坡道。在这条坡道的尽头，是十字架还是天国，我不知道。认定那是十字架的，只有不懂上帝的人。"只要照你的意思。"②

我抱持坚定的决心，前往斋藤先生位于芝区的宅邸，但我实在很怕去斋藤先生家，还没穿过他家大门，我就感觉到一股莫名沉重的压力。我想大卫城③大概就像这样吧。

我按下门铃。前来应门的是先前那名女子。看来果然如同哥哥所推测，她是这里的秘书兼女佣。

---

① 出自《圣经·传道书》。
② 出自《圣经·马太福音》。
③ 出自《圣经·马太福音》。

"哎呀，欢迎啊。"还是那副亲昵的模样，根本就没把我瞧在眼里。

"老师呢？"跟这种女人没什么好说的。我脸上不带半点笑意，直接问道。

"在啊。"很不检点的口吻。

"我有重要的事想见……"话说到一半，女子扑哧一笑，双手捂住嘴巴，笑得满脸通红，还就此呛着了。我看后大为恼恨。我已经不是先前那个没长大的小孩了。

"有什么好笑的。"我以平静的口吻问，"今天我无论如何，都想见老师一面。"

"是是是。"她点点头，笑弯了腰，就此走回屋内。难道我脸上沾了墨水？真是个没礼貌的女人。

半晌过后，这次她一本正经地走来对我说："真的很遗憾，老师有点小感冒，说他今天无法跟任何人会面。您如果有事，请写在这张纸上。"接着递过信纸和钢笔。我大为沮丧。心想，所谓的大师，还真是任性呢。不知道是否该说是生活能力过人，总之，真是罪孽深重啊。

我就此看开，坐在玄关的台阶上，在信纸上写了几行字：

我通过了鸥座的考试。考试内容相当随便。一叶知秋。昨天我收到通知，要我今天傍晚六点到鸥座研究所

去，但我不想去。我很迷惘。请老师指点。我想开始务实的学习。芹川进

我如此写道，递给那名女子，感觉表达得不好。女子拿着它走进屋内，久久都没有出来。我渐感不安，感觉自己就像独自呆坐在山寺中。

突然，那名女子笑呵呵地走出来。

"喏，给您的回复。"不同于先前的信纸，她这次递给我一张像是从纸卷上撕下的小纸片。上头以毛笔随手写了三个字：

春秋座

就这三个字，再也没其他。

"这什么啊？"我看了忍不住发了火。要要人总也要有个限度吧。

"这是给您的答复。"女子抬头望着我，露出天真的微笑。

"意思是要我去春秋座吗？"

"应该就是吧。"她回答得很干脆。

我也知道春秋座是什么。不过，春秋座是全部由大牌歌

舞伎演员组成的剧团，不是像我这样的学生大摇大摆前去说要加入，他们就肯收留的。

"这不可能啦。如果有老师的介绍信倒还另当别论……"话才说到一半，突然一个晴天霹雳。

"自己处理！"屋内传来一声呵斥。

我大吃一惊。老师在里头站在拉门后面偷听，吓死我了。这老先生太过分了。我落荒而逃。好个厉害的老先生啊。当真是令我大为吃惊。回家后，我将今天发生的事告诉哥哥，他听了之后捧腹大笑，我也无奈地跟着傻笑，但心里有点懊恼。

今天完全被摆了一道。不过在斋藤老师（今后我就叫他斋藤老师吧）那奇特的沙哑声呵斥下，感觉这两三天笼罩在头顶的乌云就此消散。我就自己来搞定这件事吧。春秋座。不过，到底该怎么做，我完全没办法。哥哥似乎也很困惑。那接下来就好好研究春秋座吧，这是我们今晚所做的结论。

意想不到的事接二连三地发生。人生真是难以预料。感觉最近才逐渐真正明白信仰所代表的含意。每天都是奇迹。不，生活中的一切都是奇迹。

五月十四日。星期天。

阴转晴。有两三天没写日记了。因为没什么特别的事。

最近感觉心情沉重，无法像以前那样开心地写日记了。甚至舍不得花时间写日记，或许可说是懂得自重了吧，现在觉得把一些无谓的琐事一一写在日记里，就像孩子在过家家一样，着实可悲。时常觉得我得自重才行。贝多芬说过"你不能为你自己而存在"，我也有这种感觉。

今天一大早，家里就闹得鸡飞狗跳。母亲终于要到九十九里滨的别墅疗养。听说今天名为"大安"，是个黄道吉日，虽然早上天空阴云密布，但母亲坚持今天就要前往，所以大家忙着准备起程。铃冈和姐姐一早便来帮忙。目黑的"一小口"姑姑也来。"一小口"这个形容词，虽然我和姑姑说好，以后不再这么叫，但这已成了口头禅，所以还是不小心会这样称呼。住附近的大叔、朝日出租车的小老板，以及母亲的主治医生香川先生，全体动员，为她的出发做准备。因为母亲是长期卧病在床的病人，所以得费一番工夫。护士杉野小姐和女佣梅弥，陪同母亲一同前往，留在家中的有哥哥、我、寄读书生木岛，以及一位五十多岁的老太太，听说是铃冈的远亲。这位老太太名叫洵，个性诙谐。杉野小姐和梅弥陪同母亲一同前往，家中暂时没人可以煮饭，所以临时请了这位老太太来帮忙。今后家里想必会冷清许多。母亲、香川先生、护士杉野小姐同坐一辆大型的出租车，至于姐姐和姐夫，以及女佣梅弥则坐另一辆。出租车将直奔九十九里滨的松风园。

香川先生、姐姐和姐夫，预定等母亲在那边一切安顿好之后，再搭火车回东京。当真是闹得鸡飞狗跳。行人从我家门前走过，都露出好奇的神情，约莫有二十人驻足围观。母亲由朝日出租车的小老板背着，神情泰然自若，一面大声呵斥梅弥，一面拨开围观的群众，坐上汽车。好大的排场，像极了陀思妥耶夫斯基的《赌徒》里登场的老太太。总之，母亲还很硬朗，她在九十九里滨休养个一两年，或许就能完全康复。

众人出发后，家里变得空空荡荡，感觉很不踏实。不，倒是在今天早上的一阵慌乱中，发生了一件奇怪的事。今天早上哥哥和我别说帮忙了，根本就是给众人添乱，所以我们索性到二楼避难，闲扯着那些前来帮忙的人的坏话，这时杉野小姐沉着一张脸，像是有事要处理似的，走进我们的房间，一屁股坐下。

"要暂时离开一阵子呢。"她摆出笑脸，嘴角垂落，如此说道，接着突然伏倒在地，放声大哭。

我大感意外。哥哥和我面面相觑。哥哥噘起嘴，显得不知所措。杉野小姐抽噎着哭了两三分钟之久。我们默默无语。很快，杉野小姐站起身，以围裙掩面，走到房外。

"搞什么啊？"我小小声问，哥哥也蹙起眉头道"真不像话"。

不过我大致明白。当时我们彼此都刻意避免提到杉野小姐的事，开始聊其他话题，但等到众人坐上出租车出发后，哥哥显得若有所思。

他仰躺在二楼房间里，笑着说道：

"那就跟她结婚好了。"

"哥，你之前就觉察了吗？"

"我不知道。是因为刚才看她哭，我才察觉有异样。"

"哥，你也喜欢杉野小姐吗？"

"说不上喜欢。她年纪比我大呢。"

"那么，你为什么要跟她结婚？"

"因为人家都哭了嘛。"

我们两人哈哈大笑。

看不出来，杉野小姐也有如此浪漫的一面。不过，她的浪漫并未奏效。杉野小姐的求爱方式就只是哭给人看，这是极为笨拙的方式。滑稽感是浪漫的最大禁忌。杉野小姐当时肯定也是哭了之后，心中惊觉铸成大错，然后就此看破一切，起程前往九十九里滨。老小姐的恋情似乎就此沦为一场笑话，令人遗憾。

"就像烟花呢。"哥哥像诗人般得出结论。

"是像线香烟花。"我则是以现实主义者的作风，加以纠正。

感觉好冷清。屋子里空空荡荡的。晚上用完餐，我和哥哥讨论后，决定去新桥剧场看看。我也一并邀木岛前去。留阿洵婆婆看家。

现在春秋座的成员正在那里演出。目前正演出由新人川上佑吉改编的《女杀油地狱》[①]和森鸥外的《雁》[②]，以及名为《叶樱》的新舞蹈[③]，在报纸上似乎都颇获好评。我们抵达那里时，《女杀油地狱》已演完，而《叶樱》似乎也已结束，最后一场戏《雁》才刚开始。舞台上充分呈现出明治时代的气氛。我出生于大正时期，所以无从得知明治时代是怎样的一种气氛，不过走在上野公园或芝公园时，总会突然感受到一股近似乡愁之情，我相信那一定就是明治时代的气息。不过，演员的台词几乎都是昭和时代的会话口吻，深感可惜。这也许是编剧的疏忽。演员们演技精湛，就算是小配角也都表现得很沉稳。团队合作发挥得淋漓尽致，是个好剧团。我心想，如果能加入这样的剧团，应该就没什么好挑剔的了。中场休息时，我走在走廊上，发现走廊的转角处摆了一个小盒子，盒子上以白漆写着"请让我们知道您今晚的感想"，我看了之后，脑中灵光一闪。

[①] 《女杀油地狱》，日本江户时代净瑠璃和歌舞伎剧作家近松门左卫门（1653—1725）创作的人偶净瑠璃剧。
[②] 《雁》，日本小说家、翻译家森鸥外（1862—1922）创作的中篇小说。
[③] 新舞蹈，指与歌舞伎等古典舞蹈相对、明治以后兴起的日本舞蹈。

我在盒子随附的信纸上写了"我想成为你们的团员。请告诉我如何办理手续",并附上地址和姓名,投进盒中。多好的点子啊。这也算是奇迹。在看到盒子上的文字前,我一直都没想到有这样的好方法。当真是突发奇想,是上帝的恩赐。不过,这件事我没跟哥哥说。与其说是因为不想被哥哥嘲笑,倒不如说是今后我不想过度倚赖哥哥,我想完全靠自己的直觉独自向前迈进。

六月四日。星期二。

晴。在我即将遗忘此事时,春秋座捎来了一封信。幸福的书简,绝不会在你等候时到来。绝对不会。你在等候友人到来,啊,那是谁的脚步声?当你满心雀跃时,那脚步声就绝不会是你等候的那个人。那个人会突然来访,事先不会有任何脚步声,会看准你完全没料到的空当,冷不防地到来。说来可真不可思议。春秋座的这封信,是以打字机打成的。信中大意如下:

今年我们预计录用三名新团员。条件为十六岁到二十岁间,身体健康的男性。学历不限,但会进行笔试。入团两个月后,会以准团员身份,支付每月三十日元的化妆费及交通费。准团员的最长期限为两年,之后将成为正式团员，享有团员等同的待遇，如果经过最长期限后仍无法取得正式团员的资格，将予以除名。有意愿者请于六月十五日前，附上亲笔书写的履历表、户籍誊本、三寸近照一张（上半身正面照），以及家长或监护人的同意证明，送交本事务所。关于考试及其他事项，后续会另行通知。若在六月二十日深夜前仍未接获通知，则请勿再继续等候。此外，请恕我们无法一一答复询问。谨此。

原文并非如此一板一眼的行文，不过大致是这种意思。连小细节都交代得清清楚楚。文中不具丝毫华丽气息，但取而代之的是相当的严肃感。看着看着，忍不住想端正坐好。之前在鸥座时，就只是满心雀跃，大惊小怪，但这次可就不是开玩笑了，甚至有一种郁闷感。啊，我终于也即将走上职业演员之路了，想到这里，不禁潸然泪下。

录用三名。虽然无法预测我是否能跻身其中，但还是先试试再说。哥哥今晚也很紧张。今天我从学校回来后，哥哥便对我说：

"进，春秋座来信了。你是不是瞒着我，偷偷递交盖有血指印的请求函了啊？"一开始哥哥脸上还挂着微笑，但和我一起拆信看完内容后，突然变得正经起来，"要是爸爸还在世，不知道会怎么说。"最后甚至说出他心中的不安。哥哥性情温和，但也有柔弱的一面。事到如今，我还能去哪儿呢？经历这段漫长时间的烦闷苦恼后，我好不容易才走到今天这一步。

这么一来，斋藤老师就是我唯一的指望了。当时斋藤老师清楚地写下"春秋座"三个字，并对我大喝一声："自己处理！"那我就放手一搏吧。我要奋斗到底。初夏的夜晚，满天星辰，美不胜收。妈妈！我悄声唤道，觉得有点难为情。

六月十八日。星期天。

晴。天气炎热，酷热难当。很想在星期天好好睡个懒觉，但实在热得睡不着。我八点起床，接到邮差送来的一封信，是春秋座寄来的。

我通过第一关了。我觉得这是理所当然的事，不过还是松了口气。本以为应该是明天或后天才会寄通知来，幸福果然不安好心，总是在人意想不到的时候前来。

七月五日上午十点，将在神乐阪的春秋座演技道场进行初试。初试项目有剧本朗读、笔试、口试、简单的体操。剧本朗读的内容不限，考生可携带自己喜欢的剧本到考场自由朗读。不过朗读时间限定五分钟内。另外，本剧团也会在考场提供一份朗读用的剧本。笔试请尽可能用铅笔作答。请别忘了准备方便做体操的裤子和衬衫。不必自行带便当，本道场备有便餐。当天上午十点准时开始，请提前十分钟到演技道场休息室集合。

还是一样简单明了。上头写着初试，那表示初试通过后，还会有第二关、第三关的考试吧。可真谨慎。不过，要决定一个人适不适合当演员，或许就该这么慎重其事。这不同于到公司或银行上班，要是不负责任地进行审查，胡乱录用，到时候录用的人如果不适合当演员，可不能像银行职员一样，马上转往其他的银行工作，换工作可没那么轻松，此人的一生恐怕就这么被葬送了。我倒是希望他们能高标准地进行审查。要是像鸥座那样，就算合格，也还是觉得不安。我可是抛下一切投入其中呢，如果很不负责任地草率审核，我绝不能接受。

有剧本朗读、笔试、口试、体操这四种项目，不过当中的自由选择剧本进行朗读，可没么简单。我认为这是个相当聪明的审查方法。看考生挑选何种剧本，可清楚看出考生的个性、教养、环境等条件。这是个难题。离考试还有两周的时间。我要好好静下心来，挑一个万无一失的好剧本。和哥哥仔细讨论后再来决定吧。哥哥四五天前到九十九里滨去探望母亲了，今明两天晚上应该就会回东京来。昨晚哥哥寄明信片来，提到母亲一个礼拜前发烧了，但现在已经烧退，精神好多了。杉野小姐晒黑了许多,和平时一样工作,没什么两样。哥哥在出发前曾开玩笑说,杉野小姐也许又会在他面前落泪,但看来是没什么事了。哥哥实在太天真了。

晚上,木岛、阿洵婆婆和我三人,做了一份奇怪的冰激凌,正在享用时,门铃响起,开门一看,原来是木村的父亲呆立在门口。

"我那傻儿子在这儿吗?"他态度积极地问道。

听说木村前天晚上抱着吉他出门后,一直都没回家。

"最近我都没见过他。"我回答后,他偏着头。

"我看他带着吉他出门,心想他一定是到你这儿来,所以才绕来你家看看。"他一脸狐疑,以惹人厌的眼神盯着我瞧。他竟敢瞧不起我。

"我已经不弹吉他了。"我回了他一句。

"那就对了。都老大不小了,还老玩那种乐器,实在不像样。哎呀,打扰你了。我那傻儿子如果到你这儿来,你也劝劝他吧。"说完后,他就此离去。

不良少年木村没有母亲。我不想说别人家的丑事,不过,他们家好像冲突不少。与其向木村说教,我更想向木村的家人说教。木村的父亲是所谓的高官,但感觉很没格调,眼神令人不舒服。虽说是自己的孩子,但连在别人家也一口一个"我那傻儿子",真的很不合适。这话实在不堪入耳。木村固然不对，但他父亲也好不到哪里去。总而言之，我对他们的事不感兴趣。但丁说过，对于身处地狱的罪人们所受的苦，他就只是看在眼里，从旁路过，不会抛出绳索加以解救。这样就行了。这是我最近的感想。

七月五日。星期三。

晴。傍晚时下起小雨。今天一整天发生的事，我要仔细地记下。我现在心情很平静，感到神清气爽，因为我已竭尽全力。一切就看天父的安排了。我脸上泛起爽朗的微笑。今天我的确是铆足了全力。也许幸福指的就是这样的感觉。及格或落选，我一点都不在意。

今天在春秋座的演技道场，我接受了初试。早上七时半起床，其实我六点便已醒来，躺在床上静静地深思，确认自己是否已做好心理准备，有无疏漏之处。说到疏漏，可说是漏洞百出，但我并未因此感到心慌。总之，不要蒙混就行。只要率直地往前走，凡事都能很单纯地被解决，不论到哪儿，应该都能畅行无阻才对。如果试图蒙混，就会寸步难行。不要蒙混最重要，再来就是听天由命了。只要心中做好准备，其他一概都不需要。我想写一首诗，但迟迟写不出来。我起身洗脸，照镜子。一张泰然自若的脸。可能是因为昨晚熟睡的缘故，我的双眸特别清澈好看。我笑着朝镜子行了礼，接着饱餐一顿。阿洵婆婆也吓了一跳，她以奇怪的说法夸赞道——虽然少爷向来都晚起，但遇到考试时，都会准时早起，充分享用早餐，男生就得像这样才对。阿洵婆婆似乎满心以为我今天是因为学校有考试，要是她知道我是要参加演员考试，肯定会大吃一惊，为之腿软。

整装完毕后，我先向佛龛里的父亲的照片行了礼，最后前往哥哥的房间。

"我走喽。"我大声喊道。哥哥还在睡觉，他猛然坐起身，笑着应道：

"你已经要出门啦？天国像什么？"

"像一粒芥菜籽。"我回答。

"会长成树。"① 哥哥以满含关爱的口吻说。

很美好的一句话，用来祝福别人的前途有点可惜。哥哥果然是个杰出的诗人，比我好上百倍，弹指间便能选用如此贴切的话语。

外头无比炎热。我走过神乐阪，抵达春秋座的演技道场时，是九点多。因为来得太早了，我前往饮食店——红屋喝了杯苏打水，擦了擦汗，接着再次慢慢走向演技道场，这次来的时间刚好。一间老旧的大宅。在门口脱鞋时，一名规矩

---

① 出自《圣经·马太福音》。

地系着男性腰带,看起来像剧团领班的年轻人走了出来,悄声说了句"请进",将拖鞋摆好放我面前。感觉他很沉稳,就像在招待客人一般。休息室的面积约莫二十张榻榻米大小,是一间宽敞明亮的和室,里头已经有七八名考生了。每个都很年轻,就像孩子一样。虽然有十六岁到二十岁的年龄限制,但当中有七八人乍看之下像是十三四岁的小孩。当中有人留着娃娃头,有人系着红色的波希米亚领带,有的身穿图案华丽的和服,这些少年看起来个个都像是艺伎的孩子。我感到难为情起来。刚才那个像领班的男子,端来煎饼和热茶请我享用,并对我说"要劳烦您稍候了"。让我都有点不好意思了。考生越聚越多。当中也来了三四个二十岁左右的人。不过,大家不是穿西装,就是穿和服。穿学生服的就只有我一人。他们看起来脑袋都不怎么机灵,不过倒也没有像鸥座那样的阴沉感,不像是人生路上的输家。我只是一味地东张西望。当人数达到二十人左右时,那名领班再次走出来,"让各位久等了。接下来点名,"他以平静的口吻说道,点了五个人的名字,"请往这边走",领着他们前往另一个房间。没叫到我的名字。接下来一片寂静,我站起来走向走廊,观看庭园。感觉这里像餐厅或旅馆。庭园也相当宽敞。远处微微传来电车行进的声响。暑气逼人。等了三十分钟后,这次叫唤的名字中,终于有我的名字了。在那名领班的带领下,我们五人在昏暗的走廊上走过两处转角，来到一间通风良好的西式房间。

"欢迎，欢迎。"一名身穿西装的俊俏青年，态度和善地迎接我们的到来，"请各位在此进行笔试。"

我们坐在中央一张大桌子旁，各自从那个俊美青年手中领取三张稿纸，开始笔试。他说，想写什么都行。感想、日记，还是诗，写什么都行，不过请多少要和春秋座有点关联。要是您突然想到海涅的情诗，就这样照写下来，那我们可就伤脑筋了。时间是三十分钟，字数为稿纸一张以上、两张以内的范围。

我先从自我介绍写起，坦率地写出我看了春秋座的《雁》所得到的感触。写了满满两张纸。其他人擦擦写写，一副搜索枯肠的模样。他们也是依照履历表和照片，从众多报名者中挑选出的少数考生。一群很不靠谱的考生。不过，或许就是这种一脸傻样的人，才会在演技方面意外发挥天才般的才能。这不无可能，不能大意。正当我如此思忖时，领班从门外探头进来。

"写好的人请拿着您的答卷到这边来。"他又来带路了。

写好的只有我一人。我起身走向走廊，被带往另一栋的宽敞房间。这房间颇为气派，里头摆了两张大餐桌。六名考官围着靠向壁龛摆放的餐桌而坐，隔着两米远的则是考生坐的餐桌。考生就只有我一人。比我们早叫来这里的那五名考生，可能已全都离去。我站着行了礼，接着朝餐桌旁端正地坐好。市川菊之助、濑川国十郎、泽村嘉右卫门、阪东市松、阪田门之助、染川文七，剧团里的高级干部齐聚一堂，笑眯眯地望着我。我也微笑以对。

"你要朗读什么？"濑川国十郎如此问道，口中的金牙为之一亮。

"《浮士德》！"我自认回答得很有精神，国十郎微微点头。

"请。"

我从口袋里取出森鸥外翻译的《浮士德》，以响彻云霄的声音朗读出先前那段"鲜花遍野"的文章。在挑选《浮士德》之前，我和哥哥商量过。哥哥认为歌舞伎的古典剧曲应该会比较受春秋座欢迎，于是我试着朗读河竹默阿弥[①]、坪内逍遥[②]、冈本绮堂[③]以及斋藤老师等人的作品，但还是会念

[①] 河竹默阿弥（1816—1893），日本歌舞伎剧本作家。代表作有《岛月白浪》等。
[②] 坪内逍遥（1859—1935），日本小说家、剧作家、评论家。代表作有《小说神髓》。
[③] 冈本绮堂（1872—1939），日本小说家、剧作家，代表作有《紫宸殿》《半七捕物帐》等。

成市川左团次①或市村羽左卫门②的声调，着实糟糕，展现不出我的特性。话虽如此，武者小路实笃③或久保田万太郎④的剧本，台词又都断断续续，不适合朗读。一人分饰三角的对话朗读，凭我现在的能力，恐怕无法驾驭，而一个人念长篇台词的场景，在一部戏曲里顶多只有两三幕，不，有些甚至完全没有，可谓出奇地少。偶尔想到几部作品，偏偏都已有知名演员的固定声调，或是成为宴会中的表演桥段。春秋座的人说，什么台词都行，可以自行挑选，但其实这反而令人难以抉择。正当我举棋不定时，考试的日期已近逼眼前。我干脆就朗读《樱桃园》里陆伯兴的台词吧。不，既然这样，还是选《浮士德》比较好。那句台词，是我在鸥座接受面试时，凭直觉发现的一段台词，值得纪念。这肯定与我的宿命有某种关联，就选《浮士德》！就算因为选《浮士德》而落选，我也不会后悔。我毫不顾忌地大声朗读。在朗读的同时，感到神清气爽，仿佛有人在背后不断为我打气说"没问题的、没问题的"。

---

① 市川左团次，指二代市川左团次（1880—1940），日本歌舞伎演员。与冈本绮堂等人共同创立新歌舞伎。
② 市村羽左卫门，指第十五代市村羽左卫门（1874—1945），为日本大正、昭和时代代表性歌舞伎演员。
③ 武者小路实笃（1885—1976），日本作家。
④ 久保田万太郎（1889—1963），日本小说家、剧作家。

"人生就在于体现出虹彩缤纷!"朗读完毕,我不禁莞尔一笑。内心浮现一阵欣喜。我觉得考试结果已经无所谓了。

"辛苦您了。"国十郎朝我点了个头,说道,"我想再提出一个请求。"

"好。"

"刚才您在那边所写的笔试答案,请在这里朗读。"

"笔试答案?这个吗?"我略感慌乱。

"是的。"他面露微笑。

这令我有点不知所措。不过,春秋座这班人头脑可真好。这么做的话,就可省去事后一一审阅笔试回答的工夫,节省不少时间,而如果考生写的尽是无关紧要的内容,朗读起来也会显得杂乱无章,文章的缺点更会清楚地显现,可以说我是被他们摆了一道。我重新调整心情,毫不羞怯地缓缓念出自己的文章。声音不带半点音调起伏,以自然的语调朗读。

"好了。请放下您的笔试答卷,在休息室等候吧。"

我利落地行了礼,来到走廊。这时我才发现自己背后满是湿汗。回到休息室后,我背靠着墙壁,盘腿而坐,等了约三十分钟左右,与我同组的四名考生也依序返回。当我们五人都到齐时,领班再度前来迎接我们,接下来是体操。他带我们来到一处像澡堂更衣室般空荡宽敞的木板地房间。两名不知叫什么名字的演员,似乎是地位颇高的干部,年约四十,腰间系着男性腰带,坐在房间角落的藤椅上。一名像办事员的年轻人,穿着白裤子、白衬衫,向我们发号施令。穿和服的人势必得脱下身上的衣服,而穿西式服装的人,则只要脱去外衣即可,我们这组人全都穿西式服装,所以不需花时间换装,马上就做起了体操。五个人一起向右转、向左转、向后转、向前走、跑步、立定,接着做起了广播体操,最后依序大声报上自己的姓名,结束。通知信中说是简单的体操,但根本没那么简单。我觉得有点累。回到休息室一看,里头的餐桌排成一列,考生们已陆续开始用餐了。吃的是炸虾盖饭。有两个人像是荞麦面店的服务生,在那名领班的指挥下,一会儿泡茶,一会儿端饭,四处奔忙。里头很闷热,我吃着手中的炸虾盖饭,挥汗如雨,实在吃不完。

最后是口试。领班一个一个点名后将人带进考场。口试的场所就是刚才朗读的房间。不过屋内的气氛与先前截然不同,里头乱成一团,东西散乱。两张大餐桌靠在一起,三名留着长发、气色不佳的人在屋内,大概是文艺部或企划部的人,他们脱去外衣,以放松的姿态,手肘撑在餐桌上,桌面上凌乱地摆满了文件,甚至还有喝了一半的冰咖啡的杯子。

"请坐。盘腿坐就行了。"当中看起来最年长的人请我坐向坐垫。

"您是芹川先生,对吧。"他如此说道,从桌上的文件中挑出我的履历表和照片。

"您打算继续念大学吗?"当真是一针见血的提问,而这也正是我的苦恼之处。这问题可真是毫不留情啊。

"我还在思考。"我如实回答。

"鱼和熊掌不可兼得哦。"他穷追猛打。

"这个嘛……"我微微叹了口气,"等我录取后……"说到一半,我没再言语。

"说的也是。"对方敏感地察觉我的心思,笑了出来,"毕竟还没确定录取。这问题很蠢吧?真是抱歉。你哥哥好像还很年轻呢。"又问到痛处了。看准我的弱点出招,实在难以招架。

"是的,他今年二十六岁。"

"就只征得兄长一人的同意,真的没问题吗?"听他的口吻,似乎真的很担心这点。这个像是这场口试主考官的人,肯定经历过不少人世的艰难。

"这点没问题。我哥非常认真努力。"

"很认真努力,是吧。"他露出爽朗的笑容,其他两人也互望一眼,面露微笑。

"您朗读的是《浮士德》,对吧?是您自己挑选的吗?"

"不,我和我哥讨论过。"

"那么,是你哥哥挑选的吗?"

"不,虽然和我哥讨论,但迟迟决定不了,所以最后是我自己做的决定。"

"恕我冒昧地问一句,您懂《浮士德》的内容吗?"

"完全不懂。不过,我对它有一份珍贵的回忆。"

"是吗?"他又是一笑,"有一份回忆啊。"他以柔和的眼神注视着我。

"您从事何种运动?"

"中学时代,我踢过一阵子足球。不过现在不踢了。"

"曾担任过选手吗?"

之后他又问了许多细节的问题。当我提到母亲生病的事时,他甚至很关心地询问病情。其中针对家庭状况所做的提问居多,例如近亲有哪些人,哥哥有没有监护人,诸如此类。不过,他都以自然的态度询问,所以我也能轻松地回答,不会感到不愉快。最后他问道:

"您喜欢春秋座的哪一点?"

"还好。"

"咦?"考官们似乎不约而同地紧张起来,主考官的眉宇间也明显流露出不悦之色,"那么,您为何想加入春秋座呢?"

"我其实对春秋座一无所知。就只是隐隐觉得,这是个很出色的剧团。"

"就只是一时兴起吗?"

"不,我如果不当演员的话,也没别的路可走。我对此深感苦恼,找某人商量后,对方就在纸上写下请求'春秋座'三个字。"

"写在纸上吗?"

"那个人有点古怪。我去找他商量时,他说自己有点感冒,避不见面。所以我站在门口在信纸上写下请求,请他告诉我一个好的剧团,将它递给宅内一名不知是女佣还是秘书,总之就是很爱笑的女子,请她代为转交。结果那名女子从屋内带来一张回复的字条,不过上头只写了'春秋座'三个字。"

"那位是何方神圣呢?"主任双目圆睁地问道。

"是我的老师。不过,就只有我自己这么认为,他或许完全没把我当一回事。不过,我已决定要终身奉他为师。我和老师仅有一次交谈。当时我追上他,老师让我和他一起乘车。"

"到底是哪位人物呢?听您这么说,似乎是剧坛的人物吧?"

"这我不想说。我就只有一次和老师一同坐车谈话的经历,之后就没了,要是这样还利用他的名字,感觉有点卑鄙,所以我不想这么做。"

"我明白了。"主任一本正经地点了点头,"然后呢?因为对方写下'春秋座'这三个字,所以你就直接跑来报名,是吗?"

"是的。当时我还跟那名女佣发牢骚说,就算老师要我加入春秋座,我也办不到啊。这时,从拉门后面传来一声'自己处理'的喝斥声。原来老师站在拉门后面听我与女佣的交谈。所以我那时候吓坏了。"

两名年轻的考官放声大笑,不过主考官倒是没怎么笑。

"好个爽快的老师啊。是斋藤老师,对吧?"他若无其事地说道。

"这我不能说。"我也回以一笑,"等我以后闯出个名堂后,再跟您说。"

"是吗。那么,这样就可以了。今天辛苦您了。吃过饭了吗?"

"吃过了。"

"那么,这两三天之内,或许就会寄发通知。如果这两三天内没收到任何通知,您会再去找那位老师商量,对吧。"

"是有这个打算。"

今天的考试就此结束。我以既满足、又平静的心情回了家。晚上,哥哥和我煎了一份芹川式牛排来吃,也替阿洵婆婆准备了一份。我是真的处之泰然,但哥哥似乎暗自担忧。

他很想问我考试的情形,但这次我反过来问他"天国像什么",对于已经考过的考试,一点都不想提。

晚上写日记。这或许是我最后的一篇日记。我就是有这种感觉。睡觉吧。

七月六日。星期四。

阴。今天早上很想睡,怎么也起不来,索性不去上学了。

下午两点,春秋座寄来快递。"我们将进行健康检查,请于八日中午,持本通知函至下述医院报到。"上头如此写道,并提及位于虎之门的某医院名。

这即是所谓的第二次考查通知书。哥哥说,这样就如同是合格了,就此大为放心,但我并不这么认为。我甚至觉得,也许到医院一看,昨天的考生几乎全员到齐。我想先养精蓄锐,就算要再一次从头奋战,我也可以奉陪。所幸我身体强健,应该是没什么问题才对。

晚上我独自听着唱片。我眯着眼睛沉浸在莫扎特的长笛协奏曲中。

七月八日。星期六。

晴。我前往虎之门的竹川医院,才刚回来。真的好热啊。真是不好意思,我现在全身只穿一条内裤在写日记。我到医院一看，就只有两人。只有我，以及一名留着娃娃头、看起来只有十四五岁的小孩。看来，其他人都被淘汰了。筛选得真严苛，不禁感到心底一寒。

三名医生轮流替我们检查全身各个部位。检查得极为严格，令人有些不堪。照了 X 光，也采集了血液和尿液。那个小孩被验出有沙眼后，哭丧着脸。不过，医生告诉他，症状还算轻微，只要治疗一个礼拜就能痊愈，他这才重展笑颜。这个小孩的长相也没多少可爱，而且个性透着阴郁。他有一张长长的马脸。也许出人意料，他拥有天才般的才能。我们接受了将近三小时的检查。

从春秋座来了一个像是办事员的人。离开时，我们三人同行。

"真是太好了。"这名办事员说，"一开始的报名表，连桦太①、新京②都有人寄来，粗略估计有六百多份。"

"不过，目前还不知道结果吧？"我问。

"这个嘛，结果到底会是怎样呢……"他不置可否地应道。

他说，只要合格，一周以内就会寄来正式的通知。我们

---

① 桦太，即萨哈林岛，俄罗斯东部最大岛屿。1905 年，沙俄将北纬 50 度以南部分割让给日本，二战后苏联根据雅尔塔协定将南部收回。
② 新京，即今吉林省长春市，新京为伪满洲国时期的称呼。

就此在市营电车的车站道别。

我告诉哥哥后，他大为欣喜。我从没见过哥哥这么开心。

"太好了，真是太好了。进，你当演员果然是选对了。六百人当中只录取两人，还真不简单呢。了不起，谢谢你，你知道我有多开心吗……"说到一半，他微微落泪。哥哥真是太夸张了。现在高兴未免也太早了。

在正式通知寄来前，我不该松懈。

七月十四日。星期五。

晴。合格通知书寄达。

七月十五日。星期六。

晴。酷热难当。昨天我将合格通知书连同信封一起供在佛龛前，哥哥和我一起向爸爸报告这件事。我现在真的逐渐觉得自己有可能成为日本第一的演员。接下来反而才是辛苦的开始。

不过，贝多芬说过"我愿证明，凡是行为善良与高尚的人，定能因之而担当患难"，这是无比壮烈的誓言。昔日的天才们全都是怀抱这样的斗志而奋战，不屈不挠，奋勇向前。昨晚哥哥、木岛，还有我，我们三人前往猿乐轩办了一场小小的庆祝酒宴，祈求母亲身体健康，为此干杯。木岛醉了，唱起了《采茶小调》①。

　　最近我完全没去上学。我打算从第二学期起办理休学手续。哥哥也说，眼下只能这么做了。从下星期一开始，每天都得到春秋座的道场报到。听说我马上就得帮忙公演。在担任学员的前两个月期间，每月有十二日元的津贴，而帮忙公演时，还会支付些许交通费。等两个月过后，便会以准团员的身份，每个月领取三十日元的化妆费。接下来的两年期间，津贴会逐渐增加，待两年过后，成为正式团员，便能享有和正式团员一样的待遇了。顺利的话，我十九岁那年秋天就能升任正式团员。不过现在不是满脑子想着这种美好幻想，为此陶醉的时候。目前最重要的就是努力。或许很艰苦。但熬过两年，成为正式团员后，就能真正学习如何当一名演员。历经十年的学习后，我就二十九岁了，应该会遭遇许多事吧。比起我自身的演技，要挑选怎样的剧本，应该会是最大的问题。总之，努力准不会有错。我一定得成为一名伟大的演员。现在就如同划着一艘独木舟冲向大海。不过，从这个月起，我就能领到一笔微薄的薪水，这令人窃喜。我打算用第一笔薪水买支钢笔送给哥哥。哥哥说他明天要到母亲位于沼津的

---

① 《采茶小调》，日本新民谣，北原白秋作词，町田嘉章作曲，1927年创作。

娘家避暑，预定在那里住上十天左右。换作平时，我当然也会一起去，不过我从下个礼拜起就有"工作"在身了，所以不能为所欲为。今年夏天，我要留在东京好好努力。哥哥要投稿《文学公论》的小说，最后似乎还是没能赶上截稿日。他写完一半时，曾给津田老师看过，没想到老师给予了很高的评价，哥哥深受激励，但之后却遭遇瓶颈，最后选择放弃。真的很可惜。哥哥总是拿自己与巴尔扎克、陀思妥耶夫斯基比较，自分能力不足，但打从一开始就想赢过他们两人，那才真是不自量力呢。"小说果然还是等年过三十才写得出来啊。"哥哥这样说过，但既是如此，在三十岁以前，何不写些短篇的散文诗呢？总之，哥哥有过人的才能，只要日后拿出干劲来，一定能写出扬名于世的杰作。其文章之美，在日本也算是无人能出其右了。

今晚我洗好澡，照向镜子，发觉自己憔悴了不少，大为吃惊。才短短两三天的时间，容貌竟能变化如此？看来，这两三天我太过疲劳了。颧骨外露，已完全是大人样，当真丑陋。得想想办法才行。我已经是演员，演员就得保护脸蛋。我真不喜欢现在的脸，活像是干瘪的猴子。从今天起，我每天早上都得用乳霜或丝瓜化妆水来保养脸蛋才行。虽说当上了演员，但也没必要突然变得很爱打扮，不过这张了无生气的脸，实在令我困扰。

晚上我在蚊帐里读书。读的是《约翰·克利斯朵夫》第三卷。

八月二十四日。星期四。

阴。灼热宛如地狱般的夏天。也许我会发疯。我真是受够了。不知道兴起过几次自杀的念头。我已经会弹三弦琴了，舞蹈也学会了。每天上午十点到下午四点，演技道场简直是地狱！我已经休学。现在我已没别的路可走。真是报应！我以前太小看演员了。

受诅咒者，你的名字是少年演员。没想到身子骨竟然挺得住，连我自己都觉得很不可思议。我已做好心理准备，但万万没想到会尝到这等屈辱。

今天也是，在中午三十分钟的休息时间里，我躺在道场庭园的草地上，泪水不住地夺眶而出。

"芹川兄，你看起来总是很忧郁呢。"那个小孩如此说道，靠向我身旁。

"滚一边去！"我向他回应道。那是连我自己听了都感到惊讶的严肃口吻。我的烦恼，岂是你们这些白痴所能懂的！

这个小孩名叫泷田辉夫。据说是昔日帝国剧场的知名女星泷田节子的私生子。父亲是前些年刚过世的金融巨子M氏。今年十八，大我一岁，但还是个小家伙，几乎可说是个白痴。不过他似乎演技精湛。在各种技艺方面，我都难以望其项背。他是我的竞争对手，也许一辈子都会是我的敌手。人们永远都会拿我和这个白痴比较，说东道西。不过，我坚决否定这名白痴天才。等着看好了，虽然我笨拙，但没有什么会比坚定的意念更可贵。在春秋座，对泷田抱持疑问，而对我表示支持的，就只有团长市川菊之助一人，其他人全都对我的迂拙个性感到傻眼。他们还替我取了"说理屋"的称号。今天从道场返家的路上，我和剧团干部泽村嘉右卫门一起走到市营电车车站。

"你每天口袋里都会放不同的书。你真的会看吗？"他语带讪笑地问。

我没答话。我在心中嘀咕道——纪伊国屋①先生，今后的演员，像你这种只会技艺的能手，是吃不开的。

约莫十天前，市川菊之助带我去彩虹餐厅，请我吃饭，当时他以叉子戳着水煮马铃薯，突然对我说道：

"我在三十岁之前，人们都说我是三流演员。而到现在，我仍旧认为自己是三流演员。"

我听了真想哭。要不是有团长这番话，我也许今天已经上吊自尽了。

---

① 纪伊国屋，歌舞伎演员泽村宗十郎所创立的堂号，此处指泽村嘉右卫门。

要走新的演艺之路难如登天。箭没射中头部，却全射在手脚上。这是最难忍受的痛苦。一粒芥菜籽，会长成树吗？真的会长成树吗？

再一次大大地写下贝多芬说的那句话吧："我愿证明，凡是行为善良与高尚的人，定能因之而担当患难。"

九月十七日。星期天。

阴，有时有雨。今天休息，没有练习。昨天在道场上，一直练习到晚上十一点半，我感到一阵晕眩，差点昏倒在舞台上。歌舞伎座将于十月一日首日演出。剧目为《助六》、夏目漱石的《少爷》，以及《色彩间苅豆》。

我第一次登台演出。不过，我扮演的角色，就只是《助六》里负责提灯笼的，以及《少爷》里的中学生。但练习强度却相当大，一再重复。回到家中就寝后，仍接连做着讨厌的怪梦，我辗转反侧。人一旦过度疲累，反而难以入眠。

今天早上八点左右，住下谷的姐姐打电话给我，说有件大事，要我和哥哥两人去下谷一趟，还笑着说"是一件大事哦"。我一再问她到底是怎么了，她就是不肯说。只回我一句，你们来就对了。不得已，我和哥哥两人匆匆吃完饭，立刻前往下谷。

"到底是怎么回事啊？"我问。

哥哥略显不安地说：

"如果是夫妻吵架，要我们当仲裁，那我可不去。"

来到下谷后，什么事也没有，我们一家三人有说有笑。

"小进，你看过昨天的《都新闻》①了吗？"姐姐问。不明白她葫芦里卖什么药。麹町的家中没订《都新闻》。

"没有。"

"这可是件大事呢。你看！"

那是《都新闻》周日版特辑的演艺栏目，并列刊登了一张我与泷田辉夫的小照片。名字写得不一样。我的照片旁写着"市川菊松"，泷田则是写着"泽村扇之介"，还附上说明我们是春秋座的两名新人，并附上一句"请多指教"。我看傻了眼。原本还以为这是在耍我。我知道经过这次的首次登台表演后，我们应该就能成为准团员，但不知道竟然还替我们取了艺名，完全没通知我们。反正一定是随便凑来的艺名，但也应该跟当事人稍微商量一下再决定才对吧？我内心为之一沉。不过，感觉市川菊松这个莫名粗犷的艺名背后，似乎有团长市川菊之助的默默庇护，这点令我略感欣喜。市川菊松，这名字也挺不错的，就像是一名小学徒。

---

① 《都新闻》，前身为1884年创刊的《今日新闻》报，1889年改名为《都新闻》，多报道演艺圈新闻。1942年，与《国民新闻》合并为《东京新闻》。

"感觉……"铃冈笑着道,"越来越有模有样了呢。待会儿我们去吃中华料理,就当庆祝吧。"铃冈动不动就说要吃中华料理。

"不过,像这样大肆宣扬,真让人有点担心呢。"姐姐和姐夫老早就知道我想当演员的事,有点为我担心,但他们一直都抱持默许的态度,"妈妈那边,还是先别告诉她比较好吧?"打从一开始,我们便极力隐瞒着没让她知道。

"这是当然。"哥哥以强硬的口吻回应道,"她早晚会知道的,不过,要等妈妈身体好些之后,再一五一十地告诉她。因为这是我的责任。"

"说什么责任嘛,你大可不必想得这么正经八百。"铃冈果然够豪迈,"不管是当演员还是干其他工作,只要认真从事,行行出状元。才十七岁就能领到五十日元的月薪,这可不是一般人办得到的。"

"是三十日元。"我加以更正。

"不,如果是三十日元的月薪,再加上额外津贴,就会有六十日元了。"铃冈似乎把演员看作和银行职员一样。

姐姐、姐夫、俊雄、哥哥,还有我,我们五人一同前往日比谷吃中华料理。大家热闹欢腾,但只有我因为昨晚睡眠不足,一点也不开心。排练的地狱始终在脑中挥之不去,我一直闷闷不乐。我可不是基于个人嗜好才学习当演员的。我内心的阴郁无人能懂。"请多指教"？哎，一个想要大展宏图的人，为什么非得先委屈自己呢！

市川菊松。感觉真落寞啊。

十月一日。星期天。

一个秋高气爽的日子。我首次登台表演。我在舞台上手持灯笼蹲在地上。观众席犹如一片无比幽暗的深沼。我完全看不到观众的脸，就只看到一片深青色，模模糊糊地微微浮动着。任凭我再怎么睁大眼睛细瞧，还是模糊的一片深青色。听不到半点声音，一片寂静。我一度还怀疑观众席是否空无一人。温热、深邃的大沼泽，着实骇人，仿佛我会就此被吸入其中。我渐感晕眩，甚至觉得恶心作呕。

演完后，我茫然地回到演员休息室，哥哥和木岛也来到这里。我开心极了，很想紧紧一把抱住哥哥。

"我一眼就认出了。一看就知道那个人是你。不管你怎么装扮，我一样认得出来。"木岛也很兴奋地说道，"是我最早认出来的。我一看就知道了。"一再重复说着同样的话。

听说铃冈一家人也都坐在一等席里。"一小口"姑姑也带着五名弟子前来，坐在一楼的看台上。从哥哥口中听闻此事后，我忍不住想哭。我深深体会到有亲人真好。听说木岛两次放声大喊"市川菊松，市川菊松"。对着一名提灯笼的小演员叫喊又有何用，只是令我难为情罢了。

"你听到我叫喊了吗?"他一脸得意地说。别说听到了，我这名提灯笼的小演员，在舞台上还感到晕眩，差点因此昏厥呢。

哥哥对我耳语道：

"要让人送寿司之类的到休息室来吗?"他一本正经地低语，讲得好像很懂人情义理似的，我忍不住扑哧一笑。

"不用啦。在春秋座都不会这么做的。"

"这样啊。"他露出不悦之色。

演出第二出戏《少爷》时，我变得轻松多了，隐约可以听见观众席的笑声。但还是一样看不到观众的脸。听说逐渐习惯后，不光是观众的笑声，就连低语声、婴儿的哭声，都能逐渐听得清清楚楚，反而还会觉得吵。甚至连观众的脸、谁坐在什么地方，都能一看便知。我还不行。我过度热衷于忘我。不，根本是处在生死交界线上。

演完角色后，我走进演员休息室，想到从明天起，每天都是这样的日子，我几欲发狂，感到极度厌恶。我讨厌演员这个工作！虽然只是转瞬间的念头，却令我痛苦得几乎要在地上打滚。我干脆发疯算了。当我兴起这个念头时，痛苦突然消失，徒留落寞。你禁食的时候——我十六岁那年的春天，曾在日记开头大大地写下耶稣说的这句话，此时鲜明地浮现在我脑海中。"你禁食的时候,要梳头洗脸。"每个人都有痛苦。啊,禁食的时候要带着微笑。至少先努力个十年后,再来真正地生气吧。我根本还不曾创造过什么。不,我现在连创造的技术也还没学会。

虽然落寞,但我体内感受到一股像喝了牛奶般的甘甜,就此走出浴室。

我前往团长市川菊之助的房间向他问候。

"噢,恭喜啊。"听他这么说,我满心欢喜。真是无可救药的天真。原本在浴室里的阴沉懊恼,因团长这句开朗的话语,就此烟消云散。身为一名演员,能在木挽町首次登台,这样的开头或许已经可说是得天独厚了。我告诉自己,你已经很幸福了。

以上记录了我光荣的首次登台表演。

回到家后,我和哥哥热衷地聊着宇宙的话题,一直聊到半夜一点。为什么会聊起宇宙,我也不知道。

十一月四日。星期六。

晴。此刻我人在大阪的"中座①"剧场。演出的剧目为

---

① 中座,位于日本大阪市中央区的大型剧场,建于17世纪中叶,江户时代被称为"中之芝居"。

《劝进帐》《歌行灯》《赏枫红》。

我们在道顿堀①中心下榻,是一家名叫"布袋屋",湿气颇重的情人旅馆。两间六张榻榻米大小的房间,供我们七个人生活起居。不过我绝不会就此堕落!

有人嘲讽说市川菊松是位圣人。

十一月十二日。星期天。

雨。抱歉,今晚我喝醉了。大阪真是个讨厌的地方。道顿堀无比冷清。我在一家名为"弥生"的昏暗酒吧里饮酒,喝得酩酊大醉,我已许久不曾这样了。就算喝醉,我一样很矜持。"年轻时就该守护自己的名誉!"

扇之介可真是愚蠢。喝醉了也一样只会暴露自己丑陋的一面。在回去的路上,他对我低语说出些恬不知耻的话。我微笑着拒绝了他,扇之介接着道:

"我好孤独啊。"②

我被惊得无言以对。

十二月八日。星期五。

---

① 道顿堀,位于日本大阪市中央区、道顿堀川沿岸的繁华商业街,有许多电影院、剧院、餐饮店。
② 日语原文中,扇之介此处用的是女性的第一人称"我"。

完全不知道外头到底是出太阳，还是下雨。我一整天都难过得想哭。我现在人在名古屋。

我真想早点回东京。我已经受够了巡回表演。什么也不想说，不想写。生活就只是这样一味地被人拖着走。

性欲的本质含意为何，我一概不懂，就只知道它是怎样的一种具体情形。真让人羞愧。就像一条狗一样。

十二月二十七日。星期三。

晴。名古屋的公演也结束了，今晚七点半抵达了东京车站。大阪、名古屋。暌别两个月重回故里，东京已进入腊月。我也有了改变。哥哥到东京车站来接我。我一看到哥哥，只觉得心头慌乱。哥哥则是态度平静地以笑脸相迎。

我觉得自己已经和哥哥处在两个完全不同的世界了。我是被太阳晒得黝黑，踏实过生活的人。我心中已无浪漫，是个一板一眼，一肚子坏水的现实主义者。我已不再是以前的我。

一个头戴黑色礼帽，一袭西装的少年。腋下夹着带有香粉气味的皮包，走在车站前的广场上。这就是从十六岁那年春天起，自己受尽苦恼煎熬后最终从高塔坠落而下的结晶——珍珠般完美闪亮的姿态。那漫长的苦恼，最后总结出的便是这渺小、显着寒碜的姿态。擦身而过的人们，没人会发现我这两年来煞费苦心的努力。连我自己都觉得，我竟然没死，也没发狂，能一路咬牙撑了过来，真不简单，但旁人可能会皱着眉头说，原来那个败家子最终跑去当演员了。艺术家的命运向来如此。

日后可有人会在我的墓碑上刻下这句话吗？

"他生前最爱为人带来欢乐！"

这是我天生背负的宿命。我会选中演员这个职业，这也是原因之一。啊，我想成为日本第一，不，是世界第一的知名演员！然后让所有的人，尤其是穷人们，感受到沉醉的喜悦。

十二月二十九日。星期五。

晴。春秋座的岁末大会。我当选为企划部委员。这是除了挑选剧本外，还负责审议剧团方针的干部直属委员。我感觉到自己的责任重大。

众人决定，一月二日的广播节目，由我——市川菊松朗读《学徒之神》①。我在那为期两个月的巡回演出中的努力，似乎得到了认可。但我现在绝不能自鸣得意。

---

① 《学徒之神》，日本作家志贺直哉（1883—1971）的短篇小说，发表于1920年。

一心想摆出一副聪明相的人，却往往成不了聪明人。①

我只是脚踏实地地付出努力罢了。今后，我将秉持单纯与正直来行事。遇到不懂的事，就直接说不懂；办不到的事，就直接说办不到。若能摒弃矫揉造作，人生之路似乎会变得意外平坦。我就在岩石上构筑自己的小屋吧。

过年时，我想先到斋藤老师家向他拜年。我觉得，这次他可能愿意见我了。

明年，我就十八岁了。

未来人生路　闲适伴坦途
花开伴芳香　此念心头无
　　　　　　——赞美诗第三百一十三首

---

① 法国17世纪古典作家拉罗什福科《箴言录》中的名言。

潘多拉之盒

作者的话

有一位二十岁年纪,在一处名为"健康道场"的疗养所与病魔对抗的男子,这部小说取材自他写给挚友的书信。这部采用书信体的小说,在过去的报纸连载小说中应该是少有前例的。所以读者们看前面的四五回会觉得有点怪异,或许会感到不知所措,不过书信体带有强烈的现实感,所以自古以来,不论是在国外还是在日本国内,都有许多作者做这样的尝试。

关于《潘多拉之盒》这个标题,明天应该会在这部小说的第一回连载中提及,所以在此不想另作说明。

如此冷淡的开场白,着实糟糕,不过,这名问候如此冷淡的男子所写的小说,却饶有趣味,令人意外。

(昭和二十年①秋,于《河北新报》连载时,写给读者们的"作者的话"。)

---

① 昭和二十年,即 1945 年。

揭　幕

1

你可千万别误会，我丝毫不觉得沮丧。收到你写来的安慰信后，我不知所措，接着感到一阵羞愧，涨红了脸，怎么也静不下心来。我这么说，你听了或许会生气，不过我看了你的信之后，只觉得你"真是个老古板"。我说你啊，新的一幕都已经拉开了，而且是我们的前无古人的、完全崭新的一幕。

那老套的装模作样，我看就免了吧。因为那大多是装出来的。我现在对自己的肺病，已经一点都不在意了，生病的事也早忘了。不光生病的事，所有的一切我全忘了。我之所以来到这座健康道场，当然不是因为战争结束后，突然变得怕死，想要让身体恢复健康，努力出人头地；也不是出于想早点把病养好，让父亲安心、让母亲开心的一份赚人热泪、值得嘉许的孝心。不过，倒也不是因为自暴自弃，才来到这个穷乡僻壤。对人们的行为一一附上说明，这也算是陈腐"思想"所犯的错误，不是吗？勉强多做说明，往往最后都沦为强词夺理的谎言。说理的游戏已经玩得够多了，所有的概念不是都已说遍了吗？因此我很想说，我之所以来到这座健康道场，根本没有任何理由。在某日的某个时刻，圣灵悄悄潜入我胸中，泪水从我两颊淌落，我独自哭泣良久，之后我身体变得轻盈，感觉头脑变得清晰透明，从那时候起，我变成了另一个人。之前我一直隐瞒此事，但从那之后，我马上告诉母亲"我咳血了"，于是父亲为我挑选了位于山腹的这座健康道场。真的就只是这样。你问我某天、某个时刻，指的是什么，你应该也知道的。就是那天。那天中午，就是我听到那近乎奇迹般的玉音①，为此哭泣忏悔的那个时候啊。

　　从那天后，我感觉就像坐上一艘新造的大船。这艘船究竟会驶向何方呢？这我不清楚。我现在仍感觉宛如置身于梦中。船只流畅地离岸而去。这条航线似乎是全世界都没人体验过的全新的首航航线，我隐约有这样的预感，但目前我就

---

① 玉音，指1945年8月15日中午，日本裕仁天皇对日本全民发布《终战诏书》时的无线电广播讲话。

只是接受了这艘全新大船的迎接，完全顺从上天安排的航线，坦然前进。

不过，你可千万别误会。我并不是因为彻底绝望，而转变为虚无的心境。当船扬帆时，不管是何种情况的扬帆，肯定还是会让人微微感受到一丝期待。这是自古不变的一种人性。你应该知道希腊神话——潘多拉之盒这个故事吧。正因为打开了万万不能打开的盒子，所以病苦、悲哀、嫉妒、贪欲、猜疑、阴险、饥饿、憎恨等一切会带来不祥的虫子全部爬出盒外，覆满天空，嗡嗡作响，四处飞窜。从此，人类永远都会因不幸而感到痛苦，但在盒子的角落里留有一颗像芥菜籽般微小、绽放光芒的石头，石头上隐约留有"希望"二字。

2

这是很久以前便已决定的事。人类不会感到绝望。人类常会受希望欺骗，但同样地，也会被"绝望"这个观念所欺骗。坦白说吧，就算人被推落到不幸的谷底，在地上打滚，总有一天还能找到一丝希望。这是自潘多拉之盒被打开后，奥林匹斯诸神所定下的规矩。那些趾高气扬地演说、大谈乐观论或悲观论、展现过人气势的人们，会被留在岸上，而我们新时代的大船，则是先行一步，畅行无阻。这恰如植物的藤蔓向外蔓延，类似超越意识的天然向光性。

一味地把人当非国民①看待，百般责备的这种装腔作势的说话方式，就不要再用了吧。这世界已经很不幸了，这样只会让它变得更加阴郁。越是会责备他人的人，越是会在暗地里做坏事，不是吗？那些政治家以这次战争当借口，急着想捏造理由蒙混，渡过一时之危，企图从中攫取好处，要是没有他们的存在就好了。然而，就是这种肤浅的蒙混之言陷日本于万劫不复，所以我真心希望大家今后能意识到这点。要是日后再上演同样的事，恐怕会受到全世界唾弃。说话别夸大不实，要成为更耿直、单纯的人。新造的大船已经滑向海洋。

我过去也尝遍痛苦。你也知道，去年春天我从中学毕业时，突然发高烧，引发肺炎，在床上躺了三个月，以致无法参加高等学校的考试，后来好不容易可以下床行走，却还是持续低烧不退，医生怀疑我是胸膜炎，而当我在家中无所事事时，又错过了今年的考试时间，从那时候起，我便已无心升学了。既然这样，该如何是好呢？前途一片黑暗，要是老

---

① 非国民，二战时日本国内用于指责所谓不配合国家方针、不尽国民义务的国民。

在家中游手好闲，又对不起父亲，而面对母亲也一样，简直尴尬到了极点，你不曾重考，所以或许不懂这种心情，那实在是痛苦的地狱。当时我整天都在田里除草，借由模仿农民，来略微掩饰我的难堪。你也知道的，我家后方有一片上百平方米的农田。不知为何，打从很早以前便登记在我名下。虽然不全是因为这个缘故，但每当我踏进这片农田时，便能感受到一股轻松，仿佛稍稍摆脱了周遭的压迫。这一两年来，我仿佛成了这片农田的负责人。除草、在身体能负荷的程度下翻土、为西红柿架设支架，这样多少能为增加产量帮上一点忙吧，尽管我每天都这样蒙混度日。不过，有一块像乌云般，怎样也蒙混不了的不安，在我心底深处挥之不去。我成天都做这种事，今后会变成怎样呢？这样没事才怪呢，我简直与废人无异。想到这里，我为之茫然。到底该怎么做才好，我完全没半点头绪。我所过的生活是如此窝囊，只会给人增添麻烦，活得一点意义也没有，想到这里，委实痛苦难当。像你这样的高才生，想必是不会懂的，"我活在世上，只会给人添麻烦。我是个累赘"。如此痛苦的想法，在这世上可以说是找不到了。

3

然而，当我持续深陷在这种撒娇、迂腐、憨傻的烦恼之中时，世界这个风车仍以目不暇接的速度旋转个不停。在欧洲，纳粹全数被歼灭，而在亚洲，继菲律宾群岛的决战后，展开冲绳决战，接着美军飞机轰炸日本内陆，我对军方的作战计划一无所知，但我有年轻人敏感的触须。这是值得信赖的触须。面对国家的忧虑与危机，这个触须马上就能感应到。不用讲什么道理，纯粹只是直觉。从今年初夏起，我这柔嫩的触须感应到前所未有的海啸声，我为之震颤。但我无计可施，就只能心慌意乱。我全力投入农田的工作中。在灼热的艳阳下，一面低声沉吟，一面挥动沉重的锄头，翻掘田地，插下番薯的藤蔓。为何当时每天都持续如此高强度的农活，我现在一点没弄明白。就像是憎恨我这没用的身躯，想狠狠折磨它一番，有点出于类似这种自暴自弃的念头。死吧！快死！死吧！去死吧，你！有些日子，我每次挥动锄头，便会如此低声自语。我一共插了六百根番薯藤蔓。

"田里的工作，你也该适可而止了吧。以你这样的身子骨，会吃不消的。"晚餐时，父亲对我这样说。接着过了三天，在深夜时分，犹疑梦寐之际，我突然一阵狂咳，不久，我感到胸中一阵咕噜作响。啊，糟糕！我马上察觉不对，就此完全清醒。我从某本书上看过，在咳血前，胸口会发出咕噜咕噜的声响。我一趴向床上，马上有东西涌上喉头。我嘴里满满的都是腥味浓重之物，快步奔向厕所。果然是血。我在厕所里伫立良久,不过已没再咳血。我蹑手蹑脚前往厨房,用盐水漱口,接着洗净手和脸,返回床上。我屏息静卧,以避免咳嗽,心中平静得出奇,甚至觉得我此前就一直在等候这种夜晚的到来。脑中还浮现"正如我愿"这句话。明天还是继续默默投入田里的工作吧。这也是没办法的事。因为我是个没其他生存意义的人。我得认清自己的身份。唉,像我这种人,还是早死的好。趁现在竭尽所能地使用这副身躯,为增加产量尽一份力,然后向这个世界道别,减轻国家的负担,这才是正确的做法。这是我这种没用的病人所能做的绵薄贡献。唉,真想早点死。

翌晨,我比平时早一个小时起床,迅速叠好棉被,没吃早饭便前去田里。铆足全力投入农活。如今回想,宛如做了一场地狱般的噩梦。关于疾病的事,我原本当然打算在生前不告诉任何人。不让任何人知道,就这样悄悄地让病情恶化。这种想法或许就是所谓的堕落吧。那天晚上,我潜进厨房,装了满满一碗的配给烧酒,一饮而尽。然后深夜时,我再度咳血。我蓦然醒来,轻咳两三声后,一口血涌上喉头。这次连赶往厕所的时间都没有。我打开玻璃门,赤脚跳至庭院,张口呕血。鲜血不断地从喉咙涌出,感觉仿佛眼睛和耳朵也都要喷出血来。约莫吐了两杯的血量后,这才停止呕血。我用木棒将鲜血玷污的地方翻土埋好,不让人看出来。突然,这时响起了空袭警报。如今回想，那是日本……不，是这世界上最后一次的夜间空袭。我迷迷糊糊地爬出防空洞时，已是八月十五日的清晨，天空洒满明亮的晨光。

4

不过，那天我同样到田里干活。听到这里，想必连你也会露出苦笑吧。不过对我而言，这可一点都不好笑。除了这么做之外，我已不知道自己还能以怎样的态度面对，只觉得很无奈。经过一番苦思后，我觉得应该痛下决心，以农夫的姿态赴死才对。在自己亲手耕种的农田里，以农夫的姿态倒下，结束生命，这才是我追求的心愿。哼，怎样都好，真想早点死。因晕眩、发冷、湿黏的冷汗，我超越痛苦，就此昏厥，而仰面倒在豆田中时，母亲前来叫唤我。她要我快点把手脚洗干净，到父亲的房间去。平时说话总是面带微笑的母亲，此时就像换了个人似的，表情严肃。

我被叫到父亲房间的收音机前坐着，正午时分，我因为那来自上天的玉音而哭泣，泪湿双颊，一道不可思议的光芒照向我身体，感觉宛如一脚踏入了另一个截然不同的世界，或是坐上了一艘摇晃的大船，当我回过神来时，发现我已不是昔日的我了。

这绝不是我已了悟生死一如的道理，为此自鸣得意。可是，死与生不都是一样吗？不论是生还是死，都一样痛苦。那些急着想死的人，大多是爱装模作样的人。我过去所受的痛苦，不过也只是为了粉饰自我而花费的心机罢了。那老套的装模作样，就免了吧。虽然你在信中写道"悲痛的决心"，但"悲痛"这个字眼，对现在的我来说，感觉就像廉价戏剧里俊俏小生所露出的表情。那根本算不上悲痛，简直可说是虚假的表情。船已顺利驶离岸边。而要扬帆出航，一定会带着一丝希望。我已不再沮丧。对于肺病，我也完全没往心里放。收到你这封充满同情的书信，我真是不知所措。我现在什么也不想，就只打算坐在船上，随波远行。那天，我马上向母亲坦言一切。以连我自己都感到吃惊的平静态度，道出原委。

"我昨晚咳血了。前天晚上也是。"

没有任何理由，也不是突然变得怕死。只是过去百般勉强自己的装模作样已就此消失。

父亲为我挑选了这处健康道场。你也知道的，我父亲是一位数学教授。数字的计算他或许很拿手，但他似乎从来没管过账。我家向来贫困，所以我也无法期望能过什么奢华的疗养生活。光就这点来看，这处简朴的健康道场正好适合我。我一点都没感到不满。听说我只要六个月就能痊愈。从那之后，我不曾再咳血，连血痰也没有。肺病的事我也都忘了。这座道场的场长说，"忘却疾病"是痊愈的快捷方式。他这个人有点古怪，因为他竟然替结核疗养医院取了"健康道场"这个名称，面对战时粮食和药物不足的情况，他发明了特殊的抗病疗法，长期以来激励了许多住院的患者。总之，这是一家与众不同的医院。这里有趣的事可真不少，不胜枚举。下次再好好跟你聊吧。

关于我，请不必为我牵挂。就此搁笔。你也多保重。

一九四五年八月二十五日

健康道场

1

今天就按照约定，告诉你我所在的这处健康道场的情况吧。从 E 市搭巴士坐大约一个小时，来到小梅桥下车后，要再改搭其他巴士，不过小梅桥离道场已不算远。与其花时间等转乘巴士，还不如步行来得快。只有大约一千米的距离。来道场的人，大多是从那里徒步而行。也就是说，从小梅桥望着右手边的群山，顺铺着柏油的县道往南走一千米左右，可以看到山脚下有一座石造的小门，从那里一路到山腰，两旁的行道树都是松树，来到松树的尽头，可以望见两栋建筑的屋顶。那就是健康道场，也就是我现在住的这处与众不同的结核病疗养所。它分成新馆与旧馆两栋。旧馆不太起眼，不过新馆则是新潮、明亮的建筑。在旧馆经历过相当锻炼的患者，会陆续移往新馆居住。不过，由于我精神不错，所以破例打从一开始就住进了新馆。我的房间是从道场大门走进后，靠右手边的"樱之间"。每间病房都取了会让人感到难为情的漂亮名称，诸如"新绿之间""天鹅之间""向日葵之间"等等。

"樱之间"是略呈长方形的西式房间，面积约十张榻榻米大小。坚固的木床，头朝南方，四张摆在一起。我的床位于房间的最内侧，枕边的大玻璃窗底下，有一座约十平方米大的池子，名叫"少女池"（这名称实在教人很难苟同），池水终年清澈冰凉，可以清楚看见鲫鱼和金鱼悠游其中。我对我的床位没有任何不满，这或许是最好的位置了。木床相当大，没有附上廉价的弹簧床，反而更显牢固可靠，两侧设有许多抽屉和层架，生活用品全收放在这里，但还是会有空着没用的抽屉。

我向你介绍一下同病房的前辈们吧。我隔壁是大月松右卫门先生，人如其名，是个一身傲骨的中年大叔。听说好像是东京的报社记者。他的妻子早丧，目前和已达适婚年纪的女儿相依为命，他女儿也一起从东京来到这处健康道场附近的一户农家避难，不时会前来探望这个寂寞的父亲。这个父亲向来都板着脸。不过，尽管平时少言寡语，但有时也会突然展现他惊人的果断处事能力。他似乎人品高洁，看起来仙风道骨。不过现在还说不准。他那乌黑的胡须显得很帅气，不过他有严重近视，眼镜镜片后的那对红通通的小眼睛看起来惺忪蒙眬；浑圆的鼻头总是冒着汗珠，他频频以毛巾用力擦拭鼻头，因此鼻头红得仿佛随时会滴出血来。但当他闭上眼思考时，却又威严十足。也许他是位意想不到的大人物。他的绰号叫越后狮子。关于其由来，我不清楚，不过我觉得这个绰号很适合他。松右卫门先生似乎也不太讨厌这个绰号。有人说这绰号是他自己起的，但详情我就不清楚了。

2

他的旁边是木下清七先生，是个泥瓦工人。至今仍单身，二十八岁，是健康道场首屈一指的美男子。他肤色白净透亮，鼻梁高挺，眉目清秀，十足的俊俏小生。不过，唯独他那踮起脚尖、摆动臀部的走路方式，实在该改一改。为什么走路是这个德行呢？难道他以为这样比较有节奏感吗？当真令人费解。他好像还知道各种流行歌曲，其中他最拿手的，当属都都逸①。我已听他唱过五六曲了。松右卫门先生合上眼，默默聆听，但我却是听得心绪纷乱，什么"攒下万两银，高

---

① 都都逸，日本的一种俗曲。以三味线伴唱，多为情歌。日本历史上第一代都都逸的集大成者是江户晚期的都都逸坊扇歌（1804—1852）。

比富士山，一日五十钱①，省吃又俭用"，当真是蠢得可以，全是一些没意义的歌曲，真是不堪入耳。此外还有一种名叫"入文句②"的都都逸，这更是糟糕。在歌曲中加入戏剧的台词，不时出现"哎呀，大哥"这类的词句，实在令人听不下去。不过，他向来只会接着唱一首，不会接着唱两首。虽然他似乎想一直唱下去，但松右卫门先生不许他这么做。清七先生两首歌唱罢，越后狮子便会睁开眼说一句"可以了吧"，有时还会补上一句"这样会伤身子的"。不清楚这话的意思是指歌者伤身子，还是听者伤身子。不过，这位清七先生绝不是什么坏人。听说他还喜欢俳句，晚上就寝前，他会吟咏各种新作给松右卫门先生听，然后请他发表感想，不过越后狮子总是不置可否，所以清七先生颇感沮丧，就此乖乖地上床睡觉，模样委实可怜。清七先生似乎很尊敬越后狮子。这名俊俏小生的绰号是"活惚舞③"。

他的旁边是西胁一夫先生。听说原本是邮局局长之类的人物。三十五岁。他是我最喜欢的人。他那个性温顺、身材娇小的妻子，不时会来探望他，两人悄声低语。好一片恬静

---

① 一日元等于一百钱。
② 入文句，都都逸的一种体裁，在一般的都都逸中插入其他的小曲或旁白。
③ 活惚舞，读音为 Kappore。一种配合俗谣、俗曲的滑稽舞。幕府末期的街头曲艺，明治时代开始在剧场表演。

的风景。活惚舞和越后似乎都有所顾忌，尽量不看他们两人。真是贴心。西胁先生的绰号为笔头草。可能是因为他身材瘦长的缘故吧。虽然不是什么美男子，但举止高雅，带有一种学生般的气质，腼腆的微笑颇具魅力。我不时会想，要是这个人的床位在我边上就好了。不过，他深夜时会发出奇怪的低吼声，于是我又庆幸，好在他不是睡我身边。我已大致介绍完与我同病房的前辈们了。接下来，我稍微报告一下本道场的特殊疗养生活吧。首先，我先写下每天日课的时间分配吧。

六点	起床
七点	早餐
八点到八点半	伸屈锻炼
八点半到九点半	摩擦
九点半到十点	伸屈锻炼
十点	场长巡视（星期天只有指导员巡视）
十点半到十一点半	摩擦
十二点	午餐
一点到两点	演讲（星期天为娱乐广播）
两点到两点半	伸屈锻炼
两点半到三点半	摩擦

三点半到四点	伸屈锻炼
四点到四点半	自然
四点半到五点半	摩擦
六点	晚餐
七点到七点半	伸屈锻炼
七点半到八点半	摩擦
八点半	报告
九点	就寝

3

如同我前一阵子跟你提过的，在战争中烧毁的医院相当多，而尽管逃过火灾，但因为物资缺乏或人手不足而关闭的医院也不少，所以许多需要长期住院的结核病患者，尤其是像我们这种算不上富裕的患者，顿时无处栖身，所幸这一带几乎没有战机来袭，而且地方上聚集了两三名有力的慈善家，取得当局的赞助，对原本就存在于这座山腰处的县疗养所进行扩建，并招聘田岛博士，在这里设立一座不依赖物资、风格独特的结核病疗养所。光是大致看过这作息时间分配表，应该也会明白，这里的生活与普通疗养所大不相同。这里的安排，让人舍弃了医院或是患者的观念。

我们都称呼院长为"场长"，称副院长以下的医生为"指导员"，称护士们为"助手"，而我们这些住院患者则被称作"学员"。这一切似乎全是出自这位田岛场长的创意。听说自从田岛先生受聘到这处疗养所任职后，内部的组织结构全部被更新，并对患者采取独特疗法，创下佳绩，成为医学界瞩目的焦点。他头顶光秃，看起来像五十岁的年纪，但他其实才三十多岁，而且还单身。他身材高瘦，微微驼背，少有笑容。秃头的人大多长得容貌端正，而田岛先生的长相也很典雅，就像五官长在鸡蛋上一样。而他同样也像猫一样阴沉，难以讨好，这也是秃头的人特有的个性，有点可怕。每天上午十点，这位场长都会带着指导员和助手巡视场内，这时，整座道场鸦雀无声。学员们在场长面前特别安分，但背地里都偷偷用绰号称呼他。我们管他叫"清盛①"。

那么，针对本道场的日课，我就在此略加叙述吧。所谓的伸屈锻炼，简言之，就是手脚和腹肌的运动。如果详细说明，你应该会觉得无聊，所以在此只提几个大致的要点。它是在床上躺成"大"字形状，然后依照手指、手腕、手臂的

---

① 平清盛（1118—1181），日本平安时代后期的武将。1167年任太政大臣，掌握朝廷大权。1180年，以天皇外祖身份控制天皇与朝政。1181年，在与源氏一族的斗争中病逝。

顺序开始运动，接着吐气缩腹、吸气鼓腹，这些动作相当困难，需要练习，而这似乎也是伸屈锻炼中很重要的一环。接着是腿部运动，会对腿部肌肉进行多方伸展、放松，而做完一轮后，锻炼便算结束。做完一次后，又从手部运动开始重做，得在三十分钟内持续进行。然后按照前述的时间分配表，上午做两次、下午做三次，每天从不间断，所以并不轻松。若按照以往的医学常识来看，结核病患者做这种运动，会被视为极度危险的行为，不过这同时也是在战时物资缺乏的情况下产生的一种新疗法。听说在本道场，越是认真从事这种运动的人，恢复得越快。

接下来稍微提一下摩擦吧。这似乎也是本道场的独门做法。而这是那些活力充沛的助手们所负责的工作。

4

摩擦所用的刷子，就像剪发时所用的硬毛刷，只是将它的刷毛变得更为柔软。所以一开始用它来刷身子时，感觉相当疼痛，甚至皮肤多处因受不了摩擦而冒疹子，但大约一个礼拜后就能习惯了。

每当摩擦的时间到来时，活力充沛的助手们便会分头依次帮每位学员摩擦身体。先将毛巾折好放进小铝盆里浸泡，接着将刷子抵向毛巾沾水，用它来摩擦身子。原则上，几乎全身都要摩擦。来到道场后的第一周，只会对手脚摩擦，但之后则是全身。先侧身躺下，依次从手、脚、胸、腹开始摩擦，接着翻面，对另一侧的手、脚、胸、腹、背、腰进行摩擦。待习惯后，会感觉无比舒服。尤其是摩擦背部时，有一种难以形容的舒畅感。有些助手技巧高明，有些则是手法笨拙。

不过，关于这些助手，就先留着以后再写吧。

道场里的生活，可说是整天都忙着伸屈锻炼和摩擦。尽管战争已结束，但物资缺乏的问题还是一样没变，所以暂时以这种做法展现对抗病魔的斗志，倒也不坏。此外还有下午一点的演讲、四点的自然、八点半的报告等，所谓的演讲，是场长、指导员，或是到道场来视察的各界名人，依次用麦克风同我们说话，声音透过房外走廊各个部位设置的扩音机，传进我们的房间里，而我们则是坐在床上默默聆听。

听说战时扩音器因电力不足，无法使用，停摆了好一阵子，而战后限电的情况略微松绑后，马上便开始启用。场长最近持续向我们讲述类似"日本科学发展史"这类的主题。这或许可说是颇有智慧的讲课，他以平淡的口吻，很平实地解说我们的祖先所经历的艰难。昨天他谈到杉田玄白的《兰学事始》①。玄白等人第一次翻阅西方书籍,不知该怎么翻译才好,还曾经提到"当真是如同一艘没有船舵的船驶向大海,面对一片汪洋,无处依靠,就只是惊讶连连",说得真贴切。关于玄白他们所投注的心血,我也曾听中学时的历史老师木山雁拟提过,不过感受完全不同。

雁拟说玄白是一张麻子脸,其貌不扬,净说些无聊的事。总之,我很期待场长每天的演讲。星期天以播放唱片代替演讲。虽然我不太喜欢听音乐,但一周听一次倒也不坏。在放唱片的空当,有时也会播放助手们自己唱的歌,与其说听得开心,倒不如说是听得提心吊胆,心神不宁。不过,似乎很受其他学员的欢迎。清七先生总是合上眼,听得一脸陶醉。料想他自己应该也很希望能播放他唱的入文句都都逸吧。

5

下午四点的自然,算是静养时间。这个时刻的我们,体温便会升到最高,会觉得全身慵懒,心情烦躁,易怒,相当难受,所以它带有"各位就尽情做你们想做的事吧"这样的含意,给我们三十分钟的自由时间,但大部分学员这时候都

---

① 杉田玄白(1733—1817),日本江户中期学习荷兰医学的医生,著有《兰学事始》一书。兰学是日本江户时代经荷兰人传入日本的学术、文化、技术的总称。

是躺在床上。附带一提，这座道场除了晚上的睡眠时间外，绝不允许在床上盖棉被。午休时连毛毯也不盖，就只是穿着睡衣躺在床上睡觉，不过习惯后觉得这样很干净，反而感到舒服。下午八点半的报告，是报道当天的世界形势。一样是通过走廊上的扩音机，由轮值的办事员以极为紧张的口吻向我们报告新闻。在这座道场，看书就不用说了，就连看报也同样被禁止。沉迷于阅读或许有害健康。不过，住这里的这段时间，我摆脱了繁杂的思想洪流，对全新的航程深信不疑，简朴的生活、自在的玩乐，我觉得这样也不错。

不过，没什么时间写信给你，这点让人很伤脑筋。通常，我都是用餐后急忙拿出信纸写信，但有很多事想写，像这封信就花了两天的时间才写完。不过，随着一天天习惯道场的生活，我现在已逐渐懂得利用零碎的时间。不管遇上什么事，我都处之泰然，俨然已成了一名乐天居士。心中毫无挂碍，忘却一切。附带向你介绍一件事。我在这座道场的绰号是"云雀"。真是个无聊的名字。似乎是因为我的名字"小柴利助"，日语发音听起来有点像"小云雀"的缘故，所以他们才替我取了这种绰号。这不是什么光彩的事。起初我既排斥，又难为情，深感困惑，但最近我对任何事都宽容看待，就算别人叫我小云雀，我也会轻松地应声。你明白了吗？我已不是昔日的小柴了。现在我已是这座健康道场里的一只云雀，啾啾啾地叫个不停。所以请你就当自己是在听云雀鸣唱，以此看我的信吧。"多轻浮的家伙啊"，请千万不要有这个念头，而皱起你的眉头。

"云雀。"现在有个助手从窗外大声叫唤我。

"什么事？"我处之泰然地应道。

"认不认真？"

"很认真。"

"加油哦。"

"没问题。"

你明白这是怎样的问答吗？这是本道场的问候语。助手与学员在走廊上擦身而过时，似乎一定都会这样相互问候。不清楚是从什么时候开始，不过，应该不是场长定的规矩，肯定是助手们出的主意。无比开朗，同时又像男孩般有点难缠的个性，似乎是这里的护士们共有的特性。场长、指导员、学员、办事员，替这里的每个人都取上辛辣的绰号，也都是这些助手们所为。对她们可真是大意不得。我会进一步观察这些助手，下一封信再向你报告。

这就是对本道场的大致说明。再见。

九月三日

铃 虫

1

见字如晤。迈入九月后,果然不一样。风就像掠过湖面刮来一般,令人感到阵阵凉意。虫鸣声也变得高亢起来。我不像你是个诗人,所以就算由夏入秋,也不会有断肠愁思。不过,昨天傍晚有名年轻助手站在窗下的池边,看着我笑道:

"帮我跟笔头草说,铃虫在叫了。"

听闻此言,便明白秋意已深深渗进这些人心中,这令我觉得有点尴尬。这名助手好像早就对跟我同病房的西胁笔头草先生有好感。

"笔头草不在这里,他刚才到事务所去了。"我如此回答后,她突然脸色一沉,连说话用语都变得很粗鲁。

"哦,是吗?就算他不在又怎样?云雀,你讨厌铃虫吗?"她莫名给了我一记回马枪,我感到莫名其妙,不知如何回应。

这名年轻助手行事常令人费解,我从之前便对她特别小心提防。她的绰号叫小正。

今天就顺便介绍其他助手的绰号吧。我在之前的信中提过,对这里的助手们绝对大意不得,而且她们给每个男人都取了尖酸刻薄的绰号,但这里的学员也不遑多让,他们也都用绰号来称呼每一名助手,说起来算是礼尚往来。不过,学员们想出的绰号,再怎么说,似乎还是保有对女性的一份怜恤,还算嘴下留情。因为名叫三浦正子,所以绰号小正。平凡无奇。因为名叫竹中静子,所以叫小竹,像这样可说是最无趣的了。平凡到了极点。另外,戴眼镜的助手,明明可以取名凸眼金鱼,却很含蓄地叫她金鱼。因为身材清瘦,所以叫沙丁鱼。因为长得一脸寂寞样,所以叫拜拜。这些绰号或许还算不错,但总觉得太客气了点。有人明明长得其貌不扬,却又烫了一头怪发,眼皮还涂上红色眼影,一脸怪异的浓妆,所以博得了孔雀的绰号。明明是语带调侃才取名孔雀,但当事人却反而为此自鸣得意,心想"没错,我就是孔雀",益发信心百倍。完全发挥不了讽刺的作用。如果是我,就会叫她仙女。"没错,我就是仙女",她总不会这么想吧。此外还有驯鹿、蟋蟀、侦探、洋葱等,各种绰号应有尽有,但全都很老套。当中就只有"霍乱"这个绰号,算是取得别出心裁。这名助手长着一张大脸,两颊总是红润光亮,让人联想到赤鬼面具,但大家终究还是比较含蓄,最后基于"恶鬼也会染霍乱"这句俗语的联想,而替她取名"霍乱"。这联想不俗。

"霍乱。"

"什么事?"她若无其事地应道。

"加油哦。"

"没问题。"回答得充满朝气。霍乱加起油来,那可教人吃不消啊。不只她这样,这里的助手们都有点粗鲁,不过似乎个个都是心地善良的好人。

2

当中最受学员欢迎的,就属竹中静子——小竹了。她完全称不上是美女。身高将近一米六,胸部丰满,肤色微黑,一名威仪十足的女子。年纪约二十五六岁,总之,年纪已老大不小。不过她最大的特色就是笑容,或许这就是她受欢迎的原因。她有一双大眼,笑起来眼尾反而会往上扬,两眼眯成一道细缝,露出一口皓齿,给人一股清爽之感。由于身材高大,所以护士的白衣制服很适合她。还有,她工作勤奋,这或许也是她受欢迎的原因之一。总之，她处事机灵，工作干练利落，"堪称日本第一的老板娘"，不过，这句话可不是活惚舞说的。帮学员摩擦时，其他助手们都会和学员闲聊，或是以自己会唱的流行歌互相交流，说好听一点，是一团和气，说难听一点，则是做事拖泥带水；但这位小竹不管学员们对她说什么，她都只会面露微笑，不置可否地点头，并以她利落的动作替学员摩擦。她摩擦的力道拿捏，恰到好处，技巧极度纯熟，而且做事细心，总是默默地回以开朗的微笑，不发牢骚，也绝不与人言不及义地闲聊，感觉她与其他助手保持距离，离群孤立。这种略带冷漠的孤独气质，对学员们来说，或许就是最大的魅力，毕竟她的人气居高不下。据越后狮子的说法，"那女孩的母亲肯定是个很稳重的女人"。或许真是如此。听说小竹出生于大阪，所以她说话带有些许关西腔。而这对学员们来说，又是个难以抗拒的迷人之处。我从以前起，每次看到身材高大的女人，就会想到大鲷鱼，忍不住苦笑，接着就只觉得很同情对方，提不起半点兴趣。比起有气质的女人，我更喜欢外形可爱的女人。像小正就长得娇小可爱。我还是对神秘莫测的小正最感兴趣。

小正今年十八岁。听说她从东京府立女子学校辍学后，马上到这里工作了。圆脸配上白皙玉肤，长长的睫毛搭上双眼皮的大眼，眼尾微微下垂，总是像很吃惊似的两眼圆睁，因为这个缘故，她的额头浮现皱纹，使得原本就窄的额头显得更窄了。她笑得花枝乱颤，金牙闪闪。就像是发自内心想笑，一副无法按捺的模样，瞪大眼睛问"什么事"，不论什么话题，她都会探头插一脚，然后马上放声大笑，笑得躬起身子，猛拍肚皮，甚至笑岔了气。她的鼻子浑圆高挺，薄薄的下唇略微比上唇突出。算不上美女，但颇为可爱。她工作不太认真，摩擦的技巧也很笨拙，但因为充满活力，可爱讨喜，所以人气不输小竹。

3

关于这点，男人很可笑，对吧。对于自己不太喜欢的女人，会毫不客气地替她们取"霍乱""拜拜"这种语带贬义的绰号，但对于自己觉得不错的女人，却偏偏想不出绰号，就只能用像小竹、小正这种极其平庸的称呼。哎呀呀，今天老围着女人的话题打转。不过，也不知为什么，今天就是不想谈其他话题。昨天小正对我说：

"帮我跟笔头草说，铃虫在叫了。"

这句可爱的话语令我陶醉，也许到现在仍沉醉未醒。小正平时那么爱笑，但或许她其实比一般人还要寂寞。常笑的人其实也常哭，不是吗？感觉只要一谈到小正，我就会变得不太正常。小正似乎爱慕着西胁笔头草先生,真教我难过。现在这封信,我是趁着提早吃完午餐后的空当匆忙写成的,从隔壁的"天鹅之间"传来学员们的笑声,当中掺杂了小正那尖细响亮的笑声。到底是什么事,让他们如此喧闹?真不像话。我跟个白痴似的。今天的我实在不太正常。虽然还有很多事想写,但我很在意隔壁房间的笑声,已无心再写。就稍事休息吧。

隔壁的喧闹终于安静下来了,所以我决定再多写一会儿。小正真是个复杂难懂的女人。不,我其实也不是对她特别执着,难道十七八岁的女孩都像她这样?从她的个性完全看不出她究竟是善是恶。每次我遇上她,就会像杉田玄白第一次看到文字横写的西方书籍一样,完全处于"当真是如同一艘没有船舵的船驶向大海,面对一片汪洋,无处依靠,就只是惊讶连连"这种状态。我这么说或许有点夸大,但心中多少感到震慑和畏惧,这也是事实。我实在很在意她。刚才我因为她的笑声而中断写信,就此搁笔躺在床上,但心里却还是无法平静,我躺在床上,向隔壁的松右卫门先生诉苦。

"小正可真吵。"我噘起嘴说道,松右卫门先生泰然自若地盘腿坐在隔壁床上,用牙签剔牙,朝我点了点头,接着以毛巾缓缓擦拭鼻头上的汗水。

"是那女孩的母亲不好。"他说。

他把一切都怪罪到母亲头上。

不过，小正或许是个由坏心肠的继母养大的女孩。虽然她总是开朗地大呼小叫，但有时会突然闪过一丝寂寞的身影。感觉我今天好像特别喜欢小正。

"帮我跟笔头草说，铃虫在叫了。"

从那时候起，我就变得不太对劲。虽然她只是个平凡无奇的女人。

九月七日

生与死

1

　　昨天写了那封奇怪的信，真是失敬。在这季节更迭之际，万物都透着新鲜，让人为之心迷，忍不住"喜欢、喜欢"叫嚷着。这没什么，我其实没那么喜欢她。一切都是初秋这个季节使然。最近我感觉宛如变成一只个性轻浮，啾啾啾鸣叫不休的云雀，但我已不会因此嫌弃自己，也感受不到强烈的悔恨。起初，我对于自己竟然没产生嫌弃自我的念头，感到很不可思议，但其实这一点都不足为奇。我应该已经完全脱胎换骨了。我变成一个新好男人。不会嫌弃自我，感觉不到悔恨，这对现在的我来说，是莫大的喜悦。这是件好事。身为一个新好男人，我现在拥有神清气爽的自信。我从那尊贵的伟大人物那里取得资格，可以什么也不想，整整六个月在道场里玩乐，简朴地生活。我是一只引吭鸣啭的云雀。我是潺潺而流的清水。我只要透明而轻快地过活！

在昨天的信中，我大力夸赞小正，但我现在想撤回那番话。其实就在今天，发生了一件怪事，所以在此为前一封信的疏漏做些补充，顺便趁早向你报告此事。引吭鸣啭的云雀、潺潺而流的清水，请你别笑我轻浮。

今天早上的摩擦是由小正负责的，已好久没轮到她了。小正的摩擦技术拙劣，而且行事随便，她或许会很仔细地替笔头草先生摩擦，但对我总是既粗鲁，又不亲切。小正想必是拿我当路旁的石头看待，一定是这样没错，算了，这也是没办法的事。但对我来说，小正绝不是一般的石头，所以小正帮我摩擦时，我总是呼吸困难，全身莫名僵硬，也无法跟她说笑话。别说开玩笑了，声音甚至卡在喉咙里，连要正常说话都有些困难。到头来，我只会板着脸，看起来一脸不悦，但这么一来，想必连小正也会觉得尴尬吧，她只有在对我摩擦时，脸上完全没笑，而且少言寡语。今天早上的摩擦也同样备受拘束，令人难受。尤其是上次她说了"帮我跟笔头草说，铃虫在叫了"这句话后，我的神经也急速变得紧绷起来，而且这事就发生在我写信给你，提到我喜欢小正之后，所以那种心情真的很沉重，让我不知如何是好。小正朝我背后摩擦时，突然小声说了一句：

"云雀，你最好了。"

我听了并未感到开心。到底在胡说什么呀。小正会说出这么虚假的恭维之语，证明她觉得我这个人很随便。如果她真觉得我最好，就不会这样直言不讳。我好歹还懂得人心的这点微妙之处。我默不作声。接着她又小小声地说道：

"我有烦恼。"

我大吃一惊。哎呀，她怎么会说出这么不恰当的话来，真让人倒胃。"铃虫在叫了"，这句话完全变成负分，我甚至怀疑她是不是个弱智。我从之前就觉得她的那种笑法有点像白痴，难道她是如假包换的白痴？想到这里，我心情顿时轻松了许多。

"你有什么样的烦恼？"我这才得以用不屑的口吻向她问道。

2

她没回答，就只是微微吸着鼻涕。我偷偷瞅了她一眼，她竟然在哭。我为之傻眼。昨天我在给你的信中提过，常笑的人其实也常哭，不过，我信口胡诌之言，竟然如此轻易地就在眼前应验了，目睹此情此景，我反而感到泄气。只觉得愚不可及。

"听说笔头草要离开这儿了，是这件事，对吧?"我以语带调侃的口吻说道。确实有这样的传闻。因为家中的情况，笔头草不得不移往他的故乡北海道的医院接受治疗，这件事我也早有耳闻。

"你别瞧不起人。"

小正倏然站起身，摩擦明明还没做完，她就已捧着铝盆走出房外。坦白地说，当时我望着她的背影，心中一阵激动。就算我再怎么自恋，也不会认为她是为我而烦恼，不过，如此开朗的小正，竟然会在一个男人面前别有含意地落泪、发怒，猛然起身离去，或许是发生了什么大事。也许她……这时，不管我再怎么极力压抑，还是冒出了自恋的念头，刚才的轻蔑感完全被吹跑，只觉得小正真是可爱，很想放声大喊，我就此躺在床上挥动双臂。不过，其实什么事也没有。我很快便明白小正的泪水背后的含意。金鱼在帮我隔壁的越后狮子摩擦时，若无其事地道出此事。

"她挨骂了。因为她太得意忘形，大声喧哗，昨晚小竹说了她一顿。"

小竹是助手组长，有训斥助手的权力。这下我全明白了。根本什么事也没有，这再清楚不过了。什么嘛！原来是挨了组长骂，就此感到烦恼，这也太夸张了吧。我深感难为情。

感觉我那可悲的自恋,金鱼和越后狮子他们全看穿了,对我投以怜悯的笑意,这时候,就算是新好男人也一样无法招架。我真的懂了。一切全明白了。我打算完全对小正死心断念。新好男人就该拿得起放得下,新好男人不该眷恋过往的恋情。今后我打算完全漠视小正的存在。她是猫,一个无聊的女人。哈哈哈哈,我想试着自己一个人大笑。

中午时,小竹端着餐盘前来。平时她总是很快便离去,但今天她把餐盘摆在床边的小桌上,接着踮脚望向窗外,然后往前走了两三步靠近窗边,双手放在窗缘上,背对着我,默然而立。似乎是望向庭院的池子。我坐向床边,开始吃午餐。新好男人不会对菜肴有意见。今天的配菜是腌鱼串和酱煮南瓜。我拿起腌鱼串,从头部开始吃起。得仔细咀嚼,将它们全部转化为营养。

"云雀,"小竹以无比轻细,只听得到呼吸的声音轻唤,我抬起脸来,这才发现她不知何时已双手放在身后,背倚着窗户,转身面向我,然后露出她特有的微笑,同样以只听得到呼吸的轻细声音问道,"听说小正哭了是吗?"

3

"嗯。"我以普通的声音回应,"她说她有烦恼。"我仔细咀嚼食物，希望食物到时能转化为新鲜的血液。

"真讨厌。"小竹低声说道，秀眉微蹙。

"这和我没关系。"新好男人光明磊落，对女人间的纷争不感兴趣。

"我很担心。"她如此说道，嫣然一笑，脸泛红霞。

我有点慌。口中的饭没嚼几口，便直接咽进肚里。

"要多吃一点哦。"她快速地低声说完这句话，便从我面前走过，步出房外。

我不自主地噘起嘴。什么嘛，亏你这般身材高大，却这么没用。不知为何，我当时有这种感觉，心里很不是滋味。你不是组长吗？骂都骂了，有什么好担心的。我心中大感不悦。我觉得小竹也应该要振作一点才行。不过，当我添第三碗饭时，这次反倒换作我涨红脸了。今天饭桶里的白饭特别多。平时只要添三碗饭，应该就会见底，但今天我都添了三碗，这小小的饭桶里却还留有满满一碗的量。这令我有点不知所措。我不喜欢这种好心，也不觉得这种好心的做法会让米饭变得更好吃。不好吃的米饭，无法转化为身上的血肉，什么也变不成，纯粹只是浪费。如果模仿越后狮子的口吻，这可说"小竹的母亲肯定是很传统的女人"。

我一如平时，只吃三碗八分满的米饭，至于她特别多给我的那碗饭，我原封不动地留在饭桶里。半晌过后，小竹就

像什么都没发生过似的,神色自若地前来收餐盘,我以轻松的口吻对她说:

"饭我留下了。"

小竹连看也没看我一眼,就只是微微打开饭桶的盖子瞄了一眼。

"讨厌的孩子!"她以我几乎听不见的声音低语,就此端起餐盘,若无其事地走出房外。

"讨厌"几乎已成了小竹的口头禅,似乎没什么特别含意,但听她说我"讨厌",实在很不是滋味。我不能接受。若按我以前的脾气,肯定已赏她一巴掌了。我有什么好讨厌的,该讨厌的人是你吧?听说以前侍女替自己喜欢的小伙计添饭时,会偷偷地将米饭往碗里压实,以多装点饭,但这是多么愚蠢,而又讨人厌的爱情啊。着实可悲。少瞧不起人。我有身为新好男人的骄傲。米饭这种东西,就算不够吃,只要抱持开朗的心情慢慢细嚼,一样能取得充分的营养。本以为小竹还算是个比较可靠的人,但照这样看来,女人果然还是不行。正因为她平时处事机灵而又冷静,所以当她做出这样的蠢事时,反而更显卑鄙,实在令人遗憾。小竹得更加振作一点才行。换作小正,不管她再怎么把事情搞砸,反而只会显得更可爱,惹人怜惜,不过,一个一本正经的女人做了糊涂事,那可就让人伤脑筋了。我利用午饭后的休息时间写到这里时，突然走廊上的扩音器下达命令，要新馆的所有学员立刻到新馆的阳台集合。

4

我收拾好信纸，前往二楼的阳台后得知，原来是昨天深夜，旧馆一名叫鸣泽伊东子的年轻女学员过世，现在大家要前往送行，目送她离开这里。新馆的二十三名男学员，以及新馆别馆的六名女学员，排成四排横队，神情紧张地站在阳台上，等候出棺。半晌过后，全身裹着白布的鸣泽小姐躺卧的棺材，因秋日的照耀而熠熠生辉，在亲人们的陪同下，离开旧馆，缓缓穿过松林中窄细的坡路，朝铺柏油的县道而去。一名像是鸣泽小姐母亲的妇人，边走边以手帕抵向眼睛，似乎在哭泣。身穿白衣的指导员和助手们，也都低头跟着走，送至中途。

我觉得这是件好事。人因死亡而得以完结。每个人只要还活在世上，便都不算完结。昆虫、小鸟，在活着的时候都很完美，但死后就只是成了一具尸骸。没有完结与未完结之分，就只是回归于无。与人相比，恰巧相反。人死后反而最有人样，像这样的反论似乎也能成立。鸣泽小姐与病魔奋战而死，此时全身在美丽的白布包覆下，于路旁的松树间时隐时现地下坡远去，她可以用最严肃、最明确、最雄辩的态度，来主张她年轻的灵魂。我们也绝不能忘却鸣泽小姐。我坦率地朝那光亮的白布合掌。

不过你可千万别误会。虽然我刚才说死亡是一件好事，但我绝非轻贱人命，草率看待生命，而我也不是那多愁善感、无病呻吟的"死亡赞美者"。我们与死紧紧相邻，只有一纸之隔，所以我只是对死亡不再感到惊讶罢了。这点请牢记莫忘。只要看过我之前所写的信，你一定会觉得，当日本处在如此悲愤、反省、忧郁的时期，我周遭的气氛却是如此优哉、开朗，未免太不检点了。也难怪你会这么想。不过，我可不是笨蛋，不可能从早到晚都哈哈大笑。这是理所当然的。每天晚上八点半的报告时间，我们会听到各种新闻。有时晚上就算盖着毯子，默默地躺着，却也难以入眠。但这种再明白不过的事，我现在一概不想跟你说。我们是结核病患者。我们或许今晚就会突然咳血，然后像鸣泽小姐一样撒手人寰。我们的笑声，是在潘多拉之盒角落的那颗小石子所发出的。与死亡比邻而居的人，比起生与死的问题，一朵花的微笑更能渗入他的心中。我们此刻在淡淡花香的引诱下，坐上一艘来路不明的大船，顺从上天的安排，一路前进。这艘天意之船会抵达怎样的岛屿，我也无从得知。但我们必须相信这趟航行。我甚至觉得，未来是生是死，这已不再是决定一个人幸福不幸福的关键。死者得以完结，生者站在扬帆的船只甲板上，朝死者双手合十。船顺利地驶离岸边。

"死亡是件好事。"

这就像是一名熟练的航海者所展现的从容，不是吗？新好男人对生死不会有所感伤。

九月八日

小　正

1

　　谢谢你迅速回信，展信读之，备感怀念。之前我在信中写道"死亡是件好事"，感觉这样的字句很危险，容易引来误会，而你似乎对此完全没半点误解，很准确地接受了我的感想，我心中无比欣喜。果然还是会忍不住想到时代。对死亡的这份平静的心情，前一个时代的人们绝对无法理解。你在信中写道："现在的青年，每个人都过着与死亡比邻而居的生活。不只是结核病患者。我们的生命，全献给了某位大人物，已不再归我们所有。因此，我们才能毫不犹豫，轻松地顺从天意之船的引领。这是新世纪的一种全新的勇气形式。自古人们便说'船身的底板下即是地狱'，但说来也真不可思议，我们都对此毫不在意。"你所写的这番话，令我自叹不如。对于你写给我的第一封信，我写下很粗鲁的感想，说你是"老古板"，我得很认真地在此向你道歉。

我们绝不是草率地看待生命。不过，对于死亡，也不会一味地沉浸于感伤之中，或是胆战心惊。证据就是，我在目送鸣泽伊东子小姐那裹着白布，散发着美丽光芒的棺木离去后，完全忘了小正和小竹的事，心境就像今天的秋日晴空一样清澄，我躺在床上，这时走廊上传来学员与助手间常有的对话：

"认不认真？"

"很认真。"

"加油哦。"

"没问题。"

我听闻这样的问候时，发现那不是平时半开玩笑的口吻，声音中带有认真的味道。而坦然以紧张的语气大声回应的学员们，反而给我一种健康的感觉。如果用煞有介事的说法来形容的话，感觉整座道场一整天都充满神圣之气。我深信，死亡绝不会让人精神萎靡。

对于我们的这种感想，那些旧时代的人们只会看作是幼稚的逞强，或是彻底绝望下的自暴自弃，着实令人同情。对于旧时代和新时代这两种时代的感情，都能清楚地加以理解的人，应该是少之又少吧。在我们眼中，生命轻如鸿毛。但这并不表示我们草率地看待生命，而是我们把生命看得像羽毛一样轻，并珍爱生命。而这羽毛会迅速飞向远方。当大人们不断高喊着爱国思想、战争责任这类一成不变的论调时，我们已抛下这些人，遵照那尊贵的伟大人物所下的指示，扬帆出航。我觉得新日本的特色就在此。

从鸣泽伊东子的死，发展出意想不到的"理论"，但我实在不擅长这种"理论"。新好男人还是默默委身在新造的大船上，报告这光明之船上的生活，感觉比较自在。那我就再来谈谈关于女人的事吧。

2

你在信中似乎极力替小竹辩护呢。既然你这么喜欢，那你大可直接写信给小竹。不，还不如直接和她见个面吧。你大可改天找个有空的日子，到道场来看我，不，是来这里会见小竹。你见了之后，就会幻想破灭。因为她真的是个很干练的女人。也许就连臂力也不会输你。你在信中提到，小正流泪的事一点问题都没有，倒是小竹说"我很担心"，此事非同小可。关于这点我也想过。小竹对小正到我这里来说她有烦恼而哭起来那件事，说她"很担心"，这会不会表示她从很久以前就对我有意思呢？我也希望能有这种自恋的念头，但我完全不会这么想。小竹长得身材高大，没半点女人味。而且整天忙于工作，似乎忙得无暇他顾。因肩负助手组长的重责，她总是很紧张，做事勤奋利落。小竹前一天晚上才刚骂过小正。虽然骂了人，但她事后从其他助手那里听闻小正大感沮丧，还为此哭泣的事，她便想会不会自己骂得太过火了，而为此反省，因而逐渐感到担忧，这才会说出"我很担心"这句话来。我说的这种情况虽然颇为无趣，但却是最健全的想法。一定就是这样。女人向来都只会顾及自己的立场。对于女人，新好男人绝不会自恋，也不会有女生喜欢上我。我洒脱自在。

虽然小竹当时说了一句"我很担心"，脸泛红晕，但那句话的意思是说她责骂小正，对此事感到担心，而她也猛然惊觉这句话意外带有其他含意，因而略显不知所措，羞红了脸，如此而已，不值得大惊小怪。当真是无聊透顶。而那天小正在我房里哭泣，小竹说她很担心，或者是小竹多给我一碗米饭的事，为了解开那天的这一切怪异现象，有件重要的事实非得纳入考虑不可。那就是鸣泽伊东子之死。鸣泽小姐是在事发的前一晚过世的。这样就能明白爱笑的小正之所以会挨骂的原因了。助手们和鸣泽伊东子一样是年轻的女性，所以个性也都比较冲动。女人还保有陈腐老旧的情绪。因寂寞而不知所措，以及多给人一碗米饭的善心，应该都是这种奇怪的情绪使然吧。总之，那天的一切怪异现象，似乎都与鸣泽伊东子的死息息相关。小正和小竹并非对我怀有爱意。别开这种玩笑。

这样你明白了吧？这样你还喜欢小竹吗？你最好来道场一趟，眼见为实。我认为，比起小竹，小正给人的感觉还比较新鲜，不过，你好像很讨厌小正呢。劝你再重新考虑考虑。小正也有她的优点。好像是前天吧，小正展现了她性情温和的一面，令我对她有点刮目相看。今天我就再跟你说件事吧。你看了之后，一定也会喜欢小正。

3

前天，与我同病房的西胁笔头草先生，因为家庭原因而要离开这个道场，正好那天是小正的休假日，于是她承诺会送笔头草到 E 市去。而从前一天开始，学员们便不断调侃小正，大家都嚷着要她买伴手礼回来，而小正也都点头说好。到了前天一早，小正穿着一身久留米①碎白花布料的工作服，一脸雀跃地跟在笔头草先生身后出门，接着下午三点左右，当我们正开始做伸屈锻炼时，小正笑眯眯地归来，完全看不出像是与自己心上人道别的模样，她到每间病房发放她答应

———————
① 久留米，日本九州北部、福冈县西南部城市。轻工业较为发达。

要送给学员们的伴手礼。

现今这种人手不足的时代，就算是家境富裕的千金小姐，也得出外工作，小正似乎也是这样的富家千金，工作对她来说，似乎有一半是出于玩乐。不过可能是手头阔绰的缘故，她向来都很慷慨大方，而这也是她广受学员们欢迎的原因之一，像这次她送的伴手礼也相当奢华。这次的伴手礼，也不知道是在哪儿买来的，是长两寸宽一寸的玩具镜子，背面贴有电影女明星的照片。以前这种东西，点心店都会当赠品赠送，但现在就连这样的东西，也没办法以便宜的价格买到了。也许她是在某家点心店或玩具店，一次买了数十个这样的库存货，总之，会想到买这种伴手礼，确实很像小正的作风。学员们似乎都很喜欢背面的电影女明星照片，为之欢喜不已。活惚舞也拿了一个。我不喜欢向女人要东西，所以打从一开始，我就没希望她送我伴手礼，而且，就算接受她的恩惠，拿到和大家一样的小镜子，我也觉得无趣。小正来到我们的病房，将镜子递给活惚舞。

"活惚舞先生，你知道镜子上的女明星是谁吗？"

"不知道，不过她是个大美人呢。和小正长得好像啊。"

"哎呀，讨厌。她是丹尼尔·达尼厄。"

"搞什么，原来是美国人啊。"

"不，她是法国人。有一段时间在东京颇有人气。你不知道吗?"

"不知道。管她是法国还是美国,总之,还是还给你吧。外国人没意思。可以换个有日本女明星照片的给我吗?拜托,换一个给我吧。这面镜子就送给对面的小柴云雀先生吧。"

"你也太挑剔了吧。这可是特别送你的哟,才不送云雀呢。他最坏了,我不送他。"

"那该怎么办呢……那好,我就收下吧。她叫达尼厄是吧?"

"是达尼厄。丹尼尔·达尼厄。"

我听着他们两人的对话,不露半点笑容,持续做伸屈锻炼,不过这实在很没意思。我就这么惹小正讨厌吗?我当然不认为她喜欢我,但我万万没想到,我竟然这么惹人厌。我自认已将自己的地位摆在最底层了,没想到竟然还有更底层的位置在等着我。难道说,我们人活在世上,终究都只是沉醉在自己的幻影中?现实的确很严峻。我到底是哪里不好?我打算下次再好好地跟小正当面问个清楚。但没想到机会这么快就到来。

4

那天下午四点多,在日课自然的时间,我坐在床边,心不在焉地望向窗外，这时小正已换上白衣，带着洗濯衣物来到庭院。我不由自主地站起身，从窗口探出上半身，轻声叫唤"小正"。

小正转过头来，看到我之后，嫣然一笑。

"你不送我伴手礼吗？"我试着这样说道。

小正没马上回答，她先迅速转身望向四周。像是在留意察看四周有无旁人观看。此时是道场最安静的时刻，阒静无声。小正露出不太自然的笑容，双手靠在嘴边，先是张大嘴巴，接着噘起嘴，下巴往内收，然后嘴巴半张，点了个头，接着嘴巴张开约三分之二大小，又点了个头。她完全没出声，只用嘴型来跟我沟通。我一看便明白她的意思。

她说的是"等一下"。

虽然一看便知，但我还是刻意用同样的嘴型反问："等一下？"于是她又再次一字一字分开来说出"等一下"这三个字，而且她像小孩子一样，点着头向我传达讯息，接着将靠在嘴边的手掌微微往一旁挥动，就像是在说"要保密哦"，然后她耸起肩，嫣然一笑，快步朝别馆跑去。

"等一下就会送我，是吧。当真是知难行易呢。"我在心中如此低语，就此朝床上仰身躺下。我当时心中有多喜悦，想必就不用再多做说明了。一切就全凭你自己决定了。

昨天晚上日课摩擦时，我收到小正当时说"等一下"才要给我的伴手礼。从昨天早上起,小正似乎便不时地在围裙底下藏东西,别有用意地在走廊上徘徊,我想她该不会是在围裙底下藏了要送我的伴手礼吧?但要是我厚着脸皮走近,伸手向她讨礼物,她回我一句"什么事",反将我一军的话,那可是奇耻大辱,所以我一概佯装不知。不过,那果然是她要送我的礼物。昨晚七点半进行摩擦时,相隔了约莫一个星期,又轮到了小正,小正左手夹着铝盆,右手藏在围裙底下,笑靥如花地走来,朝我床边蹲下。

"你真坏,都不自己来跟我拿。今天打一早起,我多次在走廊上等你来呢。"

她如此说道,打开床边的抽屉,迅速将藏在围裙底下的东西塞进里头,连忙将抽屉合上。

"你可不能说哦。不能告诉任何人。"

我躺在床上,点了点头。接着她开始替我摩擦。

"好久没帮你摩擦了。因为一直都轮不到我。就算想拿伴手礼来给你,却也苦无机会,真伤脑筋。"

我伸手摆在脖子处,做出打结的动作,向她提出无言的询问——是送领带吗?

"不是。"她噘起下唇,笑着否定。"你可真傻。"她悄声说道。

我确实傻。我明明连西装都没有,却想到领带这种奇怪的东西，连我自己都觉得好笑。或许是那面小镜子让我无意识地联想到领带。

5

这次我改为用右手做出写字的动作，意思是问是不是钢笔。我真是个任性的男人。最近我的钢笔老出状况，所以我潜意识里似乎很想要一支新的钢笔，因而不由自主地在这时候显现出来。我被自己的厚脸皮惊呆了。

"不是。"小正同样摇头否定。我再也想不出任何头绪。

"或许模样有点土气，不过你可别给人哦。因为店里也只剩这一个了。虽然装饰看起来不怎么高级，但你离开这里后，要时时带在身上。云雀，你是一位绅士，所以一定需要它。"

我听得一头雾水。该不会是手杖吧。

"总之，还是先谢谢你。"我翻过身来，如此说道。

"说什么呢。你就是这么憨傻。快点痊愈，从我面前消失吧。"

"真是谢谢你的多管闲事啊。我干脆死在这里算了。"

"哎呀，这怎么行。有人会哭呢。"

"你吗？"

"少臭美了,我哪会哭啊。我没道理哭吧。"

"我想也是。"

"就算我没为你哭,也有很多人会为你哭。"她思忖片刻后说道,"有三个人,不,是四个人。"

"为我哭?没意义吧。"

"当然有,有意义。"她说得很笃定,接着凑向我耳边,"不是有小竹、金鱼、洋葱、霍乱吗?"她屈起左手手指一一细数,然后发出哗的一声,笑了起来。

"霍乱也会为我哭吗?"我也笑了。

那天晚上的摩擦真快乐。我已不像之前那样,对小正摆出那般僵硬的态度,现在我就像站在高处俯视众人一样,抱有洒脱的从容,也能自由地谈笑,也许是因为这半个月来,我已将想博得女人好感的苦闷欲望完全抛却的缘故。心中没半点执着,可以愉悦地与人玩乐,连我自己都觉得不可思议。不论喜欢别人,还是受人喜欢,都像受五月的微风吹拂而喧闹不休的树叶般,心中不存一丝偏执。新好男人再次往前飞跃了一大步。

那天晚上结束日课摩擦后,在日课报告的时间,我通过扩音器听闻美国驻军即将来到这个地方的消息,同时伸手往床边的抽屉里摸索,取出小正送我的礼物,解开包装。

那是个三寸见方的小包裹,里头装了一个烟盒。"你离开这里后，要时时带在身上。云雀，你是一位绅士，所以一定需要它。"先前她那番令人费解的话语，现在我终于明白是什么意思了。

我拿出烟盒，在手中翻来覆去地观赏，突然悲从中来。我一点都不开心。这似乎不全然是社会新闻所造成的。

6

这似乎是以不锈钢，或是蛋糕刀所用的铬之类的金属所制成的银色扁平盒子。盖子以蔷薇藤蔓做成图案，呈现出交缠的黑色细线纹路，而盖子的外缘则涂有红豆色的珐琅。要是没这层珐琅就好了，但正因为有这层多余的珐琅装饰，而变得像小正所说的"有点土气"，显得"不怎么高级"。不过，难得小正买来送我，我应该好好珍藏才对。

但就是高兴不起来。收人送的礼，不该说这种话，但我真的一点都不开心。收到女人送的礼物，我还是第一次，但心里却莫名苦闷，余味颇糟。我将盒子藏向抽屉里头的最底处，想早点忘了此事。

对于烟盒，我有点不知如何是好，但透过这样的前因后果，我希望你能稍微了解小正的好，谨向你报告此事。如何？对小正有点刮目相看了吧。还是觉得小竹比较好吧？请让我听听你的感想。

今天隔壁"天鹅之间"的压缩饼干搬到了笔头草的床位。此人名叫须川五郎,二十六岁。听说是法律系的学生,似乎颇受欢迎。他肤色微黑,长得浓眉大眼,戴着圆眼镜,脸上长着鹰钩鼻,看起来不太讨喜,但他似乎虏获了不少助手的芳心。在男人眼中,越是讨厌的家伙,女人好像越是喜欢。因为压缩饼干的出现,"樱之间"里的气氛也莫名变得乏味无趣。活惚舞已微微对压缩饼干抱持敌意。今天晚餐前在日课摩擦时,助手们问压缩饼干许多英语的问题。

"你教我嘛。'对不起'的英语要怎么说?"

"I beg your pardon."压缩饼干装模作样地回答。

"好难记哦。有没有更简单的说法?"

"Very sorry."他矫揉造作地说道。

"那么……"另一名助手问,"'请保重',要怎么说?"

"Please tekyaa of yourself."他把"take care"发成了"tekyaa",实在太矫情了。

尽管如此,助手们却是一脸钦佩地问个不停。对于压缩饼干说的英语,活惚舞比我还要受不了,他小声地唱起他最自豪的都都逸。

"他日后会成为博学之士,还是会出任大臣呢?还是算了吧,书生注定是个穷光蛋。"他如此唱道,频频急着想对压缩饼干展开牵制的样子。

  我倒是一切安好。今天我量体重，胖了将近一点五公斤。状况绝佳。

               九月十六日

关于卫生

1

从前几天起,老和你谈女人的事,似乎疏于向你报告同病房里诸位前辈的事,所以今天就来谈谈关于"樱之间"学员们的情况吧。昨天"樱之间"里大吵了一架。活惚舞终于毅然向压缩饼干挑战了。

起因是梅子干。

此事说来极为复杂。活惚舞以前就有一个濑户产的小陶钵,里头放梅子干,每次吃饭,就从床下的层架里取出,夹梅子干来吃。但最近梅子干开始长霉。活惚舞心想,这应该是容器的问题。小陶钵的盖子盖不紧,肯定是细菌从那里钻进了里头,导致发霉。活惚舞是个很爱干净的人,他对此相当在意。他从很久以前便一直在想有没有合适的容器,为此发愁。但今天早餐时，隔壁的压缩饼干每次用餐时必会拿出他装蘸白的瓶子，里面刚好空了，活惚舞斜眼瞄到，觉得它正好合适。瓶口够大，也有牢固的瓶栓。任何细菌应该都无法进入这个瓶子。反正瓶子里的蘸白已经空了，压缩饼干应该肯出借瓶子吧。要向压缩饼干低头请求，活惚舞心里很不是滋味。不过，为了防止细菌产生，他的确很需要那个装蘸白的瓶子。得重视卫生才行。想到这里，活惚舞在用完餐后，惴惴不安地向压缩饼干提出借用空瓶一事。

压缩饼干直视着活惚舞，说道：

"你要这破烂东西做什么？"

他这种问话方式，令活惚舞大受刺激。这两人之间，早已笼罩着一片乌云。活惚舞自诩是健康道场里的第一美男子，但最近压缩饼干的美男子评价明显攀升，活惚舞顿时显得乏人问津，他正一肚子火无从宣泄呢。

"这破烂东西？须川先生，你这种说话方式恰当吗？"活惚舞的说法方式也很古怪。

"为什么不恰当？"压缩饼干脸上不带半点笑意。确实是个沉闷死板，又装模作样的男人。

"你不懂吗？"活惚舞有点被他的气势压制，刻意扬起嘴角笑着应道，"我又不是要借你的猪尾巴来用，你冷冷地说一句'这破烂东西'，叫我脸往哪儿摆呢？"活惚舞的话越说越怪。

"我没提猪尾巴的事。"

"你可真是什么都不懂呢。"活惚舞的神情有点凶恶,"就算你没提猪尾巴的事,我也知道你的意思,真受不了。你少瞧不起人。不管是大学生,还是泥瓦工人,都一样是日本国的臣民,不是吗?你竟敢拿我当猪尾巴看待。如果我是猪尾巴的话,你就是蜥蜴尾巴。这就叫一视同仁。我是没什么学问,但至少我知道要重视卫生。人如果不懂卫生,那就和猪狗之类的畜牲没有两样。"

对话逐渐成了一场不分青红皂白,莫名其妙的争吵。

2

压缩饼干始终不予理会,双手盘在脑后,仰身躺在床上。看起来颇有胆识。活惚舞在床上盘腿而坐,身体前后左右摇晃,一会儿卷袖子,一会儿用拳头敲打自己的膝盖,敲得啪啪作响,一脸焦躁。

"喂,那边的大学生,你听到没?你该不会使出柔道对付我吧?大学生里偶尔有几个练过柔道的家伙,所以我有点怕。我可不想对上这种人。听好了,我先在这儿跟你把话说清楚,这个道场不是柔道道场,也不是美男子修行道场。场长清盛在先前的演讲中也说过，'各位是选手，是向日本全国展现证据的选手，证明肺结核一定能痊愈。望各位务必自重'。当时我听得眼泪直流。男人见义不为，非勇也。勇又有大勇小勇之分。所以我们人最重要的就是智、仁、勇这件事。受女人欢迎，一点都不重要。"这番话说得杂乱无章。尽管如此，活惚舞还是脸色苍白地高谈阔论："正因为这样，卫生自然就变得格外重要。要时时注意卫生、小心火烛，讲的就是这个道理。绝对不能拿人和猪尾巴来比较。"

"好了，别再说了。"越后狮子出面仲裁。越后狮子之前一直不发一语地躺在床上，这时他霍然起身，走下床，从活惚舞身后拍了一下他的肩膀，以略带威严的口吻说了一句"好了，别再说了"。

活惚舞突然转身面向越后狮子，一把抱住他，接着把脸埋进越后狮子怀中，"哇——"地放声大哭起来。其他房间的学员们有五六个人，在走廊上不知如何是好，打量着我们的情况。

"不准看。"越后狮子向走廊的学员们咆哮。到这里还算气势十足，但接下来可就略嫌表现不佳了。"这不是吵架！单纯只是……嗯，单纯只是……嗯……"他沉吟了一会儿后，像是不知如何是好，朝我瞄了一眼。

"演戏。"我悄声说道。

"单纯只是……"越后恢复了精神，大声喊道，"一种戏剧效果。"

戏剧效果是什么含意，令人费解，不过，越后狮子可能是认为，我这种年轻小辈说的话，如果完全照用，有失体面，所以他马上想到"戏剧效果"这句罕见的话语，并大声说出。也许大人都像这样，总是很逞强地过日子。

活惚舞就像是被母狮子搂在怀中的幼狮般，不断摇头啜泣，以含糊不清的口吻，絮叨不休地诉着苦。

3

"打从我出娘胎起，从没这么丢脸过。我出身不差，连我老爸都没揍过我。但今天却被人当猪尾巴看待，实在咽不下这口气，我一直都想要通情达理地向人问候，说话也都净挑好话说。我始终都想选最好的话来说。真的，我自认说的净是好话。可他却躺在床上装不知道，那算什么态度嘛！看了让人既懊恼，又不甘心。什么态度嘛！人家都挑好话来说，但他却摆出那种态度！这世界太令人厌恶了。人家可是都专挑好话说呢……"

渐渐地，他不断重复同样的话语。

越后缓缓扶活惚舞躺在床上。活惚舞背对着压缩饼干躺下，双手掩面，过了一会儿，开始抽噎起来，没过多久，他似乎是睡着了，变得安静无声。到了八点的伸屈锻炼时间，仍是维持这个姿势，没有动静。

真是一场奇怪的争吵。不过，到了午餐时间，活惚舞先生已恢复平时的模样，压缩饼干将装薤白的空瓶洗干净，一本正经地递到他面前，对他说"请用"，当时活惚舞也利落地鞠躬行礼，回了一句"不好意思"，坦然地收下。待吃完午餐后，他喜滋滋地将梅子干逐一从小陶钵移往原本装薤白的瓶子里。要是世人都像活惚舞先生这样率真的话，活在这世上肯定会更为轻松自在。

关于吵架一事，就写到这儿吧，顺便简单地向你报告一件事。

今天下午的日课摩擦轮到小竹。我稍微向小竹谈到你的事。

"小竹，有人说他很喜欢你呢。"

小竹在进行摩擦时，几乎都不说话，总是沉默不语，面露爽朗的微笑。

"对方还说，比起小正，你比她好上十倍。"

"是谁说的？"这位沉默的小姐，终于忍不住悄声询问。比小正还好，她似乎很中意这样的夸赞。女人可真是肤浅。

"你高兴吗？"

"我不喜欢。"小竹就只回了这么一句,继续替我摩擦,动作显得有点粗鲁。她秀眉微蹙,面有愠色。

"你生气啦?对方人不错,真的。他是位诗人哦。"

"真讨厌。云雀,你最近这样不行哦。"她以左手手背擦拭额头的汗水,如此说道。

"是吗?那我不跟你说了。"

小竹沉默不言,继续替我摩擦。摩擦完毕,准备离去时,小竹撩起垂落的短发,莫名其妙地朝我笑着道:

"拜礼、索里。"

她应该是想跟我说对不起(very sorry)吧。小竹人也不坏嘛。如何?你改天有空到道场来一趟吧。我安排你和你最喜欢的小竹见个面吧。抱歉,开个玩笑。最近早晚转凉。这种时节要多注意卫生,小心火烛。请连同我的那份儿也一起好好用功。

九月二十二日

大波斯菊

1

谢谢你迅速回信,我看得很开心。进入高等学校就读后,想必课业忙碌,可你还能写出如此长篇的回信,想必很辛苦吧。今后你大可不必一一长篇回信。我担心这样会影响你的课业。

你在信中训斥,说我跟小竹说那些话实在胡来。你教训的是。不过你说"这样我就不好意思去探望你了",这句话我无法苟同。你胆子也太小了。如果不能抛却拘泥,态度轻松地跟小竹问候的话,就称不上新好男人。要舍却你的色心。古话有云:诗三百,思无邪。不是吗?要保有天真烂漫的心。不久前,我对隔壁的越后狮子说:

"我有位朋友专门研究诗文。"

越后听了，马上很粗鲁地断言"诗人个个都装模作样"，我听后颇感不悦。

"可是，自古人们便说，诗人会为语言带来创新。"

越后狮子嘴角轻扬，随口应道："是吗？那也得有现代的新发明才行。"不过话说回来，越后这番话，确实也不容忽视。我想，聪明的你也早已发现此事，今后除了诗文的学习外，不管任何事，也请展现你身为新好男人的真正本色。感觉我好像有点得意忘形了，还摆出前辈的口吻说话。不过我想说的是，你大可不必将小竹的事放在心上。尽管拿出勇气，到我们的道场来，见小竹一面吧。看过本人后，保准你的幻想马上灰飞烟灭。因为她真的是一位气势十足的女人，就像一尾大鲷鱼。不过，你对小竹却是情有独钟。尽管我一再强调小正的可爱，你却还是说"那位叫小正的女孩，就像一位三流的电影女明星"，始终不予认同，开口闭口都是小竹，实在拿你没辙。就暂且先不再跟你报告小竹的事吧。要是让你再继续狂热下去，就此一病不起，那可不好。

今天就来介绍活惚舞先生写的俳句吧。这个星期天的娱乐广播，举行学员们的文艺作品发表会，对和歌、俳句、诗文有自信的人，要在明天晚上前向事务所提交作品。活惚舞是我们"樱之间"的选手，他决定提交自己拿手的俳句。从两三天前，他便在耳朵上方夹着铅笔，跪坐在床上，偏着头，一脸认真地苦思文句。今天早上他终于写好了，在信纸上写了十句俳句，让同病房的我们欣赏。他先让压缩饼干过目，但压缩饼干却苦笑道"我不懂俳句"，马上把信纸退还给他。接着活惚舞拿给越后狮子，请求批评指教。越后狮子弓着背，盯着信纸仔细凝视后说道：

"不像话。"

如果是说"写得不好"，倒还有话说，但"不像话"这句批评，未免太不留情面。

2

活惚舞面如白蜡，开口问道：

"这样不行吗？"

"你去问那位老师。"越后如此说道，朝我努了努下巴。

活惚舞带着信纸朝我走来。我不会附庸风雅，所以完全不懂俳句的精妙。我原本也应该跟压缩饼干一样，马上把信纸退还，请求他原谅才对，但活惚舞的处境令人同情，我想安慰他，所以明明不懂，却还是看了他写的十句俳句。我觉得倒也没那么糟糕。虽然内容一般，文句平淡无奇，但如果是我自己创作，想必也得绞尽脑汁吧：

烂漫绽放的

一片野菊花

恰似少女之心啊

虽然有点古怪,但也没那么糟糕,不至于说它"不像话"。不过,看到最后一句,我为之一惊。这才明白越后狮子生气的原因:

露水的世

虽然是露水的世

虽然是如此①

这是某人的俳句。这无疑是犯了大忌,但我不想把话挑明,让活惚舞出乖露丑。

"每一句都写得不错,不过这最后一句要是再修改一下,应该会更好。这纯粹是门外汉的意见。"

"是吗,"活惚舞似乎不太服气,噘着嘴应道,"可是我认为最后一句写得最好呢。"

这是当然。因为这可是连我这位俳句的门外汉都知道的

---

① 此俳句由日本俳句诗人小林一茶所作,此处采用周作人译文。

有名的俳句啊。

"你写得不错,这是可以肯定的,不过……"

我有点不知所措。

"你懂吗?"活惚舞益发得意忘形起来。"我对现今日本的这份真心,完全融入这俳句里了,你可能不会懂吧。"他以略微瞧不起我的口吻说道。

"怎样的真心?"我收起笑容,如此反问。

"你应该不会懂的。"活惚舞就像在说,你这人可真迟钝,皱起眉头说道,"你怎么看日本现在的命运?就像露水俗世对吧?明知俗世如露水,露水俗世又奈何,不过各位,我们还是一起前进,寻求光明吧。不可一味地悲观。这就是我俳句的含意。这也就是我对日本的一片真心。你应该不会懂的。"

然而,我听了之后完全惊呆了。这句俳句是一茶痛失爱女,虽然明白俗世如露水,但还是悲恸欲绝,无法看开,在这样的心境下写成的才对吧?活惚舞做这样的解释,未免也太乱来了。完全颠覆原本的含意。或许这就是越后所谓"现代的新发明",真的是太胡来了。我赞成活惚舞的真心,但盗用古人的俳句,擅自加上自己的语意解读,玩弄文字,这是一种恶行。而且,要是活惚舞还直接以这句俳句当自己的作品,向事务所提交,这可关系着"樱之间"的名声,所以我鼓起勇气，想跟他说清楚。

3

"不过，类似的俳句，也出现在前人的作品中。你应该不是盗用，但要是遭人误会，那可不妙，所以我认为你还是换一句比较好。"

"有类似的俳句吗？"

活惚舞双目圆睁注视着我。那眼神漂亮又清澈，美得令人叹息。我改变想法，心想，盗用别人的作品却不自觉，这种奇妙的心理，或许有可能发生在对俳句深感自负的人身上。当真是天真无邪的罪人。堪称思无邪。

"这样可就没意思了。俳句时常会发生这种事，所以才让人伤脑筋。因为才短短十七个字，当然会出现类似的句子啊。"看来，活惚舞是个惯犯，"呃……那就删掉这句吧。"他拿起夹在耳朵上的铅笔，很干脆地朝"露水之世"这句画线删除，"如果换成这样如何？"他迅速在我枕边的小桌子写下俳句，请我过目：

美丽波斯菊
影舞干草席

"很好。"我松了口气,如此说道。不管写得好不好,现在只要不是盗用的俳句,就能让人心安了。"附带一提,如果改成'美哉波斯菊',你觉得如何?"由于一时心安,我不小心又多嘴了。

"'美哉波斯菊,影舞干草席'吗?原来如此,感觉情景变得鲜明起来。厉害。"他如此说道,朝我背后一拍,"真是不可小看呢。"

我满面羞红。

"你少恭维我了。"我顿时局促不安起来,"也许原本的'美丽波斯菊'比较好哦。我对俳句一窍不通。不过,我觉得'美哉波斯菊'比较清楚易懂。"

其实我心里有个声音在大喊——这种事怎样都行啦。

不过活惚舞似乎很尊敬我。他一脸认真地向我请求道:"今后也请多多接受我的俳句咨询。"看来似乎不全然是恭维之辞,接着他意气风发地踮起脚尖,摆动臀部,往前走去,他踩着有节奏的小碎步,回到自己的床位。我目送他离去,有一种拿他没辙的感慨。当他的俳句咨询顾问,其实比他的入文句都都逸更让人头疼。我心头纷乱,感觉有些吃不消,不自主地向越后发起了牢骚:"这下子惹出大麻烦了。"就算是新好男人,面对活惚舞的俳句也一样无法招架。

越后狮子不发一语,重重地点头。

不过这件事可还没完呢。更惊人的事出现了。

今天早上八点在日课摩擦时,由小正负责活惚舞,接着我听到活惚舞悄声对她说的话,大吃一惊:

"小正,你那句关于大波斯菊的俳句,写得不错,不过你要小心哦。写成'美丽波斯菊'不太恰当,要改成'美哉波斯菊'。"

我惊讶不已。原来那是小正想的俳句。

4

经这么一提才想到,那句俳句似乎带有一点女人味。照这样看来,那"一片野菊花,恰似少女之心啊"的古怪俳句,也很可疑。那该不会也是小正或某位助手作的俳句吧?感觉那十句俳句全都变得很可疑。这人真胡来,当真令人为之瞠目。那句"露水之世",以及这句"美哉波斯菊",虽然还不至于夸张到说它关系着"樱之间"的名声,但是就活惚舞个人的人品来看,不知会引发何种事态,令人替他捏了把冷汗,但之后听到活惚舞与小正之间的交谈,我才松了口气,心情转为愉悦许多。

"关于'大波斯菊'的俳句?什么内容啊?我早忘了。"小正显得一派轻松。

"是吗?这么说来,是我自己想的俳句喽?"活惚舞显得很洒脱。

"是霍乱想的俳句吧?你之前曾私下与霍乱交换俳句,还高兴得大呼小叫呢。"

"照这样看来,是霍乱的俳句喽?"活惚舞可真冷静。该说他云淡风轻,还是该说他轻松愉快好呢?我无法形容,为之词穷。"如果是霍乱想的俳句,写得也太好了。她应该是盗用别人的俳句吧。"连这种话都说得出口,除了说他天真烂漫之外,再也想不出别的形容之词了,"这次我要提交那句俳句。"

"娱乐广播吗?我的俳句也一起提交嘛。喏,之前我不是跟你说过一句俳句吗?就是'烂漫绽放的,一片野菊花,恰似少女之心啊'那句呀。"

果然不出我所料。但活惚舞却仍旧神色自若。

"嗯,那句我已经加进去了。"

"这样啊,真有你的。"

我莞尔一笑。

对我来说,这才是不折不扣的"现代新发明"。这些人对于作者的名字根本不在乎,感觉他们是合力在创作。只要大家能一起享受一天的乐趣,这也就够了。艺术与民众之间的关系,原本不就是如此吗?当那些所谓的个中"行家",

口沫横飞地争论着"唯有贝多芬才是一流，李斯特只算是二流"时，民众们根本不会理会这些争论，早就听起各自喜欢的音乐，并乐在其中了。对他们来说，完全不会对作者心存感激。这俳句无论是出自一茶之手，还是活惚舞的笔下，抑或是小正的构思，只要内容不出彩，就没人会理会。这不是为了社交礼仪，或是为了提升情趣，而勉强自己"研究"艺术。是靠自己的做法去牢记能触动自己内心的作品。如此而已。关于艺术与民众之间的关系，我觉得自己仿佛从中获得了新的体认。

今天这封信感觉满是长篇大论，不过我心想，借由活惚舞的这段小插曲，或许可以帮助你在诗文的学习上得到"新发明"，所以才没撕毁这封信，决定寄去给你。

我是流水。抚遍每一处河岸，渐流渐远。

我爱每个人。这样会感觉很做作吗？

九月二十六日

妹　妹

1

我总是写这种拙劣又无趣的信给你,不时会为此感到尴尬,也曾再三下定决心,不再写这种愚蠢的书信,但今天我看了一封伟大的书信后,深深感叹天外有天,没想到世上竟然有人会写如此愚蠢的信,相较之下,我写给你的信顿时罪过减轻不少,就此略感宽心。这世上真是无奇不有。那个人竟然会写下如此可怕的书信,我甚至怀疑他是神明或恶魔的化身。总之,实在惨不忍睹。

那么,今天我就来谈谈那封伟大的书信吧。

今天早上,道场举行秋天大扫除。上午便已大致打扫过一遍,下午日课暂停,来了两名理发店的人,因为今天是学员的理发日。五点左右,我理完发,在盥洗室清洗自己的光头，这时有人倏然靠向我身旁。

"云雀，认不认真？"

是小正。

"认真、认真。"我拿肥皂朝头上涂抹，很敷衍地回应。最近对于这种程式化的问候应答感到既厌烦，又啰唆，很受不了。

"要加油哦。"

"喂，你那边有我的手巾吗？"我没回应她的问候，就这样闭着眼睛，朝小正伸出双手。

一张像信纸的东西，轻轻地落在我右手上。我眯起单眼一瞧，是一封信。

"这什么啊？"我皱起眉头问。

"云雀，你真坏。"小正面露微笑，瞠视着我，"为什么不回答'没问题'。听人说'要加油哦'，却不回答'没问题'的人，病情会恶化哦。"

我感到不悦，更加板起脸孔。

"现在没空管那个。我不是正在洗头吗？这封信是怎么回事？"

"是笔头草寄来的。最后面不是还写了一首和歌吗？你帮我解释一下它的意思。"

我一面小心不让肥皂水流进眼中，一面勉为其难地睁开眼睛，试着念出信纸后头所写的和歌。

　　昔日一别　　日久月深　　别来无恙　　悬心吾妹①

我心想，没想到笔头草也挺附庸风雅的。

"这种和歌看不懂，对吧。这肯定是取自《万叶集》②的和歌，不是笔头草自己写的和歌。"我没吃醋，不过，倒是有点吹毛求疵。

"这和歌什么意思？"她低声问道，紧紧挨向我身边。

"你很吵啊。我正在洗头，待会儿再告诉你，你先把信搁一边，帮我把毛巾拿过来好吗？我好像忘在房间里了。如果床上没有的话，就是摆在枕头边的抽屉里。"

"你好坏！"小正一把从我手中抢走信纸，快步跑向我的病房。

2

小竹的口头禅是"真讨厌"，小正则是"你好坏"。以前每次听她们这么说，就会心头一凉，但现在已习以为常，完

---

① 此和歌为《万叶集》第四卷第六百四十八首。
② 《万叶集》，日本现存最早的和歌集，共二十卷。作品创作于4世纪至8世纪中叶，编选者不详。

全不当一回事。接下来，得趁小正不在的这段时间，先思考刚才那首和歌中的"如何に好去くや"该怎么解释才好。这部分有点困难，所以我才推托要拿毛巾，以避开当场回答。我苦思这句和歌该如何解释，同时冲去头上的肥皂沫，这时小正已拿着毛巾前来，这次她一本正经，什么也没说，将毛巾递给我之后便快步离去。

  我为之一惊，立刻想到是我不好。我最近也不知道该说是失去原本的纯真，还是已变得麻木，我在不知不觉间习惯了道场的生活，初来此地时的紧张感已不复存在，小正等人和我搭话，我也感受不到以往的兴奋，感觉自己变得迟钝了，认为助手照顾学员是理所当然的事，至于谁对我有什么特别的好感之类的，我已不在乎，所以才会不自觉地以冷漠的口吻叫小正帮我拿毛巾，小正就是因此而生气了吧。之前小竹也对我说过"云雀，你最近这样不行哦"，我最近在某些方面确实"不行"。早上大扫除时，所有的学员为了避开室内的灰尘，而前往新馆前庭，拜此所赐，我才得以踏上久违的黄土地。虽然我不时地会偷偷溜到后方的网球场去，但正大光明地得到外出许可，这还是第一次。我抚摸松树的树干。树干就像体内有鲜血在流动般，我感受到了它的温热。我蹲下身，惊讶于脚下浓郁的草香，接着我双手掬起泥土，赞叹于它湿黏的重量。大自然是有生命的，这是理所当然的事，我得到了强烈的真实感受。然而，这样的惊奇，才过了短短十分钟就已消失无踪。我什么都感觉不到了。我变得麻木，并习以为常。当我发现这点时，我对自己的不可靠感到错愕，不知道该说这是人的可驯服性，还是变通性。我深切地告诉自己，不管在任何事情上，希望我都能永葆一开始感受到的那股新鲜的战栗，但在惹小正生气后，我才想到，我对道场的生活似乎已开始抱持马虎随便的态度。小正也有她的尊严，也许是像紫花地丁般渺小的尊严，但如此可怜的尊严，正应该好好被珍惜和被体恤。我现在的态度，完全无视小正的友情。笔头草写给她的私密信件，她肯拿给我看，这样的行为或许透露出小正心中的想法，她现在对我的好感胜过了笔头草。不，就算我没用如此自恋的想法来看待此事，我辜负小正的信赖也是无可否认的事实。就算我已不像以前那么喜欢小正，我还是太恣意妄为了。我甚至习惯别人主动对我好，连她送我烟盒的事都忘了。真是做人失败，差劲透顶。

"要加油哦。"当有人对我如此叫唤时，我要对这份好意感到兴奋，并大声响应"没问题"。

3

过则勿惮改。① 新好男人有过则改。我走出盥洗室返回病房的途中，正巧在木炭房前遇见小正。

"那封信呢？"我立刻问她。

她露出宛如凝望远方般的茫然眼神，默默地摇了摇头。

"在床边抽屉里吗？"我想也许小正刚才去拿我的毛巾时，把那封信塞进我床边的抽屉里了，但她还是只顾摇头，没有回话。女人就是这样才不讨喜。她表现出平时罕见的温顺模样。我原本心想，那就随你吧，但我有义务要体恤小正那可怜的尊严。我柔声细语地问道：

"刚才对你很抱歉。说到那首和歌的意思啊……"我话才说到一半。

"已经不用了。"她弃如敝屣地说道，快步离去。那口吻异常尖锐。女人还真是可怕。我回到病房，躺在床上，在心中大喊"一切全完了"。

晚餐时，小正端着餐盘前来。神情冷峻，将餐盘搁到我枕边的小桌上，回去时走向压缩饼干床边，接着她突然像变了个人似的，天真地谈笑，开始大声喧哗起来，还重重地拍

---

① 出自《论语·学而》。

了一下压缩饼干的背,压缩饼干朝她喊了一声"喂",想抓住小正的手,这时她发出"呀——"的一声尖叫,逃到我这边来,凑向我耳边飞快地说了一句"你看这个。待会儿告诉我意思",将一张折了好几折的信纸递到我手上,同时转身面向压缩饼干大声说道:

"喂,压缩饼干,快从实招来。在网球场上唱《江户日本桥》①的人是谁?"

"我不知道,我不知道。"压缩饼干红着脸,极力否认。

"如果是《江户日本桥》的话,我知道哦。"活惚舞很不服气地小声说道,开始用餐。

"各位慢用。"小正笑着朝众人行了礼,走出房外。真是莫名其妙。我感觉被小正玩弄于股掌,很不是滋味。而我手中还留下一封信。我不想看别人写的信,但为了体恤小正那渺小的尊严,我还是得看。感觉惹上了麻烦事,饭后我偷偷展信一读,看了之后觉得,哎呀,这封信实在太神了。这算是情书吗?实在瞧不出个端倪。那位看起来学富五车、个性恭顺的西胁笔头草先生,竟然会私下写出如此愚蠢的书信,当真是意想不到。莫非成年人都潜藏着如此愚蠢又天真的一

---

① 《江户日本桥》是以日本江户到京都的东海道五十三个驿站为内容的一首日本民谣,共十八节。

面？总之，我将这封信的部分内容抄下，让你过目吧。在盥洗室里，我只看了信的最后一张的一小部分，而这次小正则是将完整的三张信笺全部交给我。以下便是这封伟大书信的全文。

4

正子小姐

过往的回忆之地，道场的森林，我倚在窗边，脑中描绘堪称是人生新的一页的种种，凝望不断往复的浪潮。静静涌来的浪潮……然而，外海的白浪呼号作响，只因海风狂袭。

这是书信的开头。根本毫无意义，难怪小正看得一头雾水。这文章比《万叶集》还要难懂。笔头草离开道场后，到他故乡北海道的医院治疗，而那家医院似乎就坐落于海边。唯有这部分我还明白，但接下来可就完全不懂了，当真是罕见的奇文。我再抄写一部分给你看吧。文脉愈来愈匪夷所思，飘忽不定：

当夕月倾沉于波涛间、黑暗袭向四方时，空中有引导吾灵魂之星光，尽管物换星移，人世流转，为了正面迎向人生道路，我们仍要全力以赴！我是男子汉！男子汉！男子汉！勇敢向前吧。请容我在此称呼你吾妹。这是否该说是上天赐予我的天分呢？啊，我果然还是该称你为爱人，给你我热切的爱。

我完全看不懂在写些什么。而且从这里开始，文脉益发怪异，完全失控，宛如汹涌怒涛：

它非人亦非物，是学问，是工作的根源，理应日日夜夜热爱，它是科学，是自然之美。两者合为一体的你，由衷热爱我，我也热爱如此的你。啊，能得到吾妹，得到爱人，我是何等幸福啊！吾妹！为兄的这份心，这份心愿，想必你能由衷理解吧。这样才是我的好妹妹，今后我也会继续写信给你。你能明白吧，吾妹！

这封信写得如此呆板，请见谅。而且还称呼对我多加照顾的你为吾妹，实在抱歉，但想必你能谅解。在你这个年纪，男女都会多方联想，但你可能太过小心提防了，请不要想得太深入。我也会跳脱出这个俗世。今天是好天气，但风势强盛。伟大的自然！我流泪嬉戏！想必你能明白。今天这封信,请细细反复品味,反复熟读。谢谢你,小正。

　　加油,可爱的吾妹。

　　最后,为兄赠上一言:

　　昔日一别　日久月深　别来无恙　悬心吾妹

　　　　　　　　　　　　致正子

　　　　　　　　　　　一夫兄留

　　信的内容大致如此。最后还写了"一夫兄留",在自己的名字后头加上"兄"字,当真古怪,不过,除了最后这首《万叶集》的和歌外,其他一概不知所云。真是惨不忍睹啊。这种写法,就算模仿也模仿不来,简直可说是破天荒了。不过,西胁一夫这个人绝非狂人,他个性内向温柔。像他那样的好人,竟会写出如此荒腔走板的书信,这世界还真是无奇不有。也难怪小正会要我告诉她意思。这对收信的人来说是灾难,不为之苦恼才怪。不知该说这是名文,还是魔文,我抄写这封伟大的书信后,手腕莫名其妙地酸软无力,连字都写不好了。容我就此别过,日后再写信给你。

　　　　　　　　　　　　　　　十月五日

考　验

1

　　前天我受笔头草先生的名文震慑，握钢笔的手发颤，无法多写字，以至于写出了一封虎头蛇尾的信，对你很失礼。那天晚饭后，我看了那封信，正为之傻眼时，小正从走廊窗户探头，不发一语地朝我投以询问的眼神，意思是"你看过信了吗"，于是我朝她点了点头。小正见了，也一脸正经地点了点头。她似乎很在意那封信的内容。我当时莫名地感到义愤填膺，觉得西胁先生真是罪过，并对小正无比怜惜。坦白说，从那之后，我又重新感受到小正身上另一番新奇的魅力。不知不觉间，我已不再是个感觉迟钝的男人。一切都是秋天的错。秋天确实令人伤感。你可别笑我哦，我是认真的。

　　就全部跟你说了吧。大扫除的次日，小正在早上八点日课摩擦的时刻，抱着铝盆，突然出现在我的病房门口，一副强忍笑意的表情，笔直地朝我走来。我没料到这么快就又轮到小正替我摩擦，所以我几乎是无意识地悄声说了一句"太好了"。我心中无比欢喜。

"耍贫嘴。"小正故作嫌弃状地说道，接着马上着手替我摩擦，以极为平淡的口吻说，"今天早上原本应该是轮到小竹，但小竹另外有事，所以由我代班。不喜欢吗？"她这样说，我有点不满，所以没回答，保持沉默。小正也沉默不语，渐感气氛沉重，很不自在。当初刚来道场时，每次轮到小正替我摩擦，也都会莫名紧张，觉得很尴尬，现在那种紧张感又回来了，我不知如何自处。转眼间摩擦已经结束了。

"谢谢。"我以憨傻的声音说。

"信还我！"小正说。声音虽小，却很尖锐。

"放在枕边的抽屉里。"我仰躺在床上，皱着眉头说道，明显流露不悦之色。

"算了，等吃完午餐后，你可以到盥洗室来一趟吗？到时候再还我。"

她留下这句话，也不等我回答，便迅速地离去了。

她态度出奇冷淡。只要我稍微对她和善一点，她就冷漠以对。好吧，既然这样，我自有对策。那我就狠狠地给她一点颜色瞧瞧。我做好心理准备，静候午休时间的到来。

午餐是小竹送来的。餐盘角落摆了一个竹子做成的工艺品，是个小人偶。我抬起头，以眼神向小竹询问这是什么，小竹皱起眉头猛摇头，做出要我别跟任何人说的动作。我一脸纳闷地点点头。当真是一头雾水。

2

"今天早上，因为道场临时有急事，所以我去了市里一趟。"小竹以平时的声调说道。

"是伴手礼吗？"不知为何，我感到失望，有气无力地反问道。

"很可爱吧？这是'藤女①'。你要收好哦。"她以大姐姐般的成熟口吻说道，就此离去。

我愣在原地，一点都开心不起来。前一天我才刚改变想法，认为自己应该坦然感受别人的好意，振奋精神，但不知为何，我对小竹的这番好意却没有心存感激。我从当初来到这座道场，便一直抱持这样的情感，从来没改变过，现在已很难加以改变。小竹身为助手的组长，深受道场里众人的信赖，是位不简单的女人，所以她行事得更端正可靠才行。她

---

① 藤女，又名藤娘或扛藤姑娘，是日本大津绘画中的主题。其形象为一名少女戴着黑色斗笠，身穿紫藤图案服装，肩上挑着紫藤枝。后人多以此形象制作人偶。

与小正不可等同而论。而现在她却买来这种无聊的人偶，还说什么"很可爱吧？这是'藤女'。"这实在太不像话了。

我边吃饭，边朝那摆在餐盘角落，高约两寸，人称"藤女"的竹制工艺人偶端详，越看越觉得这人偶难看，没半点品位可言。这肯定是摆在车站小卖部里积灰尘，始终卖不掉的滞销货。好脾气的人肯定不会购物，而小竹似乎也不例外。看来，带点不良少女味道的小正，在购物方面还比较机灵。我不知该如何处理这个竹制工艺品，甚至还想过要归还给小竹，但前几天我才刚下定决心，要好好重视女人那宛如紫花地丁般可怜的尊严，并加以体恤，所以我怀着沮丧的心情，决定暂时将这伴手礼收进床边的抽屉里。不过，要是写太多关于小竹的事，又要让你狂热起来了，那可不行，所以我先就此打住。

话说，吃完午餐后，我按照小正的指示，前往盥洗室。小正背倚着盥洗室最里头的墙壁，笑盈盈地面向我站着。我稍感不悦。

"你常做这种事，对吧？"我说出连自己都感到意外的话语。

"咦？为什么这样说？"她带着笑意，圆睁着一双杏眼，抬头望着我。我感觉她无比耀眼。

"你不时会将学员……"我本来想说"勾引来这里"这

句话，但觉得太低俗了，因而一时变得结巴。

"是吗？既然这样，那就算了吧。"她如此说道，像是鞠躬般上身微微往前弯，就此迈步前行。

"我带你的信来了。"我递出那封信。

"谢啦，"她不带半点笑意地接过，"云雀，你果然不行。"

"为什么不行？"我变得被动了。

"你把我当成那种女人了，对吧？"她脸色苍白，直视着我，"不觉得羞愧吗？"

"的确羞愧，"我坦然认输，"因为我嫉妒。"

小正露齿而笑，金牙闪亮。

3

"我看过那封信了。"原本想好好斥责她一顿，但因为收到小竹那个"藤女"的无聊礼物，感到自己的锐气受挫，甚至对小正心怀愧疚，因而展现不出干劲，以近乎忧郁的心情来到盥洗室，在此又见到小正那艳丽绝伦的模样，就此激起我身为男人最该感到羞耻的嫉妒心，一时脱口说出不该说的话，结果立刻遭小正的纠正，此刻的我当真糟糕透顶。

"我全读完了，内容很有趣。笔头草是个好人。连我都喜欢他了呢。"我尽说些违心之言，一再肤浅地出言恭维。

"不过，会收到这封信，我也很意外呢。"小正煞有介事地侧着头，打开信纸细看。

"嗯，我也觉得意外。"以我的情况来说，是这封信写得太糟了，令我意外。

"真的太意外了。"对小正来说，这似乎是件大事。

"你之前应该写过信给他吧。"我又多嘴说了没必要说的话，骤然打了个寒噤。

"我是写了。"她显得若无其事。

我顿感无趣。

"那么，这算是你诱惑他。你就像是个不良少女。像你这种人就叫作糊涂蛋。也可说是没品位的女人，小太妹，或是让人退避三舍的女人。你实在是太不像话了。"我狠狠地骂了她一顿，但小正非但没生气，反而还咯咯地娇笑。

"你认真听我说。特别是笔头草，人家可是有妇之夫啊。这可不是开玩笑的。"

"所以我是写感谢信给他太太啊。笔头草离开道场时，我送他到市街的车站，当时收到他太太送我的两双白布袜，所以我才写了封感谢信给他太太。"

"就这样？"

"就这样。"

"什么嘛。"我转怒为喜,"原来只是这样啊。"

"嗯,没错。但他却写了这样一封信给我,我百般不愿,这令我觉得很痛苦呢。"

"有什么好痛苦的,这样又有什么关系。你其实喜欢笔头草,对吧。"

"我是喜欢他。"

"什么嘛。"我又觉得没意思了,"竟然要我,真无聊。你喜欢有妇之夫也没用吧。我看他们夫妻感情好像挺和睦的。"

"那么,我喜欢你,也一样没用吗?"

"胡说什么呢。这是两码子事。"我益发感到不悦,"你太不正经。我也没想要你喜欢我。"

"傻瓜、傻瓜。云雀你什么都不懂。明明什么都不懂,却又……"她话说到一半,猛然转身背对着我,放声哭了起来。然后痛苦地扭动着身躯,强悍地说道,"你到一边去!"

4

我进退维谷,噘着嘴在盥洗室里来回踱步时,不禁悲从中来,想跟着她一起哭泣。

"小正,"我朝她叫唤,声音在颤抖,"你真那么喜欢笔头草吗？我也喜欢笔头草。因为他是一位性格温柔的好人。也难怪你会喜欢他。哭吧，哭吧，你就尽情地哭吧。我也跟你一起哭。"

为什么我会说出如此虚伪造作的话来呢。现在回想，感觉犹如是一场梦。当时我很想哭，但就只有眼眶为之一热，一滴泪都没流下来。我瞪大眼睛，默默地从盥洗室的窗户望向网球场边开始泛黄的银杏。

"快点。"不知何时，小正悄悄站在我身旁，以平静得有点可怕的口吻说道，"快回房去。要是被人撞见可就不好了。"

"就算被撞见也没关系。又不是在做坏事。"我如此应道，但心跳却跳得很快。

"云雀，你可真是迟钝啊。"她和我并肩从盥洗室的窗户望向网球场，如此自言自语道，"自从你来了之后，道场完全变了。你都不知道对吧？场长曾经说过，你父亲是一位大人物，是一位世界闻名的学者。"

"因为他贫穷得堪称是世界级的。"我渐感落寞。我已有两个月没见过父亲了。他擤鼻涕时，还是一样会发出连拉门都为之震动的声响吗？

"你有优秀的血统。自从你来了之后，道场气氛突然变得开朗起来。大家的心情也都有了改变。连小竹也说，从没见过这么好的孩子。小竹很少会谈别人的事，但唯独对你情有独钟呢。不光小竹，还有金鱼、洋葱，大家也都是如此。不过，要是在学员间传出不好的传闻，造成你的困扰，那可不好，所以大家都很谨慎小心，尽量不靠近你。"

我面露苦笑。心想，多么微不足道的爱情啊。

"这叫作敬而远之，才不是喜欢呢。"

"哎呀，竟然说这种话。"小正朝我背后轻轻一拍，手就此轻放在我背后，"像我就不一样。我一点都不喜欢你。所以就算像这样两人私下谈话，我也不在乎。你可别误会哦。我啊……"

我悄悄地离开小正身旁。

"你就尽管和笔头草通信吧。我坦白跟你说吧，笔头草那封信写得糟透了，让人看傻了眼。"

"我知道。就是因为写得差，我才让你看啊。如果写得文情并茂，谁要给你看啊。其实笔头草的事，我根本一点都不在乎。你可别把人瞧扁了。"她的用语和态度宛如变了个人似的，变得很粗俗，一点都不含蓄，"我已经不行了。这你就不知道了吧？因为你又憨又傻，所以才没察觉。大家都已经在谣传，说我和你感情好。怎么办？让他们这样说没关系吗？"

她低着头，顶出右肩，一面笑一面以右肩抵向我。

5

"别这样,别这样。"这种时候我只想到回这句话。我心想,怎么会有这种荒唐事!

"伤脑筋吗?怎么办?我说你啊,要继续让我丢脸吗?昨晚明月皎洁,我无法入眠,所以到庭园散步,刚好看到你枕边的窗帘微开,所以我走过去偷瞄你一眼,你知道吗?云雀,你沐浴在月光下,笑着入眠呢。那张睡脸真是好看。云雀,你打算怎么办?"

我终于被推到了墙边。感觉我整个人都变傻了。

"不行啦。真的不行。我才二十岁。我不知道该怎么办才好。喂,快来人哪。"我听到某个穿着拖鞋快步朝盥洗室走来的脚步声。

"真没用。我不是那个意思。"小正离开我身边,昂首扬起她的秀发,哈哈大笑。就像刚泡完澡似的,满脸通红。

"演讲时间到了。我先走一步了。迟到是一种松散的行为,我讨厌这样。"

我奔出盥洗室。

"你不能和小竹好哦。"小正马上轻声说道。这声音深深渗入我心中。

一切都是秋天的错。

回到病房，演讲还没开始，活惚舞躺在床上，唱着他的都都逸。这首曲子的含意是，路上的草纵使遭人践踏，仍会因朝露而重生，这首都都逸之前已听过数回，但唯独这时候我没感到厌烦，我很坦然地竖耳凝听，说来还真是奇妙。也许是我变懦弱了。

不久开始演讲，主题是日中文明的交流，一位姓冈木的年轻老师，主要针对医学上的交流，举了过去的各种例证，浅显易懂地展开具体的说明。日本与中国这两个国家长期以来总是教学相长，我这才有所了解，在很多方面深感认同和反省，不过我也很在意今天这个秘密，我想早点忘掉小正的事，像以前一样，当一个天真无邪的模范学员。

说起来，都是小正不好。本以为她是个聪明的女人，但没想到她这般愚蠢。尽管刚才她多方表现出不知如何是好的模样，但我知道，那根本是无谓之举。我可不会蠢到因此而自恋。小正总是只想着自己的事。不论是笔头草还是我，对她来说都不构成问题。她就只想陶醉于自己的美丽和哀愁。虽然她假装天真无邪，但因为她虚荣心强，所以不愿认输，再加上她贪婪无比，别人的东西什么都想要，所以小正心里的算盘，连我都能看穿。

6

小正让我看笔头草写的信,我看也是想向我炫耀吧。不过她很敏感地察觉出我瞧不起那封信,所以马上改变态度,一会儿哭泣,一会儿推人,最后脱口说出意想不到的话来,肯定就是这样。别说像紫花地丁般微不足道的尊严了,她高傲的自尊心简直犹至女王的等级,远非我所能体恤。虽然她说大家都在谣传我和她感情好,但这实在愚不可及。过去从来没人以小正的事来调侃过我。是小正自己在大惊小怪。小正行事不知分寸,在本质性的教养上有其低俗的一面。也许真如越后所言,是她母亲不好。随着心情逐渐平静,我益发感到怒火中烧。我认为小正再没资格当道场的助手。道场是一处神圣之地,是众人团结一心,期许能打败结核病,日夜全心投入锻炼的地方。我已下定决心,要是小正再一次向我展现那么露骨的言行,我将断然向组长小竹告状,请他们将小正逐出道场。

自从下定这样的决心后,我这才觉得自己不再满脑子想着刚才在盥洗室里的那场噩梦。

那是一场噩梦。噩梦与人生不会有任何关联。就算在梦里我揍了你一顿,隔天我也不会向你道歉。我可没有那些善感的宗教家或是诗人的心灵。新好男人最讨厌这些复杂的麻烦事。

虽然我不打算拘泥于那场梦，但盥洗室噩梦的隔日，也就是今天早上破晓时，我又做了一个梦。那是一场美梦。美梦我是不想忘却的。我想让它和我的人生有所关联。我很想和你分享这个梦。是关于小竹的梦。小竹真是个好人。今天早上我深有所感，像她这样的人实属难得，也难为你会为小竹如此狂热。正因为你是诗人，才有这等敏锐的直觉。果然好眼光，了不起。之前担心你要是对小竹太过狂热，就此一病不起，那可就伤脑筋了，所以之后我都尽量不向你报告小竹的事，不过今天早上我才明白，我根本就是多虑了。

不管对方怎么喜欢小竹，小竹也不会让人一病不起，或是持续堕落。请你多加关爱小竹吧。我也不打算输给你，要对小竹多一份信赖。说到这个，小正真是个傻女人，与小竹完全相反。果真如你所说，她就像是个三流的电影女明星。昨天经过那件事之后，小正在晚上八点日课摩擦时，明明没轮到她，却自己跑来"樱之间"，就像完全忘了中午的事一样，跟压缩饼干以及活惚舞高声谈笑，当时替我摩擦的人是小竹，小竹一如往常，不发一语，以利落的动作进行摩擦，听小正他们讲无聊的玩笑话，不时会莞尔一笑，这时小正大摇大摆地来到我们身旁。

"小竹，我来帮你吧。"她以开玩笑般的粗鲁口吻说道。

"谢谢，"小竹朝她微微点头，神色自若地应道，"我就快做完了。"

7

我喜欢小竹在这种情况下，冷静而又端庄的态度。之前小竹笨拙地向我示好时，实在不忍卒睹。小正往后转身，再度朝压缩饼干走去时，我悄声对小竹说：

"小正这个人实在很做作。"

"她其实心地不错。"小竹以怜惜的口吻说道。

当时我心里暗忖，小竹在人品上，可能比小正高出一个等级吧。小竹迅速完成摩擦的工作，抱着铝盆，前往隔壁的"天鹅之间"去帮忙摩擦的工作，之后小正再度嬉皮笑脸地来到我床边，小小声地说：

"你跟小竹说了什么？我确定你说了什么。我看得出来。"

"我说你很做作。"

"你好坏！反正我就是做作。"没想到她竟然没生气。"喂，那个你带着吗？"她以手指比了个方形。

"烟盒吗？"

"嗯。你收在哪儿?"

"那边的抽屉里。要我还你也行。"

"哎呀,你可真讨厌。你要一辈子带在身上。虽然它或许有点碍事。"她静静地说道,接着突然大声说,"果然从云雀这里看月亮最清楚。活惚舞先生,你来一下!我们一起在这里膜拜月亮吧。吟一首和明月有关的俳句,如何?"

真喧闹。

那天晚上因为经历了这件事,我虽然和平时一样上床就寝,但接近破晓时分,我突然醒来。因走廊上还留有灯光,微光透进病房里。我望向枕边的时钟,即将五点。外头仍一片漆黑。有人在窗外往屋内瞧。是小正!我脑中闪过这个想法。一张白皙的脸。她面露微笑,旋即消失。我起身拨开窗帘细瞧,但空无一人。好奇怪的感觉。是我睡昏头了吗?纵使小正这女人再胡来,也不会选这种时候吧?没想到我也是个这么浪漫的人。我暗自苦笑,重回被窝,但对此事依旧担心。过了一会儿,远处的盥洗室微微传来像是清洗衣服的哗啦水声。

我心想,这就是了!也不知道我为什么会有这个念头。刚才面露微笑,就此消失无踪的人,就在那里。她此刻就在那儿。一想到这点,我再也无法按捺住自己,我悄悄起身,蹑着脚来到走廊。

盥洗室里点着一颗蓝色灯泡。我往内窥望,发现小竹穿着一件碎白点的和服,外头系着白色围裙,正蹲着身子擦拭盥洗室的地板。她以毛巾包头,看起来像极了伊豆大岛的姑娘。她转头看到我,但还是不发一语地擦着地板。她的脸看起来很清瘦。道场里的人们全都静静地在沉睡。小竹总是这么早起打扫吗?我不知该怎么开口,就只是怀着雀跃的心,望着小竹擦拭打扫。坦白说,当时是我有生以来,第一次因可怕的欲望而感到懊恼。在天明前的昏暗中,有一股非比寻常的气息在蠢动。

8

看来,盥洗室是我的鬼门方位。

"小竹,刚才……"我声音哽在喉咙里,气喘吁吁地说道,"你去了庭园吗?"

"没有。"她转头望向我,莞尔一笑,"少爷,你在说什么梦话啊。啊,真讨厌。你光着脚丫呢。"

回过神来一看,我确实赤着脚。因为一时太过兴奋地赶来,忘了穿上草鞋。

"真是个令人操心的孩子。我帮你擦脚。"

小竹站起身,在洗物槽哗啦哗啦地搓洗抹布,然后拿着那块抹布蹲向我身旁，像是在搓洗我的左右脚掌般，用力擦拭。感觉不光是脚，连内心深处也变干净了。我那奇怪的可怕欲望也随之消失。我让小竹擦拭我的脚，同时伸手搭在她肩上。

"小竹，今后也让我多多跟你撒娇吧。"我刻意用小竹的关西腔如此说道。

"你应该是觉得寂寞吧。"小竹脸上不带笑意，像是在自言自语般地小声说道，"来，这个借你，快去上个厕所，晚安。"

小竹脱下自己穿的拖鞋，并拢递到我面前。

"谢谢。"我若无其事地穿上拖鞋，"可能是我睡昏头了吧。"

"你不是因为想上厕所才起床的吗？"小竹再度勤奋地擦拭起地板来了，以成熟的口吻说道。

"是没错。"

我其实是因为看到窗外有一张女人的脸孔——我总不能说出这样的蠢话来吧。想必是我自己的内心混浊，才会看到那样的幻影。那低俗的幻想令我内心雀跃，就此光着脚冲向走廊，我这副模样既肤浅又可耻。偏偏有人每天在四周仍如此昏暗的时刻，便已默默地专心擦拭打扫。

我倚着墙壁，朝小竹工作的模样凝望了半晌，这让我深切明白严肃的人生。所谓的健康，就是她这样的姿态。拜小竹所赐，我感觉心中那纯洁的美玉变得更加爽朗透明起来。

告诉你，耿直的人实属难得，单纯的人更是尊贵。过去我轻蔑小竹的善良，但我错了。你的确眼光过人。小正和她根本无法相提并论。小竹的爱不会使人堕落。这点很不简单。我也想成为拥有此正向爱情的人。我飞得一天比一天高。周遭的空气逐渐变得凛冽清纯。

男人终其一生，都在千钧一发中度过。新好男人时时都在险境中嬉戏，然后轻盈地穿越难关，展翅飞去。

想到这点，便觉得秋天也没那么糟。肌肤微感寒意，倒也快意舒畅。

小正的梦是一场噩梦，我想早日忘掉，但关于小竹的梦如果也是一场梦，则希望它永远别醒。

我这可不是在向你炫耀哦。

十月七日

压缩饼干

1

见信如晤。好惊人的一场暴风雨。这就是俗称的"野分①"吗？这么一来，驻日美军也会大吃一惊吧。听说 E 市也来了四五百人，但似乎都还没在这一带出现过。场长在训词中也曾提到，要我们自己别过度恐慌，沦为笑柄，所以道场里的人都显得泰然自若。其中只有助手金鱼一人显得垂头丧气，受尽众人调侃。听说金鱼在两三天前，顶着风雨前往 E 市办事，但回到道场后，晚上众人一起就寝时，她突然嘤嘤啜泣。众人问她是怎么了，这才听她抽抽噎噎地说出缘由，大致情况如下。

金鱼上街办完事，在候车室等回程巴士时，一辆美国卡

---
① 野分，日本古代对台风的称呼，指会将野草吹分开的暴风。

车在倾盆大雨中驶来，似乎因为车子故障，就停在巴士的候车室前，从驾驶座上走下两个像孩子般的美国大兵，两人顶着雨动手修理，但迟迟无法修理好，两人被淋成了落汤鸡，一直默默地处理机械。不久，金鱼他们要坐的巴士驶来，金鱼走出候车室，正要上车时，她突然一时忘我，从自己的包袱里取出两个梨，送给那两个美国少年，接着听他们在背后说谢谢，金鱼冲进巴士后车门，巴士旋即驶离。就是这样一件事，但金鱼回到道场，心情平静下来后，突然感到一股难以言喻的恐惧，担心不已，最后甚至在入夜时，以棉被蒙头，暗自啜泣。这个消息到了隔天一早，马上传遍了整座道场，有人说也难怪她会这样，有人说她不像话，也有人说她莫名其妙，总之，大家听了都哈哈大笑。尽管受人嘲笑，金鱼脸上却没半点笑容，她摇了摇头，说她至今一颗心仍七上八下的。

还有一个人，与我同病房的压缩饼干，他最近也闷闷不乐，看起来像是有什么苦闷的事，不过他同样也背负着某种奇怪的痛苦。

也不知压缩饼干这个人究竟是爱搞神秘，还是爱摆架子，他总是不让我们掺和，十分见外，有他在就令人倍感拘束，但前天晚上，因为那场暴风雨，从七点多开始停电，因此晚上也没进行摩擦，扩音器因为停电而暂停，因此听不到夜间报道，学员们全都提早上床就寝。但外头风声呼号，众人皆无法入眠，活惚舞小声哼起了歌，越后狮子从自己的床边抽屉里找出蜡烛并点燃，立在枕边，然后盘腿坐在床上，全神贯注地修理起他的拖鞋。

"好强的风啊。"

压缩饼干怪异地笑着，朝我们走来。压缩饼干造访别人的床位，这可是很罕见的事。

2

犹如飞蛾迷恋灯火而来一般，或许人们在这种狂风暴雨的夜晚，看到蜡烛那微弱的光芒也会感到怀念，而被它吸引。

"是啊。"我坐起身，迎接他的前来，并对他说，"美国驻军见到这样的暴风雨，想必也会大吃一惊吧。"

他的笑容越来越怪异。

"哎呀，关于这点……"他以略带诙谐的口吻说道，"问题就在于美国驻军。总之，你先看这个吧。"他递给我一张信纸。

信纸上写满了英文。

"我不懂英文。"我红着脸说道。

"看得懂啦。像你们这种中学刚毕业的年纪，英语记得最牢了。不像我们早忘光了。"他嬉皮笑脸地说道，在我床边坐下，接着突然压低声音，以只有我才听得到的音量说，"其实这是我写的英文。一定会有一些文法上的错误，所以我想请你帮我修改。你看过后应该就会明白。这座道场里的人似乎都太高估我了，当我是英语高手，要是美军到这座道场来，也许他们会派我去当翻译呢。一想到这种情况，我实在担心极了。请你谅解。"他如此说道，像在掩饰自己的难为情似的，呵呵笑了几声。

"可是，你的英语好像不错啊。"我心不在焉地望着那张信纸，如此说道。

"别开玩笑了。我才没那个能耐当翻译呢。看来，是我一时太得意忘形，经常在助手们面前展现自己的英语能力。要是大家推我出来当翻译，见到我结结巴巴，不知所措的模样，那群助手不知道会多么瞧不起我。再也没有比这更让人头疼的事了。最近我担心得夜不能眠。你要好好体恤我的苦衷啊！"说完，他又是呵呵地笑。

我看了信纸上写的英文。虽然很多都是我不懂的单词，但大致的内容如下：

请您别生气。原谅我的失礼。我是个可怜的男人。因为我在英语方面，不论是在听、说，还是其他方面，程度都如同婴儿一般。这些行为，都远非我能力所能及。不仅如此，我还是个肺病患者。您千万要留意！啊，太危险了！极有可能会传染给您。不过，我很信任您。我以上帝之名立誓，我认同您是位气质非凡的绅士。您一定会同情我这个可怜人吧，我对此深信不疑。我在英语的会话上，几乎如同文盲，但勉强能读能写。倘您有足够的善心与耐心，我希望您能将今天要办的事写在这张纸上，并请耐心等待一个小时。我会趁这段时间，把自己关在房间里，研究您所写的文章，尽我最大的能力，给您答复。

诚心祝您身体健康。写下这等空洞而又粗鄙的文章，请莫见怪。

3

与笔头草那封古怪难懂的书信相比，这封信堪称是条理分明。但我在读信的同时，心里只觉得好笑。即使透过英文，还是感觉得出压缩饼干有多么害怕被推出来当翻译，以及他那份虚荣心，万一真被人推出来当翻译，为了不让自己丢脸，不辜负助手们对他的期望，他会何等费尽心思，想尽各种办法。

"这就像是一个重大的外交文件,写得中规中矩呢。"我强忍着笑意说道。

"你就别笑话我了。"压缩饼干面露苦笑,从我手中一把拿走信纸,"哪里有错误吗?"

"不,写得很浅显易懂,这就是所谓的'名文'吧?"

"你是指莫'名'其妙的文章吧?"他回了一句无聊的玩笑话,不过受到我的夸奖,他似乎心情不错,就此摆出略显得意、煞有介事的表情来。"要是口译,可就责任重大了,所以我要拒绝这项要求,改为当笔译。我过于显摆自己的英语知识,所以或许会被推派出来当翻译。事到如今,也没办法逃避了,平白惹来一个烫手山芋。"他以深有所感的口吻说道,很做作地叹了口气。

这令我深切体认到,百种人有百种不同的担忧。

不知是因为暴风雨,还是因为那微弱的烛火,那天晚上我们同病房的四人围着越后狮子的烛火,敞开心扉,展开了久违的畅谈。

"自由主义者到底是怎样的啊?"活惚舞突然无来由地压低声音问道。

"在法国啊……"本以为压缩饼干在英语方面学到了教训,没想到接下来又开始显露他法国方面的知识了,"有一群被叫作'放荡主义者'的人,他们歌颂自由思想,四处冲击体制。那是十七世纪的事了,所以距今已有三百多年。"他眉毛往上挑,显得架势十足:"他们好像主要是高喊宗教自由,四处闹事。"

"什么嘛,原来是一群滋事分子啊。"活惚舞露出意外的表情,如此说道。

"嗯,可以这么说。他们大多过着无赖般的生活。戏剧里有位知名人物,正是那位大鼻子西哈诺①,他可说是当时的一个放荡主义者。反抗当时的权力阶层,扶助弱者。当时的法国诗人也大多如此,与日本江户时代的侠客很相似。"

"什么跟什么啊。"活惚舞扑哧一笑,"这么说来,幡随院长兵卫②不也算是自由主义者吗。"

4

然而,压缩饼干却不露半点笑容地回应道:

"你要这么说也没关系。不过,现在的自由主义者似乎是不一样的类型,法国十七世纪时的放荡主义者大多是这种

---

① 西哈诺,全名为西哈诺·德·贝热拉克,是法国浪漫主义剧作家、诗人爱德蒙·罗斯丹(1868—1918)的喜剧《西哈诺·德·贝热拉克》中的主人公。该剧讲述了大鼻子剑客西哈诺行侠仗义的故事。
② 幡随院长兵卫,生卒年不详,日本江户初期的侠客,号称日本侠客之祖。

类型的人。花川户助六①和鼠小僧次郎吉②,或许都算是这类的人。"

"咦,是这样吗?"活惚舞听得眉飞色舞。

越后狮子也一面缝补拖鞋的破损处,一面挂着笑意。

"这种自由思想,"压缩饼干益发显得正经起来,"原本就是一种反抗精神,或许也可称之为破坏思想。不是在解除压制或束缚时才萌芽的思想,而是作为压制或束缚的反动,与它们同时发生,带有斗争性质的一种思想。人们经常会举以下的例子来说明。某一天鸽子向上帝请求'我在飞翔时,总有空气在碍事,害我无法迅速往前飞。请将空气移除'。上帝接纳了它的请求。但后来鸽子不管怎么奋力振翅,都无法飞上天。也就是说,鸽子是自由思想。正因为有空气的阻力,鸽子才得以飞上天。没有斗争对象的自由思想,就像在真空管内振翅的鸽子,无法飞翔。"

"不是有个男人的名字和鸽子很相近吗?③"越后狮子停下缝补拖鞋的动作,如此说道。

---

① 花川户助六,生卒年不详,日本江户中期京都的侠客。后成为歌舞伎中的经典形象之一。
② 鼠小僧次郎吉(?—1832),日本江户后期的侠盗。后成为歌舞伎中的形象之一。
③ 暗指当时在日本成立自由党的鸠山一郎。"鸠"在日语中有"鸽子"之意。

"啊！"压缩饼干搔抓着后脑，"我说这话，没那个意思。这是康德举的例子。我对现代日本的政界一无所知啊。"

"不过，多少还是得懂一些才行呢。因为听说今后会赋予年轻人选举权和被选举权。"越后宛如同席中的长老，以沉稳的态度说道，"自由思想的内容，可以说每个时期都截然不同。追求真理、努力奋斗的天才们，皆可称作是自由思想家。我甚至认为，自由思想的始祖，就是耶稣。别担忧，你们看那天上的飞鸟，也不种，也不收，也不积蓄在仓库里，多出色的自由思想啊。我认为西方思想全是以耶稣的精神为基底，或加以散播，或使其转为浅显，或加以怀疑，众说纷纭，但最终都与《圣经》息息相关。就连科学也与它有关。不论是在物理界，还是在化学界，构成科学基础的全都是假设，由肉眼看不到结果的假设发展而来。因为信仰这个假设，一切科学才得以发生。日本人在研究西方的哲学、科学之前，应该先对《圣经》展开研究才行。我并不是基督徒，但我认为日本未对《圣经》展开研究，只知一味地钻研西方文明的表面，这才是日本落败的真正原因。不论是自由思想还是什么，如果不先了解基督的精神，连要了解其一半的真髓都不可得。"

5

众人沉默了半晌。就连活惚舞也露出若有所思的神情,不发一语地摇了摇头。

"此外,自由思想的内容时时刻刻都在改变,有这么个例子。"这天晚上的越后狮子变得口若悬河,宛如一位崇高的隐士般,别有一番气韵。或许他真的是位非比寻常的人物。要是他身体健康的话,现在可能是担任国家要职的人物。我如此暗忖:"以前中国有位自由思想家,他反对当时的政权,愤而归隐山林。这就是所谓的时不我予。而他并未意识到,这是他自己的落败。他有一把宝刀。他满怀自信地隐居山中,心想——等时机到来,我便以这把宝刀刺杀政敌。十年过去,世局改变。他心想,时机已经到来,就此下山,向人们阐述他的自由思想,但那不过是过时的机会主义思想罢了。最后,他拔出宝刀,想向民众展现他的气概。但说来可悲,那把刀早已布满铁锈。这个故事的意思是,十年如一日,没半点改变的政治思想,不过是一场迷梦。日本自明治以来的自由思想也一样,起初是反抗幕府,接着是推翻藩阀,然后是抨击官僚。孔子曰'君子豹变'①,我认为指的就是这种情形吧。

---

① 出自《周易·革卦》,而非孔子之言,疑作者讹误。

在中国，所谓的君子，不像日本指的是烟酒一概不碰、一板一眼的人，君子指的似乎是精通六艺的天才，也可说是天才型的能人。君子同样也会'豹变'，展现其美丽的变化。这不同于丑陋的背叛。耶稣也说，绝不可立誓，还说不要为明天忧虑。这简直就是自由思想家的老前辈。'狐狸有洞，天空的飞鸟有窝，人子却没有枕头的地方'①，这同样可说是自由思想家的感叹吧。连一天的安居也不允许，其主张必须日新，日日新。在日本，现在仍会抨击昔日的军阀官僚，这已不是自由思想，是机会主义思想。如果是真正的自由思想家，此时此刻就有一件事非得大声高喊不可。"

"是、是什么事？要大声高喊什么？"活惚舞神情慌张地问道。

"这还用说吗，"越后狮子如此说道，端正坐好，"就是高喊天皇陛下万岁！这在过去是老套的思想，但在今天，却是最新的自由思想。十年前的自由，与今天的自由，其内容截然不同，指的就是这个。这已不是神秘主义，是我们人天生的爱。现今真正的自由思想家，就该命丧于这种呐喊下。我听说美国是个自由的国家。他们肯定会认同日本这个自由

---

① 出自《圣经·马太福音》。

的呐喊。我要不是现在有病在身，此刻我就想站在二重桥①前，高喊天皇陛下万岁！"②

压缩饼干摘下眼镜，哭泣落泪。在这暴风雨之夜，我开始欣赏起压缩饼干。身为男人真好。不管是小正还是小竹，这些事都不值一提。以上就是以暴风雨的灯火作为主题的一封道场书信。下次见。

十月十四日

---

① 二重桥，位于东京都千代田区皇居正门前，因护城河水深，旧桥较低，后在桥上再建了一座桥，称为二重桥。1945年8月15日，日本天皇裕仁在此向日本国民广播《终战诏书》，宣布无条件投降。
② 因日本天皇裕仁广播《终战诏书》，宣布无条件投降，结束战争，且在二战结束后，接受驻日美军对日本天皇制的改造，日本天皇不再是"人格神"，而被视为人，故重新受到国民的尊敬与爱戴。但由于驻日美军为维持日本君主立宪制政体，未让当时的裕仁天皇接受战争审判，逃避了其应负的战争责任。此处行文反映出当时普通日本国民对这一问题认识的历史局限性。

口 红

1

谢谢你的回信。前几天那封信我提到"暴风雨之夜"的会谈,你似乎很喜欢,我很高兴。依你的看法,越后狮子可能是当代罕见的大政治家,或是了不起的知名老师,但我并不这么认为。现在反而是一些市井民众能讲出合乎情理的正确言论的时代,指导者们就只会目瞪口呆,慌乱无措。长此以往,若一直是这种状况,显而易见,必定会遭到民众的唾弃。明明即将举行大选,却还只是一味发表奇怪的演说,这只会导致民众更加鄙视议员。

说到选举,昨天在道场里发生了一件罕见的怪事。昨天下午,隔壁的"天鹅之间"出了一份传阅板,上头写道:"赐予妇女参政权,值得庆贺。近来本道场的助手们浓妆艳抹，令人不忍卒睹，如此将令妇女参政蒙羞。听闻美国驻军也将涂抹鲜艳口红的妇女误当成娼妓。此事不无可能，这不只会损及本道场的名声，更是全日本妇女之耻。"接下来甚至将化妆过于浓艳的助手们的绰号，毫无遗漏地逐一列出，最后还补上："上述六人当中，以孔雀的装扮最为丑陋怪异，犹如吃马肉的猴子。尽管我等频频给予忠告，却毫无半点反省之色。应当立即逐出本道场。"

隔壁的"天鹅之间"，以前便聚集了一群硬汉，而颇受助手们欢迎的压缩饼干，就是在"天鹅之间"待不下去，才逃到我们的"樱之间"来。"樱之间"可能是多亏有越后狮子的人望，病房里姑且算是一团和气。这次的传阅板，活惚舞说这种做法太卑劣，无法认同。压缩饼干也嘴角轻扬，赞同活惚舞的看法。

"这样太过分了，"活惚舞征求越后狮子的意见，"因为所有的人都该一视同仁，用不着逐出道场吧。人们天生的爱，不管在任何情况下，都不可能会忘却。"

越后狮子不发一语，微微点头。

活惚舞就此益发带劲。

"我说的没错吧？自由思想不该是这么狭隘。那位年轻老师，你怎么看？我认为我的见解没错。"他也催促我表示认同。

"不过,隔壁病房的人应该也不是真的想赶人走吧?他们或许只是想向众人展现他们的气概。"我笑着说道。

"不,没那么简单。"活惚舞马上否定我的说法。"话说回来,我认为妇女参政与口红之间,不该有什么致命的矛盾。因为他们平时不受女人欢迎,所以才会在这种时候打算还以颜色,一定是这样,没错。"他很笃定地说道。

2

接着他说出了那件最关键的事。

"世上有大勇小勇之分,所以他们只能称作是小勇。他们都说我是'无阴毛'。我早就对这件事很不满了。就连活惚舞这个绰号,我也不太喜欢,但被人说是'无阴毛',实在无法闷不吭声。"他为此意外之事而情绪激动,走下床,重新绑好腰带,沉着脸说道,"我要将这个传阅板丢回去给他们。自由思想从江户时代就有了。人不能忘了智仁勇这三种品德,此刻正是时候。各位,这件事包在我身上。我这就去丢还给他们。"

"留步,"越后狮子以毛巾擦拭着鼻头说道,"你不能去。这件事就交给这位年轻老师去办。"

"云雀吗?"活惚舞似乎很不服气,"恕我直言,这担子对云雀来说太沉重了。我和隔壁那些家伙素有瓜葛。这已不是这一天两天的事了。他们叫我'无阴毛',我岂能摸摸鼻子,默不作声?所谓的自由与束缚,指的就是这个。自由与束缚,也会造成'君子豹变'。那班人完全不懂耶稣的精神。我得视情况而定,让他们见识一下我的本领才行。云雀办不到的啦。"

"我去去就来。"我走下床,迅速从活惚舞面前通过,同时一把抢走活惚舞手中的传阅板,步出房外。

"天鹅之间"里的人似乎一直在等候"樱之间"的回复。我一走进,那八名学员全都一拥而上。

"如何,这提案教人觉得很痛快吧?"

"'樱之间'的小白脸们,想必很伤脑筋,对吧?"

"你们该不会要背叛我们吧。"

"学员们要团结一心,要求场长将孔雀逐出道场。给那种猴子选举权,太浪费了。"

他们你一言我一语,喧闹不休。个个看起来都像是天真无邪的淘气鬼。

"这件事交给我来办好吗?"我扯开嗓门,比任何人都要大声地说道。

一时间鸦默雀静,但接着又是一阵哄闹。

"你少多管闲事,你少多管闲事。"

"云雀,你是他们派来调解的吗?"

"'樱之间'太欠缺紧迫感了。现在可是关系日本存亡的重要时刻啊。"

"我们都已沦为三流国家了,你却浑然未觉,还整天看着美女垂涎三尺吗?"

"搞什么啊,一来这里就要我们交给你去办。"

"在今晚就寝前……"我挺直腰杆喊道,"我会再来通知你们,要是到时候我的处置不合各位之意,就照你们的提议去做。"

现场又安静了下来。

3

"你反对我们的提案吗?"隔了一会儿,一个三十多岁,绰号"日本锦蛇",眼神无比犀利的男子向我问道。

"我很赞成。关于这点,我有个很有趣的计划。请交给我来办。拜托了。"

他们似乎有点泄气。

"那你们是同意了,对吧?谢谢。这个传阅板借我一用,晚上就归还。"我迅速走出房外。这样就行了。这其实不是什么难事。再来只要请小竹帮忙就行了。

我返回病房后，活惚舞频频以感到遗憾的口吻说：

"云雀，你这样行不通了。我刚才到走廊上去，都听到了。你那样做根本无济于事。只要把基督精神与'君子豹变'的道理跟他们说清楚，不就行了吗？或是告诉他们何谓自由与束缚也行。他们就是不懂道理，所以条理分明地讲道理给他们听，才是最好的办法。为什么不告诉他们，自由思想就是空气与鸽子呢？"

"在晚上之前，请交给我来处理。"我只说了这么一句，便躺回自己床上。

我确实也累了。

"就交给他去办。"越后躺在床上，以威严十足的声音说道，所以活惚舞也就没再多说，心不甘情不愿地躺下了。

其实我也没什么特别的计划。我觉得只要拿这份传阅板给小竹看，小竹应该就会处理妥当。对此，我乐观看待。两点钟日课伸屈锻炼时，小竹从病房前的走廊上路过，朝我瞄了一眼，所以我马上挥手要她过来。小竹微微点头，便立刻走进病房。

"什么事？"她一脸认真地问。

我一面做双腿运动，一面悄声道："枕边、枕边。"

小竹看见枕边的传阅板，将它拿起，默默地看过一遍后，以冷静的口吻说了一句"这个借我一下"，便将传阅板夹在腋下。

"过则勿惮改。越快处理越好。"

小竹一副了然于胸的神情,微微点头,接着走向枕边的窗户旁,望着窗外的景致,一语不发。

半晌过后,她以毫不造作的自然口吻朝窗外唤道:

"源先生,辛苦您了。"

窗下是一位人称源先生的老人,担任道场内的工友,从两三天前就开始忙着拔草。

"盂兰盆节刚过时,"源先生在窗下应道,"我才拔过一次,但现在又长这么长了。"

小竹的这声"辛苦您了",听得我由衷佩服。传阅板的事,她似乎毫不在意,那沉稳爽朗的态度,令人折服。更重要的是,她那关怀的叫唤声,气度令人动容,就像某大户人家的夫人,站在外廊上朝担任园丁的老爷爷问候一般,感觉无比悠闲、从容。感受得出她受过良好的家庭教育。越后也曾经说过,小竹的母亲肯定是位了不起的人物。只要交给小竹处理,一定能轻松解决助手们浓妆艳抹的问题,我就此安心了不少。

4

接着,我的信赖得到了回报,而且超乎预期。在四点钟

的日课自然时间,突然从走廊上的扩音器传来办事员的声音:

"各位请在原地轻松地听我说。关于助手化妆一事,是过去便存在的问题,刚才助手们主动提出保证,会从今天开始改进。"

隔壁的"天鹅之间"传来"哗"的一声欢呼。临时广播仍旧持续:

"听说今天晚餐后,助手们便会各自卸妆,最晚在七点半的日课摩擦时间,会以不让美国人误会的朴素装扮出现在诸位学员面前。接下来,助手牧田小姐想跟诸位学员说声抱歉,请体恤牧田小姐的这份纯真。"

牧田小姐就是那位孔雀。孔雀先轻咳几声后说道:"我这次……"

隔壁病房哄堂大笑。我们病房里的众人也都嘴角轻扬。

"我这次……"那是宛如蟋蟀叫声般轻细的柔弱声音,"不懂得看时节和场所,明明年纪最长,行事却不检点,犯下令人遗憾的错事,在此深深致歉。今后还望多多指教。"

"很好,很好。"隔壁传来这声叫喊。

"真可怜。"活惚舞深有所感地说道,斜眼瞄我。我心中略感难过。

"最后……"改由办事员接话,"这是助手们共同提出的愿望,希望能立即更改牧田小姐之前的绰号。今天的临时广播结束。"

"天鹅之间"马上便送来了传阅板。

"我等深感满意。云雀劳苦功高。孔雀应改名为'我这次'。"

活惚舞马上表明反对这项提议。取"我这次"的绰号,太过残酷。

"这太残忍了吧。她也是好不容易才说出那番话来。广播不是也说了吗,要大家体恤她这份纯真。《圣经》里的那句'你们看那天上的飞鸟',指的就是这种情形。不是要一视同仁吗?这就是所谓的害人害己。我强烈反对。孔雀如果洗去脸上的脂粉,就会露出原本黝黑的肌肤,所以只要改叫她'乌鸦'就行了。"

这样反而更加辛辣残酷。没半点助益。

"因为孔雀从此变朴素了,所以干脆把'孔'字省略,单叫一个'雀'字。"越后如此说道,呵呵轻笑。

"雀"这个绰号有点道理,虽然没什么趣味,不过毕竟是长老的意见,所以我在传阅板上写道,取名"我这次"太不厚道,改叫"雀"会比较妥当,派活惚舞送去。听说各个病房的提议全涌进"天鹅之间"里,或许最后还是会决定用"我这次"这个绰号。看来,当时孔雀轻咳一声,讲出"我这次"这句话,令人印象深刻。"我这次"以外的绰号,相形之下减色不少。

5

七点半日课摩擦时，金鱼、小正、霍乱、小竹，各自捧着铝盆来到"樱之间"。小竹神色自若地笔直朝我走来。金鱼和小正就是这次被点名要留意脸上浓妆的人物，但是看她们今天晚上前来时的模样，虽然发型略显不同，但似乎脸上还是施了脂粉。

"小正还是一样涂了口红呢。"我悄声对小竹说，小竹开始动手替我摩擦。

"别看她那样，她也是又擦又洗的，还大闹了一场呢。一次就要她改善到位，太强人所难了。毕竟她还年轻。"

"小竹，你功劳不小啊。"

"之前场长也多次警告过她们。今天事务所的广播，场长也听到了，相当开心。他还问，今天的广播是谁的主意。我告诉他，是云雀想的点子。结果平时不太笑的场长，还笑嘻嘻地说，真是个有趣的孩子。"小竹可能是因为今天的口红事件而有点兴奋，难得变得话多了起来。

"这不是我出的点子。"功劳归属得先分个清楚才行。

"还不是一样。如果不是云雀你开口，我也不会展开行动。没人想扮这种招人怨恨的角色。"

"你招人怨恨了吧?"

"不,"她露出招牌的平淡笑脸,摇了摇头,"虽然我没招人怨恨,但我很难过。"

"孔雀对大家说的那番话,我听了也有点难过。"

"嗯。牧田小姐是自己主动要求致歉的。她没半点恶意,是个好人。她似乎不善化妆。其实我也涂了点口红,不过你们看不出来,对吧?"

"什么嘛,原来你也是同罪啊。"

"既然看不出来,那就没关系。"她若无其事地继续帮我摩擦。

我心想,她毕竟是女人。自从我来到道场后,第一次觉得小竹可爱。就算是一尾大鲷鱼,也丝毫不能小看啊。

如何?我再次建议你来拜访我们道场。这里有位值得尊敬的女性。她不属于我,也不属于你。是日本现在唯一值得向全世界夸耀的至宝。我这样夸她,感觉略嫌夸大了点,连我自己都有点招架不住了。不过,像她这样不带半点娇媚,而又能让人感受其关爱之情的年轻女子,实属罕见。而你对她应该也不再抱持半点情欲才对。想必只有关爱之情。这就是我们新好男人的胜利。男女之间,只有信赖与关爱的交友,只有我们这样的人才会明白这点。唯有新好男人才得以品尝上天赐予的此等美味果实。年轻的诗人啊,如果你想得到这份纯洁的美妙,就应该造访本道场。

不过话说回来,也许你已经在你周遭品尝到更纯洁的美味果实了吧。

十月二十日

花宵老师

1

你昨天的来访，我不胜欣喜。当时你还送了我一束花，并送小竹和小正各一本红色封面的英语小词典当伴手礼。你这样的设想着实贴心，而且颇具诗人之风，尤其你还送礼给小竹和小正，真的感激不尽。

她们曾经送我烟盒和竹子编成的"藤女"当礼物，虽然我有点不知如何办才好，但我心里一直惦记着此事，心想改天一定要回礼才行。就在这时，你很用心地带来伴手礼，令我松了口气。与我相比，你似乎有崭新的另一面。我对于收女人送的礼物，或是送礼给女人，感到有些拘泥，甚至觉得排斥。这或许就是我老旧的一面。我要好好加油，日后能像你一样完全不会害羞，潇洒地与人互赠礼物。感觉又从你身上学到了一个优点，从中见识了你身上爽直的美德。

当小正跟我说"你有访客哦"，带你走进病房时，我的心扑通一跳，几乎都快震得我内出血了。你可以体会吧？和你已许久未见，这份喜悦自然十分巨大。不过话说回来，看你和小正就像旧识般，并肩而行，有说有笑，令我大为惊讶，感觉就像童话般。这种类似的心情，我去年春天也曾感受过。

去年春天我中学一毕业，便染上肺炎，当时我因高烧而昏昏沉沉，不经意地望向病床枕边，发现中学主任木村老师正与我母亲有说有笑。那时候我大为吃惊。分住学校与家庭这两个截然不同世界的人，竟然像故人般相谈甚欢，实在很不可思议，我就像在十和田湖①望见了富士山般，一种像童话般极度混乱的幸福感，令我雀跃欢腾。

"你看起来气色好极了。"你如此说道，递给我一束花，正当我不知所措时，你以很自然的态度对小正拜托道：

"就算是简陋的花瓶也没关系，请借云雀一用吧。"

小正点点头，前去拿花瓶，当时我真的宛如置身梦中，搞不清楚是怎么回事，甚至还问了个愚蠢的问题。

"你之前就认识小正吗？"

"不就是从你信中知道的吗？"

---

① 十和田湖，位于日本东北地区的青森、秋田县交界处。

"是吗?"

我们两人朗声大笑。

"你一看就知道她是小正?"

"看一眼就知道了。本人比我想象的还来得好。"

"例如哪方面?"

"你可真缠人。你还是对她有意思吧。她没有我想象的那般低俗。根本就还只是个孩子嘛。"

"是这样吗?"

"不过,我觉得她不错。给人一种纤细感。"

"是吗?"

当时我愉快极了。

2

小正带来一只细长的白色花瓶。

"谢谢。"你收下花瓶,随手把花插进瓶中,"待会儿再请小竹重插吧。"

你当时这样说道,可就有点失言了。你马上从口袋里取出那本小词典送给小正,但小正并未露出欣喜的表情,只是礼貌周到地行了礼,不发一语,快步离开病房,那就是小正不太高兴的证明。小正这个人不会那样冷淡且恭敬地向人行礼。不过对你来说，除了小竹之外，别人一概都不要紧，所以这也是没办法的事。

"今天天气很好，我们到二楼阳台聊天吧。现在是午休时间，没有关系。"

"因为看过你的信，所以我全都知道。我就是看准午休时间来的。而且今天是星期天，还有娱乐广播。"

我们笑着步出病房，走上楼梯，那时候我们突然变得严肃起来，一味地谈论国家大事，那是为什么呢？我们的性命，明明已献给那位尊贵的伟大人物，而且明明已觉悟，要顺从其盼咐，轻盈地飞往任何地方，理应没什么好讨论的，但我们却兴奋地互相吐露重建新日本的衷情。也许男人之间，不管彼此多么熟识，每当久别重逢时，仍会像这样互道高远的志向，急着想让对方认同自己的进步。来到阳台后，你生气地说，从日本的初级教育来看，真的是一团糟。

"因为小时候受过怎样的教育，将会决定一个人的一生。我认为应该安排更伟大的人物来主政。"

"没错。只会考虑报酬的人是不行的。"

"这是当然。用功利来敷衍，不可能行得通。大人们的谈判交涉，我已经看得太多了。"

"一点都没错。表面的虚张声势已经很老套了。明眼人看得一清二楚。"

你似乎也和我一样不擅长议论，感觉我们一直在同样的事情上打转。

不久，我们那不甚精彩的议论逐渐变得断断续续，不断冒出"单纯只是""总的来说""总之""到头来"这类的词语，显得很松散。这时，小竹出现在楼下玄关前的草地上，我忍不住唤道："小竹！"

你同时也把长裤的皮带系紧了。那是什么含意呢？小竹右手抵向额头，抬头望向阳台。

"什么事？"她笑着说道，小竹当时的姿态挺不错的。

"我说的那个很欣赏你的人，现在就在这里。"

"别这样、别这样。"你当时这样说道。事实上，这种时候只能说出"别这样、别这样"的憨傻字眼。这我也是有经验的。

3

"真讨厌！"小竹如此说道。接着她头往旁边一侧，足足超过了四十五度，笑着朝你说了声"欢迎光临"后，你羞红了脸，迅速地朝她回了礼，然后很不满地咕哝道：

"什么嘛，明明就是个大美人，竟然耍我。因为你在信中老是说她就只是一个体形高大、威仪十足的女生，所以我才很放心地夸赞她，结果明明就长得很标致。"

"与你的想象不一样吧。"

"不一样、不一样，完全不一样。因为你说她威仪十足，所以我当她是个像马一样高大的女人，结果什么嘛，她这样的身形得用修长苗条来形容才对。就连她的肤色，也没那么黝黑嘛。这样的美人，我没办法接受。太危险了。"你像连珠炮似的说个没完，这时小竹微微一鞠躬，似乎准备走向旧馆，于是你慌了起来。

"等等，你帮我叫住小竹。我这里有礼物要送她。"你在口袋里掏来掏去，取出那本小词典。

"小竹！"我大声叫住她。

"不好意思，我要丢过去喽。这是云雀托我带来的。不是我要送的哦。"你迅速抛出那本红色封面的可爱词典时的动作，果然很利落。我暗自佩服。小竹巧妙地将你那纯洁的赠礼接在怀中。

"谢啦。"她朝你道谢。不管你怎么说，小竹也知道是你送的礼。你望着小竹走向旧馆的背影，叹了口气。

"危险啊，这太危险了。"你一本正经地如此低语，模样实在滑稽。

"哪会危险啊。就算和她孤男寡女待在暗室里，也不会有事的。这我可是实验过的。"

"因为你是木头啊，"你以怜悯我的口吻说道，"我看你根本不懂得分辨美丑吧？"

我为之生气。你自己才什么都不懂呢。如果小竹在你眼中是大美人，那也是因为小竹内心的美反映在你率真的心灵上。如果冷静观察就会发现，小竹根本算不上美女。小正比她漂亮多了。是小竹的品性散发的光辉，让她显得美，仅仅如此而已。对于女人的容貌，我自认审美的眼光比你还要挑剔得多。不过，当时要是跟你争论起女人的容貌，感觉相当低俗，所以我也就没再多说。似乎一提到小竹的事，我们就会认真起来，气氛变得有点尴尬。这样不好。真的，你要相信我才对。小竹算不上美女。不会有什么危险的。你说她危险，这实在很可笑。小竹和你一样，只是个一板一眼的人。

我们默默地在阳台站了半响，但你突然提到我隔壁床的越后狮子是位名叫"大月花宵"的知名诗人，所以小竹的事就此被抛到了后头。

4

"怎么可能？"我感觉像在做梦。

"好像真是这样。刚才我瞄了他一眼，大吃一惊。我哥哥他们都是大月花宵的崇拜者，我小时候也从照片中看过这个人,很清楚他的事。我也很喜欢他写的诗。你好歹也知道这个名字吧。"

"当然知道。"

我对诗并不拿手,但大月花宵的《姬百合》和《海鸥》这两首诗,我也很熟,至今仍会背诵。这两首诗的作者,这几个月来都睡在我隔壁床,令人一时间无法相信。

我对诗一窍不通,但你也知道的,在尊敬天才诗人这方面,我自认不落人后。

"原来他是……"我感慨良深,持续了半晌之久。

"不,详情我也不清楚。"你略显慌张,"毕竟我也只是刚才瞄了一眼而已。"

总之,这么一来,我打算更仔细地观察,而且星期天的娱乐广播时间也即将到来,所以我们就此回到楼下的"樱之间"。越后已入睡。在我来看,这时候的越后显得格外了不起,当真如同一头睡狮。我们互望了一眼,点了点头,两人不约而同地长叹一声。因为太过紧张,我们连话都没办法说,就这样背对窗户而立,默默地聆听唱片广播。随着节目的进行,这天最精彩的助手们二部合唱《奥尔良少女》开始时,你用右肘用力顶了我侧腹一下。

"这首歌的歌词是花宵老师写的。"你以兴奋的模样低语,但经你这么一提,我也猛然想起。小时候,《少年杂志》

上曾附插画介绍过这首歌,是当时的流行曲。我们偷偷注视越后的表情。越后之前都仰躺在床上,微微合眼,但《奥尔良少女》的合唱开始后,他便睁开眼睛,微微从枕头上抬起头来,竖耳细听,接着又瘫倒在床上,闭上眼睛。啊,他闭着眼睛,神情悲戚地微微一笑。你右手握拳,做出打向空中的奇怪动作,接着和我握手。我们脸上不露笑意,用力握手。现在回想,当时到底是为了什么握手,真是莫名其妙,不过那时候实在无法什么也不做,如果不是和你握手的话,我激动的情绪将无法平息。你和我一样都很兴奋。《奥尔良少女》的歌声结束时,你以莫名沙哑的声音说"那么,我告辞了",我点了点头,来到走廊送你离去,两人不约而同地喊道:"确实是他,没错!"

5

在此之前的事,你应该也都知道才对。不过,当与你道别,我独自返回房内时,我的心情远远超出兴奋的程度,处于一种令我脸色发白的恐惧状态。我刻意不看越后,仰身躺下,但不安、恐惧、焦躁奇妙地交织在一起,令我静不下心来,最后我实在按捺不住,悄声唤道:"花宵老师!"

他没回答。我索性转头面向花宵老师。越后默默地做着伸屈锻炼，我也急忙展开运动。我劈开双腿，双手十指从小指依次往内弯曲，并特地以平静的口吻询问：

"她们唱着那首歌，却都不知道那首歌的作者是谁呢。"

"作者根本不重要，忘了也无所谓。"他泰然自若地应道。我益发觉得，他肯定就是花宵老师，不会有错。

"之前真是有眼不识泰山。刚才朋友告诉我，我这才知道。我和那位友人打小就很喜欢您的诗。"

"谢谢。"他一脸认真地说道，"不过，现在我当越后比较轻松自在。"

"为什么，您最近不写诗了吗？"

"时代变了。"他如此应道，冷笑几声。

心口发闷，无法随口敷衍。我们两人仍继续运动，没有交谈。这时越后突然发怒道："别插手管别人的事！你最近很狂妄哦！"

我大吃一惊。越后过去从未以如此粗鲁的口吻对我说话。总之，我得赶快向他道歉才行。

"对不起。我不会再多说了。"

"这就对了。什么也别说。你们不会懂的。什么都不懂。"

当真是尴尬极了。诗人真可怕。我完全不知道自己在哪里得罪他了。那一整天，我们之间没半句交谈。助手们前来摩擦，多方与我搭话，但我始终板着一张脸，没好好答话。我心里很想告诉小正她们，我隔壁床的越后正是《奥尔良少女》的作词者，让她们大吃一惊，为此感到心痒难耐，但越后吩咐我"什么也别说"，下了封口令，不得已，我昨晚只能强忍了下来。

不过今天早上，倒是意外和这位被自己激怒的花宵老师和解，就此松了口气。今天早上，越后许久不见的女儿特地前来探望。她叫清子，与小正年纪相仿，身材清瘦，气色不佳，长着一对凤眼，个性温顺。当时我们正在吃早餐。她带来一个大包袱，边解开包巾边说道：

"我做了一些佃煮①。"

"这样啊。那我就来一点。快端出来吧，也分一半给我隔壁的云雀。"

咦？我感到纳闷。越后之前称呼我，都是叫"这位老师""书生""小柴君"，从没采用"云雀"这样的亲昵称呼。

6

他女儿端着佃煮送到我面前。

---

① 佃煮，以酱油、糖和料酒等烹煮鱼、贝、蔬菜、海藻等而成的一种日本食品。因烹制工艺形成于江户时代的佃岛而得名。

"您有容器装吗?"

"有。"我顿时慌张起来,一面回答她"就放在层架上",一面走下床。

"是这个吗?"他女儿蹲下身,从我床下的层架里取出一个铝合金便当盒。我说:"对,就是那个。不好意思啊。"

她蹲在床下,将佃煮装进便当盒内,并问我:

"您要不要现在就吃点?"

"不了,我刚吃饱。"

她将便当盒放回层架原本的位置,站起身。

"哎呀,好美啊。"

她夸赞起你随意插在瓶子里的菊花。你当时说要请小竹重新插过,讲了这句不该说的话,所以我一时间不好意思向小竹开口拜托,若是改请小正帮忙,又显得过于刻意,所以那束花就那样维持着原状。

"是昨天我朋友随手插的。刚好也没人可以帮忙重新插好。"

她打量了一下越后的神情。

"你帮忙重插吧。"越后似乎也吃完饭了,用牙签剔着牙,笑眯眯地说道。他今天早上心情特别好,看起来反而有点可怕。

他女儿红着脸,略显踌躇地靠向我枕边,将菊花全部从花瓶中拔出，重新插好。能由这样的好心人帮忙重新插花，我也很高兴。

越后在床上盘腿而坐，一脸开心地欣赏女儿插花的手艺，同时低语道：

"我也来重新写诗好了。"

这时我要是回答不当，又将惹来他的咆哮，那可不妙，于是我沉默不语。

"云雀，昨天对你失礼了。"他一脸狡诈地缩着脖子。

"不，是我不对，说出那么狂妄的话来。"

结果我们就此重归于好，当真意外。

"我也来重新写诗好了。"同样的话，他又说了一次。

"请您务必要这么做。请为我们而写。老师您写的诗轻柔圣洁，是我们现在最想读的诗。我也不是很清楚，不过，就像莫扎特的音乐那样，轻快而且气韵高尚纯净的艺术，正是我们现在所追求的。那些夸张的装模作样、故作凝重的诗，已经太老套，这点大家都再清楚不过了。断垣残壁角落的一小片青草，难道就没有诗人肯加以歌颂吗？不是想逃避现实，而是彻底明白当中的痛苦。不管什么事，我们都打算泰然处之，不会逃避，愿意献上我们的生命。我们轻盈，没有负担。能符合我们这种心情，风格宛如清流流动般轻快的艺术，才是货真价实的艺术。我们这群人不需要性命，也不需要名气。

若非如此，绝对无法突破眼前的困局。要抬头看空中的飞鸟。主义什么的，根本不是问题。就算想用这种事来蒙混，一样行不通。光凭风格就能明白一个人的纯粹度。问题在于风格，在于音律。如果不是气韵高尚纯净，便全都是假货。"

我试着努力说出自己很不拿手的道理来，说完后顿感难为情。要是没说这番话就好了。

7

"现在已经是这种时代了啊，"花宵老师以毛巾擦拭鼻头，仰身躺下，"总之，得快点离开这里才行。"

"没错，没错。"

我来到道场后，第一次为了想早点恢复健康而暗自焦虑。这样说或许有点人在福中不知福的感觉，但我觉得上天安排的这条路，缓慢得犹如牛步。

"你们不一样，"老师似乎已敏锐地察觉出我的心思，"不必心急。只要平心静气地在这里生活，一定能痊愈，然后对日本的重建尽一份力。不过，我已经上了年纪。"他话说到一半，女儿似乎已完成插花。

"好像变得比之前还难看呢。"她以开朗的语调如此说道，挨向父亲床边，改以极轻细的声音向父亲娇嗔道，"爸！

你又在发牢骚了。现在已经不流行这套了。"

"我的感想抒发又不为世俗所接纳了吗?"越后如此应道,但他似乎颇为开心,呵呵轻笑。

我也完全忘却刚才不自觉的焦躁,备感幸福地莞尔一笑。

全新的时代确实已经来临。它像仙女的羽衣一样轻,而且像浅浅流过白沙上的小河般清澈凛冽。中学时代的福田和尚老师曾说,芭蕉晚年推崇"轻",并将它摆在比"闲""寂""枯"更高的层次之上。不过,像芭蕉这样的名人,也都是到了晚年才有此感受,憧憬此等最高层次的心境,而我们却在不知不觉间,很自然地达到此境界,忍不住引以为傲。所谓的"轻",绝非指轻薄。若不舍弃欲望与性命,便无法体会此等心境。它是辛苦努力、汗水淋漓后吹来的一阵风;是世界经过一场大混乱后,从紧迫的空气中诞生,轻盈得几乎连羽翼也晶亮透明的飞鸟。无法明白这点的人,将永远被摒除在历史的洪流之外,被远远抛在后头。啊,就连这点也会逐渐变得老旧。这没有任何道理可言。失去一切、舍弃一切的人,其平安正是"轻"。

今天早上,我对越后说出那番极为拙劣的艺术论式的观点后,觉得很难为情,不过,我发现越后的女儿似乎也暗中支持着我,我就此自信大增,展现出更强烈的新好男人气势,试着对我先前的说法做补充。

附带一提，道场里的人们对你的评价颇高。希望你会开心。你不过只是造访我们这个道场，这里的气氛便突然变得开朗了许多，我说得可一点都不夸张。首先是花宵老师看起来年轻了十岁。小竹和小正也都要我向你问好。小正说：

　　"他有一对漂亮的眼睛。看起来像天才。睫毛很长，每次眨眼，都会听到啪嚓啪嚓的眨眼声。"小正的说法是夸张了点，你不用相信。接下来谈谈小竹对你的评价吧。你用不着太紧绷，就保持平静的心态，听过就算了吧。小竹她说：

　　"他和云雀旗鼓相当。"

　　她就只说了这句话。不过说话时脸都红了。我的报告到此为止。

十月二十九日

小　竹

1

见信如晤。今天要告诉你一个悲伤的消息。不过话说回来，虽说是悲伤，却感觉像是在"爱慕"旁边标上"悲伤"的批注，给人一种莫名的悲伤感。小竹要嫁人了。嫁给谁呢？答案是场长。她将与这座健康道场的场长——田岛医学博士，共结连理。我今天才从小正那里听闻此事。

就让我从头讲起吧。

今天早上，母亲带着许多我的换洗衣物和其他用品到道场来。她平均一个月两次前来整理我的生活用品。她看着我，对我调侃道：

"差不多开始想家了吧？"

她每次都这么说。

"或许吧。"我也刻意说假话,同样也是每次必说。

"听说今天可以一路送我走到小梅桥呢。"

"谁啊?"

"你说会是谁呢?"

"我吗?我可以外出?上头许可了?"

母亲点头。

"不过,你要是不想去的话,那就算了。"

"哪会不想啊。就算一天走上四十公里,我也走得到。"

"或许吧。"家母刻意学我的口吻说话。

四个月来我第一次脱下睡衣,穿上碎白花的和服,和家母一起来到玄关,场长双手放在身后,默默地站在那里。

"可以走吗?没问题吗?"母亲像是在自言自语,笑着说道。

"男孩子满一岁就会走了。"场长脸上不露半点笑意,讲出这句很不入流的笑话,"我会派一名助手与他同行。"

小正快步从事务所里跑来,身穿护士白袍,外头披一件山茶花图案的红色外罩衫,神色慌乱地朝家母随意行了礼。与我同行的人是小正。

我穿上一双全新的低齿木屐,率先来到户外。低齿木屐重得出奇,害我一阵踉跄。

"哎呀,走得好棒呢。"场长在后头起哄。从他的口吻中感觉到的不是关爱,而是冰冷的坚定意志。感觉就像挨他骂了一句"太不中用了",我备感沮丧。我头也没回地快步走了五六步后,场长再次从身后唤道:"一开始要走慢点。慢一点。"这次明显是训斥的严厉口吻,但从他的话语中感受到喜悦的关爱。

我改为缓步而行。母亲和小正在背后窃窃私语,随后跟上。待穿过松林,来到铺柏油的县道后,我微感晕眩,就此停步。

"这条路好宽阔啊。"柏油路在柔和的秋日照耀下,透着微光,但一时间,在我眼中却宛如一条混沌的茫茫大河。

"吃不消了吗?"母亲笑着道,"那就下次再送我吧,如何?"

2

"我没问题。"我继续将低齿木屐踩得发出咔嗒咔嗒的清响声,迈步前行。"我已经习惯了",这句话我才刚说完,便有一辆卡车以飞快的速度从我身旁超越,我不禁发出一声惊呼。

"这辆卡车好大啊。"母亲立刻模仿我的说话口吻来调侃我。

"虽然不算大,但很有力。马力相当惊人,肯定有十万马力。"

"刚才那是核动力卡车吗?"家母今天早上也特别爱嬉闹。

我缓步而行,来到小梅桥的巴士站牌附近时,我听到了一个意外的消息。母亲与小正边走边闲聊,最后谈道:

"听说场长最近要结婚,是吧?"

"是的,就快了。与竹中小姐。"

"竹中小姐?是那位助手吗?"母亲似乎也相当惊讶,但我的惊讶胜过她百倍。此刻我所受的冲击,犹如被十万马力的核动力卡车撞到一般。

母亲立刻平静下来。

"竹中小姐是位好对象。场长果然好眼光。"她如此说道,露出开朗的笑容,之后就没再继续追问此事,神情平静地转移到其他话题上。

当时在巴士站牌处,我是如何与母亲道别的,我现在已想不起来了。只觉得我眼前一片模糊,心脏跳得又急又响,身体完全无法承受。

我就坦白向你招认吧。我其实很喜欢小竹。打从一开始就喜欢。小正根本就不构成任何问题。我是努力想忘了小竹,这才特别接近小正,努力想喜欢上小正,但终究还是办不到。在写给你的信中,我一一列举小正的优点,不断说小竹坏话,但那绝不是有意欺瞒你,而是想借由那样写,来消除我心中对她的爱。就算是新好男人，一想到小竹，还是会感到全身沉重，羽翼萎缩，仿佛会变成一个像猪尾巴一样不中用的男人，所以我赌上新好男人的面子，努力想调整自己的心情，对小竹表现得漠不关心，好激励自己的内心。之前我一直说小竹坏话，说她就只是心地善良罢了，是一尾大鲷鱼，不善购物等。请你稍微体谅一下我这份苦衷。要是你也赞同我的说法，和我一起说小竹的坏话，或许我真的会因此讨厌小竹，变得轻松自在，我原本暗自期待是这样的结果，但后来期望落空，你反而喜欢上了小竹，这益发令我不知所措。于是接下来我改变战法，特地夸赞小竹，说她那是不带半点娇媚的关爱之情，是新形态的男女交友方式，企图以此牵制你，这就是我先前可悲的真实样貌。小竹哪里是不带半点娇媚，根本就是千娇百媚。我实在是心猿意马，肤浅之至。

3

你说小竹是个大美人，我极力否认，但我其实自己也认为小竹确实美艳得不可方物。从来到这个道场的那一天，看到她的第一眼起，我便这么认为了。

小竹是如假包换的美女。那天在盥洗室的蓝色灯泡朦胧照耀下，她蹲在拂晓前弥漫着诡异气氛的黑暗中擦拭地板，那时候的小竹美得惊人。不是我说大话，幸亏是我，才有办法忍住冲动。若换作是别人，在那种情况下，肯定早已侵犯她了。活惚舞常说，女人是妖。不过，或许女人有时会无意识地失去人性，化成妖精。

现在我在此向你坦白。我爱小竹。无关乎老套与否。

与母亲道别后，我双膝发颤地行走着，急着想喝水。

"我想找个地方休息一下。"我如此说道，但发出的声音无比沙哑，连我自己听了都难以置信，感觉如同是别人在远处低语。

"你应该是累了吧。再走一小段路，有一户人家，我们这些助手常会去那里休息。"

小正带我来到那栋屋子前，外形就像大战前红极一时的三好野食堂。昏暗宽广的泥地房间里，摆着破旧的自行车，装炭用的袋子散落一地，角落里摆着一张简陋的桌子，以及两三把椅子。桌子旁的墙壁挂着一面大镜子，它发出诡异的白光，令人印象深刻。这户人家虽然已不做生意，但似乎还是会端茶招待熟识之人，道场的助手们外出时，这里自然就成了她们闲聊偷懒的场所。小正态度从容地走进屋内，端来了装有粗茶的茶壶和茶碗。我们在镜子下围着桌子相对而坐，两人啜饮微温的粗茶。我长长叹了口气，心情轻松些许。

"听说小竹要结婚了？"此时我已能用轻松的口吻说

话了。

"是啊。"不知为何，小正最近显得有点落寞，她缩着肩，就像觉得冷似的，笔直地望着我说道，"你不知道吗？"

"不知道。"我突然眼眶一热，一时间不知如何是好，只好低下头。

"我明白。小竹也哭了呢。"

"胡说什么呀。"小正那平静的口吻，听了实在很不舒服，我渐感怒火中烧，"你可不能这样瞎说啊。"

"我没瞎说。"小正眼中也噙着泪水，"所以我不是跟你说过嘛，你不能和小竹好。"

"我才没跟小竹好呢。别说得好像你什么都懂似的。这样很惹人厌。小竹结婚是好事，值得庆贺啊。"

"少来这套。我都知道。别以为你蒙混得了我。"泪水从她那双大眼中涌出，积蓄在睫毛上，接着豆大的泪珠开始顺着脸颊滑落，"我知道。我全都知道。"

4

"别这样。你这样哭没意义吧？"我想这一幕要是让人瞧见，那可就麻烦了。"你这样哭没意义吧？"我不断重复着这句话，感觉也一样没什么意义。

"云雀,你这个人可真优哉啊。"小正伸指拭泪,莞尔一笑,"竟然一直都不知道场长和小竹之间的事。"

"这种低俗的事,我一概不知。"我突然感到不悦,很想把全部人都痛殴一顿。

"哪里低俗啦?结婚很低俗吗?"

"不,我不是那个意思。"我变得结结巴巴,"他们应该是从很久以前就……"

"哎呀,讨厌,才没那回事呢。场长是位正人君子。他什么都没跟小竹说,而是直接向小竹的父亲提亲。听说小竹的父亲现在正好因为避难来到这里。前一阵子小竹的父亲跟她说了这件事,小竹连哭了两三晚,还说她不嫁呢。"

"那就好。"我感到畅快多了。

"为什么好?因为她哭了,所以好,是吗?云雀,你好讨厌啊。"她笑着说道,头侧向一旁,双眼莫名地发出炯炯的亮光,接着右手倏然探出,紧紧握住我摆在桌上的手。"小竹她是因为喜欢你才哭啊,这是真的。"说完后,她握得更紧了。我也莫名其妙地反握她的手,毫无意义的握手。我立刻意识到自己的蠢,急忙缩手。

"我帮你倒杯茶吧。"我如此说道,掩饰自己的难为情。

"不用。"小正低头垂眼,以怯懦却又坚定的奇特口吻拒绝。

"那我们走吧。"

"好。"

她微微点头,抬起脸来,很美的一张脸,美得令人无话。因为面无表情,鼻子两侧浮现看起来有点疲惫的细纹,下巴微微突出的嘴巴微张,一双清澈的大眼冰冷而又深邃,略显苍白的脸气韵十足。这是完全舍弃一切的人特有的气韵。小正也挣脱了痛苦,成了一名像完全透明般清心无欲的、呈现出全新之美的女人。她也是我们的同伴。委身于全新的大船,天真无邪,照着上天的安排,轻盈地前进。轻柔的"希望"之风轻抚脸颊。我当时对小正的美感到惊奇,想到了"永远的处女"一词。平时觉得很做作的这句话,此刻一点都不显得矫揉,成了很新鲜的一句话。

不懂情趣的我使用"永远的处女"这个新潮的字眼,或许会惹来你的讪笑,但我当时的确是被小正那高雅的容貌所拯救。

小竹结婚的事,仿佛成为遥远的往事,我整个人变得轻盈许多。这并非死心断念,不是那种出于个人意志的改变,而是眼前的风景逐渐远去,就像反过来看望远镜一样,景物就此变小。心中的拘泥也随之消失,只留下一股爽快的满足感,感觉我就此变得完美。

5

美军的飞机在晚秋清澈的蓝天上盘旋。我们站在宛如三好野食堂的屋子前，仰望这一幕。

"它飞的样子很无趣啊。"

"是啊。"小正微微一笑。

"不过，飞机这种东西的形状有一种崭新的美。或许是因为它完全没有多余的装饰吧。"

"是啊。"小正悄声说道，像孩子般天真地目送飞机离去。

"没有多余的装饰，这样的姿态真好。"

这不光是指飞机，同时也是我对小正那宛如处在恍惚状态下的率真姿态，所暗自抒发的感想。

我们两人默默地走着，我特别留意路上看到的每一个女人的容貌，虽有程度上的差异，但感觉现在的女人全都跟小正一样，呈现一种无欲的透明之美。女人变得有女人味了。然而，这并非变得和大战前的女人一样，而是经历过战争苦恼后的一种全新的"女人味"。该怎么形容好呢，如果说这样的美就像黄莺的鸣啭啼唱，你应该能意会吧？换句话说，这就是"轻"。

中午时我们回到了道场,但往返走了两公里以上的路途,终究还是会感到疲累,我连换上睡衣都嫌麻烦,连身上的外罩衫也没脱,便直接躺在床上,就此昏昏沉沉地睡着了。

"云雀,吃饭喽。"

我微微睁眼一瞧,小竹端着餐盘,笑盈盈地站在一旁。

啊,场长夫人!

我一跃而起。

"啊,抱歉。"我如此说道,不由自主地低头行了礼。

"你睡昏头了,贪睡先生。"她像在自言自语般,把餐盘摆在我枕边,"有人会穿着和服就这样睡着吗?要是感冒可就麻烦了。快点换上睡衣吧。"她秀眉微蹙,语带不悦地说道,并从我床边的抽屉里取出睡衣:"真是位需要人照顾的大少爷。来,我帮你换衣服。"

我下了床,松开腰带。小竹还是和平常一样。感觉她要和场长结婚的事,就像一个谎言。什么嘛,原来我正迷迷糊糊地置身梦中。母亲来看我是梦,小正在那栋像三好野食堂的屋子里哭泣,也是梦。一时间我有了这种感觉,心中大喜,但事实自然并非如此。

"这久留米碎白花布料真不错。"小竹脱下我的和服后说道,"你穿起来很好看。小正真是好福气。回来时,还和你一起在大婶家喝茶呢。"

果然不是梦。

"小竹,恭喜你。"我说。

小竹没回答。她默默地从身后帮我穿上睡衣,接着手伸进睡衣袖口,朝我腋窝处用力捏了一把。我紧紧咬牙,忍下了这份痛楚。

6

我若无其事地换好睡衣,开始用餐,小竹在一旁替我将碎白花和服叠好。我们相对无语。半晌过后,小竹声若蚊蚋般地低语道:

"原谅我。"

感觉这句话中蕴含了小竹所有的情愫。

"你好坏啊。"我边吃饭,边模仿小竹的腔调,如此低语。

感觉这句话中,也暗藏了我所有的情愫。

小竹扑哧一笑。

"谢啦。"

这样就算和解了。我由衷祈求小竹能得到幸福。

"小竹,你会在这里待到什么时候?"

"这个月底。"

"替你办一场欢送会吧。"

"啊，真讨厌！"

小竹夸张地颤动着身子，迅速将叠好的和服收进抽屉里，若无其事地走到屋外。为何我身边的人，全都是如此洒脱的好人呢？此刻我一边听下午一点的演讲，一边写这封信。不过，你知道今天是谁在演讲吗？说来让你高兴一下吧。是大月花宵老师。大月老师最近在我们道场里，可说是人气很旺，已经不能再用越后狮子这么没礼貌的绰号称呼他了。自从你发现这个秘密后，我也忍了两三天没跟任何人提，但最后还是偷偷告诉了小正，结果此事立刻传开，因为老师是《奥尔良少女》的作词者，所以无条件地备受尊崇，连场长在巡视时，也对花宵老师说"过去不知道是您，失礼了"，以此向他致歉。

新馆就不用说了，就连旧馆的学员们，也都蜂拥而至，请老师帮忙修改他们的诗文、和歌、俳句。不过，花宵老师并未突然摆起架子，展现出肤浅的举止。他仍是那个少言寡语的越后狮子。至于替学员们修改诗歌的工作，他大多是交由活惚舞来处理。活惚舞最近可得意了。他当自己是花宵老师的大弟子，煞有介事地擅自修改别人呕心沥血的作品。今天是在事务所的委托下，花宵老师第一次公开演讲，主题是"献身"。像这样听扩音器播放出的声音，我感觉就像是在聆听某位大人物训示般，心情也变得严肃起来。那是无比沉稳、威仪十足的声音。花宵老师也许比我想象的还要伟大。他的演讲内容无比精彩,完全不落俗套。

所谓献身,绝不是一味地因绝望的感伤而牺牲生命。这是严重的错误。献身是对自身做的最极致的运用,让它永远灿烂。我们人因这样纯粹的献身而得以永恒不灭。不过,献身不需要任何装扮,应该以此时此刻的原本样貌,献上自己的一切。握锄头的人,就该保持手握锄头在田间工作的样貌,以此献身。不能伪装自身真正的样貌。献身不许有所犹豫。分分秒秒都必须献身。处心积虑地想着该如何华丽地献身,这是最没意义的事——花宵以坚定的口吻,对我们谆谆教诲。在聆听时,我多次面红耳赤。过去我一直都自称是新好男人,看来我太吹捧自己了,太执着于献身的外在样貌了,感觉太拘泥于擦脂抹粉。我索性干脆一点,把新好男人的招牌撤下吧。我周遭的人们已变得和我一样开朗。以往我们所到之处,不是都会很自然地变得光明灿烂吗?从今以后我将一言不发、不疾不徐地,以理所当然的步调笔直向前迈进。这条路会通往何处呢?关于这点,你可以向不断生长的藤蔓去询问。藤蔓应该会回答道:

"我一无所知。不过,我生长的方向,洒满阳光。"

再见。

十二月九日

附录　太宰治年谱

明治 42 年（1909 年）诞生

6月19日，出生于青森县北津轻郡金木村（现青森县五所川原市）的地主家庭，户籍上登记的名字为津岛修治。

在父亲源右卫门的十一名子女中排行第十，在男孩中排行第六，但其中两名兄长已夭折。

因母亲夕子体弱多病，出生后不多久便交由姨母抚养。

父亲源右卫门实际上是津岛家的入赘女婿，此时姨母亦与一家人生活在一处。

明治 43 年（1911 年）2 岁

白天由家中女佣照料，晚上在姨母的房间听着故事入眠。此种生活一直持续到 6 岁。

明治 43 年（1912 年）3 岁

父亲源右卫门当选众议院议员。津岛家迎来鼎盛期。

大正 5 年（1916 年）7 岁

1 月，姨母一家离开本家，自立门户。

一度跟随姨母前往外地，终因入学问题而回到本家。4 月，进入金木第一寻常小学就读。成绩优异。

大正 11 年（1922 年）13 岁

3 月，以全甲等的优异成绩从金木第一寻常小学毕业。不过，津岛家子弟不问实际成绩如何，一概可以得到甲等。

4 月，进入明治高等小学进行为期一年的学习，为升入初中做准备。此举是父亲源右卫门授意，原因是担心升入初中后无法跟上进度；两名兄长此前便因初中成绩不佳而中途退学。

大正 12 年（1923 年）14 岁

3 月，父亲源右卫门因肺癌于东京去世。享年 52 岁。

进入县立青森中学就读，为方便走读，借住在居于青森市内的远亲家中。

暑假，在兄长从东京带回的杂志中读到井伏鳟二的处女作《幽闭》，一读之下"兴奋不已，坐立难安"。

大正 14 年（1925 年）16 岁

3 月，在校友会刊上发表习作《最后的太阁》。从此对作家生涯怀有强烈的憧憬，嗜读芥川龙之介、菊池宽等人的作品。

8 月，与同学创办同人杂志《星座》并发表戏剧作品。《星座》只办一期便宣告停刊。

11 月，与文学同道一并创办同人杂志《蜃气楼》，发表一系列小说、戏剧、散文作品。

大正 15 年/昭和元年（1926 年）17 岁

在《蜃气楼》发表大量作品。

在兄长的建议下，创办同人杂志《青子》（青んぼ），该名称由"赤子"（赤んぼ）一词转化而来。

陷入对家中女佣的单相思中，苦恼不已。

昭和二年（1927年）18岁

《蜃气楼》持续十二期后停刊。

在四年级时，以优异成绩从青森中学毕业。当时中学学制为五年。

进入官立弘前高中（现弘前大学）文科甲类就读。由于体弱，不住学生宿舍，而在弘前市的亲戚家借住。

5月，在青森市聆听芥川龙之介以《夏目漱石》为题的演讲。

7月，芥川自杀。深受打击，遂对学业懈怠，开始接触花柳界人物。

秋，结识青森市艺伎小山初代。

昭和三年（1928年）19岁

学业成绩急剧下降。

5月，创办同人杂志《细胞文艺》。该刊至9月停刊，其间得到过井伏鳟二、舟桥圣一等人的来稿。

思想上开始左倾。

昭和四年（1929年）20岁

在《弘高新闻》等同人杂志上发表作品，思想日益左倾。

与小山初代交往日益密切。

12月10日,在借宿住所服用安眠药自杀未遂(第一次自杀未遂)。救治恢复后随母亲前往大鳄温泉静养。关于自杀动机,一般认为是左倾意识与地主出身所形成的矛盾所致。太宰在《苦恼年鉴》中如此追述道:

若无断头台,则革命毫无意义。然而,我却不是贱民,反倒属于该上断头台的那一方。那时我是个19岁的高中生,全班只有我穿着鲜艳华美的衣服。我便越发觉得除却寻死再无他途了。

昭和五年(1930年)21岁

3月,以中等成绩从弘前高中毕业。

4月,进入东京帝国大学法文科就读。

5月,受高中时代学长的影响,参加支援日本共产党的活动。

6月,与倾慕已久的井伏鳟二会面,此后以井伏为师。

10月,帮助艺伎小山初代离开青森,来到东京。两人意欲结婚,作为一家之主的兄长津岛文治劝阻无果,以分家除籍为条件答应婚事,但两人最终并未正式登记。

11月,在初代返回青森处理婚事之际,与相识不久的咖啡店女服务员田部目津子相约共服安眠药自杀,未遂,目津子死亡（第二次自杀未遂）。以协助自杀罪名遭检察机关起诉，终因兄长四处奔走，起诉被撤销。

以不再参与左翼运动、引发事端等为条件，每月从兄长处领取 120 日元的生活补助。

昭和六年（1931 年）22 岁
2 月，与未登记的妻子小山初代在东京开始新婚生活。继续参加援助日本共产党的政治活动。

昭和七年（1932 年）23 岁
频繁搬家。

开始创作《回忆》。

在兄长断绝生活来源的威胁下，先后两次前往青森警察署、青森检察院自首，从此彻底脱离左翼运动。

昭和八年（1933 年）24 岁
在青森地方报刊《Sunday 东奥》的征文活动中发表短篇作品《列车》，并获得 5 日元奖金。首次使用笔名"太宰治"。

参加同人杂志《海豹》，发表《鱼服记》，并连载《回忆》。

12月，预计次年无法毕业，向兄长恳求延长生活费补助期限。

昭和九年（1934年）25岁

与檀一雄等人创办同人杂志《青花》。只发行创刊号一期便停刊。

昭和十年（1935年）26岁

2月，在《文艺》上发表《逆行》。是为首次在非同人杂志上发表的作品。

3月，大学毕业无望，前往《都新闻》求职失败。独自一人前往镰仓，准备在山中自缢，以未遂告终（第三次自杀未遂）。

4月，因急性盲肠炎并发腹膜炎接受手术，住院期间使用镇痛剂，却造成药物依赖。

8月，《逆行》成为第一届芥川奖的候补作品，最终屈居次席未能获奖。

9月，因未能缴纳学费，遭东京帝国大学开除。

10月，读到芥川奖评委川端康成对自己作品的评语，大感震怒，遂于《文艺通信》撰文反唇相讥。

拜同样是芥川奖评委的佐藤春夫为师。

昭和十一年（1936年）27岁

2月，为治疗药物依赖而短暂住院。

6月，由砂子屋书房出版短篇集《晚年》。

第三届芥川奖（第二届由于"二二六"事件未选出获奖者）评审前，向曾经发生争执的川端康成寄送《晚年》并毛遂自荐。然而芥川奖从第三届开始加入新规定，曾经入选候补的作者不能再次入选。

10月，再次住院治疗药物依赖。于《新潮》发表《创世纪》。住院期间，初代与人有染。

11月，药物依赖治愈并出院。

昭和十二年（1937年）28岁

1月，于《改造》发表《二十世纪旗手》。

3月，初代偷情之事败露。与初代前往谷川岳，试图服用安眠药自杀，以未遂告终（第四次自杀未遂）。

4月，于《新潮》发表 HUMAN LOST。

6月，与初代分手。此后一年左右极少创作。

昭和十三年（1938年）29岁

7月，井伏鳟二介绍婚事。

9月，随井伏前往甲府市与相亲对象石原美知子见面。

10月，于《新潮》发表《姥舍》。

昭和十四年（1939年）30岁

1月，经井伏夫妻做媒，与石原美知子正式结婚。进入创作稳定时期。

2月，于《文体》发表《富岳百景》。

3月，于《国民新闻》发表《黄金风景》。

4月，于《文学界》发表《女学生》。

6月，于《若草》发表《叶樱与魔笛》。

7月，由砂子屋书房出版短篇集《女学生》。

10月，于《文学者》发表《畜犬谈》。

11月，于《文学界》发表《皮肤与心》。

昭和十五年（1940年）31岁

1月，于《新潮》发表《俗天使》。于《知性》发表《鸥》。于《文艺日本》发表《春日盗贼》。

2月，于《中央公论》发表《越级申诉》。

5月，于《新潮》发表《奔跑吧，梅洛斯》。

6月，由人文书院出版《回忆》。由河出书房出版《女子决斗》。

11月，于《新潮》发表《蝈蝈儿》。

《女学生》获第四届北村透谷奖副奖。

昭和十六年（1941年）32岁

1月，于《文学界》发表《东京八景》。于《公论》发表《佐渡》。于《新潮》发表《清贫谈》。

6月，长女园子诞生。

7月，长篇小说《新哈姆雷特》由文艺春秋社出版。

9月，与后来为《斜阳》提供创作素材的太田静子相识。

11月，收到征兵令，但因肺部疾病免于入伍。

昭和十七年（1942年）33岁

5月，于《水仙》发表《改造》。短篇集《老海德堡》由竹村书房出版。

6月，由锦城出版社出版《正义与微笑》。

12月，母亲去世，享年69岁。

昭和十八年（1943年）34岁

1月，于《现代文学》发表《禁酒之心》。于《新潮》发表《故乡》。于《文学界》发表《黄村先生言行录》。短篇集《富岳百景》由新潮社出版。

9月，由锦城出版社出版《右大臣实朝》。

昭和十九年（1944年）35岁

1月，于《改造》发表《佳日》。

着手鲁迅研究。

7月，小山初代于中国青岛病逝，享年32岁。

8月，长子正树诞生。

12月，为调查鲁迅研究相关资料前往仙台。

昭和二十年（1945年）36岁

3月，由于东京遭到盟军空袭，前往妻子娘家所在的甲府市避难。

6月，《御伽草纸》完成。

7月，妻子娘家亦毁于战火，携妻回到津轻旧宅。

9月，由朝日新闻社出版《惜别》。

10月，于仙台《河北新报》连载《潘多拉之盒》。《御伽草纸》由筑摩书房出版。

昭和二十一年（1946年）37岁

3月，出席金木文化会启动仪式，发表题为《文化竟是何物》的贺词。

6月，长子正树罹患急性肺炎。于《新文艺》发表《苦恼年鉴》。《潘多拉之盒》由河北新报社出版。

11月,回到东京,与坂口安吾、织田作之助等出席座谈会"纵谈'现代小说'"。

12月,于《改造》发表《男女同权》。

昭和二十二年(1947年)38岁

1月,于《中央公论》发表《圣诞快乐》。织田作之助因肺结核去世。参加守夜活动。于《东京新闻》发表《织田君之死》。《猿面冠者》由镰仓文库出版。

2月,与太田静子重逢,并借阅太田之日记。开始创作《斜阳》。

3月,与后来同太宰共同赴死的山崎富荣相识。次女里子诞生。

7月,开始于《新潮》连载《斜阳》。

9月,与山崎富荣同游热海。

11月,太田静子产下一女治子。

12月,《斜阳》由新潮社出版,一跃成为畅销书。

昭和二十三年(1948年)39岁

1月,肺结核加重,不时咳血。

3月,于《新潮》连载《如是我闻》。开始创作《人间失格》。

5月,于《新潮》发表《樱桃》。《人间失格》完成。于《朝日新闻》开始连载小说《再见》。

6月,于《展望》开始连载《人间失格》。

13日深夜,与情人山崎富荣一同投水自杀。

19日,尸体被发现。

21日,举行葬礼。丰岛与志雄、井伏鳟二主持。

7月,下葬。《人间失格》由筑摩书房出版。《再见》未完成。

图书在版编目（CIP）数据

正义与微笑／（日）太宰治著；高詹灿译. —杭州：浙江文艺出版社，2020.8
ISBN 978-7-5339-6166-4

Ⅰ.①正… Ⅱ.①太… ②高… Ⅲ.①中篇小说—小说集—日本—现代 Ⅳ.①I313.45

中国版本图书馆CIP数据核字（2020）第055722号

策　　划：邵　劼
责任编辑：邵　劼
营销编辑：张恩惠
封面设计：人马艺术设计·储平
责任印制：吴春娟

正义与微笑

[日] 太宰治　著
高詹灿　译

浙江文艺出版社　出版发行

地址：杭州市体育场路347号　邮编：310006
网址：www.zjwycbs.cn
经销：浙江省新华书店集团有限公司
印刷：浙江新华数码印务有限公司
开本：850毫米×1168毫米　1/32
字数：198千字
印张：11.375
插页：6
版次：2020年8月第1版
印次：2020年8月第1次印刷
书号：ISBN 978-7-5339-6166-4
定价：**55.00元**

版权所有　侵权必究
（如有印、装质量问题，请寄承印单位调换）